张丽军 主编

中国乡土小说经典大系

16

这方水土

——当代中南西南乡土小说

山东城市出版传媒集团·济南出版社

图书在版编目（CIP）数据

这方水土：当代中南西南乡土小说 / 张丽军主编 . --
济南 : 济南出版社 , 2023.6
（百年乡愁 : 中国乡土小说经典大系）
ISBN 978-7-5488-5728-0

Ⅰ.①这… Ⅱ.①张… Ⅲ.①乡土小说 – 小说集 – 中
国 – 当代 Ⅳ.① I247.7

中国国家版本馆 CIP 数据核字 (2023) 第 107303 号

这方水土——当代中南西南乡土小说
ZHEFANG SHUITU

张丽军 / 主编

出 版 人	田俊林	
责任编辑	苗静娴	胡雨薇
装帧设计	郝雨笙	张　倩

出版发行　济南出版社
地　　址　山东省济南市二环南路 1 号（250002）
编辑热线　0531-86131722
发行热线　0531-86116641　87036959　67817923

印　　刷　济南龙玺印刷有限公司
版　　次　2023 年 6 月第 1 版
印　　次　2023 年 7 月第 1 次印刷
成品尺寸　145 毫米 ×210 毫米　32 开
印　　张　11.25
字　　数　222 千
定　　价　58.00 元

编委会

| 总　序 |

记录百年中国乡愁　传承千年根性文化

　　面对急剧迅猛的乡土中国城市化、现代化、高科技化浪潮，我们惊讶地发现，曾被认为千年不变、"帝力于我何有哉"的中国乡村根性文化正面临着从根源深处的整体性危机。"谁人故乡不沦陷？"千百年来，孕育和滋养乡土中国文化、文明的乡村及其根性文化正以某种加速度的方式消逝，甚至被连根拔起。这不仅是乡土中国城市化、现代化的问题，而且是一个全球化、人类性的整体危机。早在20世纪60年代，法国社会学家孟德拉斯就提出，在工业文明入口处，数十亿农民向何处去的问题。而在1948年，中国学者费孝通就在《乡土重建》中提出传统的乡土社会所面临的现代性失血危机，进而提出了"乡土重建"的深邃思考。显然，在21世纪的今天，思考乡村、乡土、农业、农民乃至整体性人类向何处去的问题，显得无比重要而迫切。

作为一个从事乡土文学研究二十多年的研究者，我在苦苦思考：中国乡土文学向何处去？乡土中国社会向何处去？乡土中国农民向何处去？新时代乡村如何振兴？……苦苦思考之后，我突然意识到，既然看不清去处，何不回顾自己的来路？未来的道路，并不是冥思苦想来的，而是从过去的来路而来。历史的来路，决定了我们未来的去处，即未来的去处正蕴藏在历史来路之中。这让我重新思考百年中国乡土文学，重新回顾晚清以来中国仁人志士的文化选择和文学审美思考，乃至从更远的历史、文学中寻找智慧和启示。正是在这样一种文化思考中，我与济南出版社不谋而合，立志从众多乡土中国文学中选编一套"中国乡土小说经典大系"，来为 21 世纪的新一代中国青年提供一个关于百年乡土中国心灵史的文学路线图，慰藉那些因完整意义的乡土中国乡村消逝而无从获得纯粹乡土中国体验的 21 世纪中国读者。此外，从中汲取智慧和灵感推进新时代中国乡村振兴，也是本套丛书的应有之义。简单归纳之，《百年乡愁：中国乡土小说经典大系》（以下简称"大系"）具有以下特点：

一是强烈的经典意识。文学、文化的传承与经典的建构是由一个个经典化的环节与步骤完成的。从古代文学的"选本"，到 20 世纪中国新文学大系，在中国文学经典化中，"选本"文化起到了某种极为重要的，乃至核心的作用，为经典化提供了不同时代不断接续的核心动力源。本套"大系"选编了现当代文学史中具有重要影响的作家作品，力图使"大系"具有乡土中国现代化思想史的重要功能，展现中华民族的百年心灵史。

二是浓郁的地方气息。乡土文学是最接地气的文学，是"土气息、泥滋味"的文学，是由不同地域文化包孕、滋养的文学，又是最能显现和表达乡土中国各个地方独特文化的审美形态的文学。本套"大系"就是百年中国各地民俗文化最大、最美、最迷人的表达。齐鲁、燕赵、三秦、三晋、江南、东北、西北、岭南等不同地域的文化，在本套"大系"中得到了较完整的展现。从这个意义上而言，本套"大系"既是一部百年中国民俗文化史，也是一部最精彩的地方文化志。

三是典雅的审美意识。文学是审美的艺术。言之无文，行而不远。文学性、审美性是文学的自然属性。文学应该是美的，是诗，是生命舒展的自由吟唱。正是在这个审美维度上，我们来选编百年乡土中国小说，让读者、研究者在美的文字诗意流动中获得对千年中国乡村根性文化之美的感悟，从而思考人与自然、人与大地、人与世界的精神建构问题。因此，本套"大系"是"乡土中国最后的抒情诗"，是千年乡土中国根性文化的当代吟唱，是具有深厚乡土生命体验的文化乡愁。

乡愁是感伤的，是一种甜蜜优美的感伤。不是每个人都有乡愁的。乡愁是一种深厚的文化情怀，是对大地、故乡、世界的一种深刻的生命眷恋。而《百年乡愁：中国乡土小说经典大系》就是让我们这些具有乡土中国完整经验的最后一代人，以文化传承的方式，把这种纯粹、完整、具有审美意义的文化乡愁，传递给21世纪中国青年，乃至未来的中国青年。我们曾有过这样一种乡土生活，这样一种乡土中国乡村根性文化——这就是我们的文化根基、我们的精神基因，它蕴含未来的路径和种种可能性。

我们常言，越是民族的，就越是世界的。而我想说的是，越是地方的，越是中国的，也越是世界的。中华文化是一个整体，是由一个个具有地方文化特性的地域文化组成的，是千百年来文化交融凝聚而成的。地方性文化的丰富和多样，恰恰是中华文化的活力与魅力所在。《百年乡愁：中国乡土小说经典大系》就具有鲜明的、浓郁的地方性文化特征，不同地域的读者不仅可以从中读到自己家乡的影子，而且可以由一个个乡土文化而建立起丰富、感性、美美与共的中华文化世界。

本套"大系"适合研究乡土文学文化的学者、学生阅读，也适合对中华文化、地域文化感兴趣的读者阅读。事实上，这套"大系"对于世界各国读者而言，是理解和思考千年中国根性文化、百年中国社会变迁的最佳读本，是具有世界性意义、最接中国地气、最具中国民俗文化气息的文学读本。

是为序。

张丽军

2023 年 7 月 1 日凌晨于暨南园

导　读

　　本卷收录的小说作品，既有粗犷的阳刚之气，又有纤细的阴柔之美，展现的是现代化大潮下的乡村景象、城镇化进程中的民工命运、城乡二元结构下的女性追求等问题。

　　何士光生于1942年，1977年开始发表作品。著有长篇小说《似水流年》，中篇小说《青砖的楼房》《草青青》，短篇小说集《梨花屯客店一夜》《故乡事》等。他的作品大多是对人生觉醒及生命进程的思索。本卷收录的《乡场上》生动地反映了改革开放初期农村变革中人们精神的变化和内心的喜悦。

　　向本贵1947年生于湘西苗族一个农民家庭，"书写农民的苦难，书写农民的期盼，书写农民的所思、所想、所求，书写农民的愚昧和落后"，"关爱农民的生存状况，给农民以大悲悯、大同情、大关怀"是他小说创作最为重要的话题。《这方水土》聚焦于与农民声气相通的中下层干部，很有现实指导意义。

　　潘灵生于1966年，布依族，其作品具有鲜明的地域特色，致力于再现"活灵活现的故乡"。著有长篇小说《泥太阳》《翡暖翠寒》《半路上的青春》《血恋》，中短篇作品集《太平有象》《风吹雪》等。《偷声音的老人们》写出了一种在时代车轮下被我们不经意间伤害的乡愁，并告诉我们，每个搬离故土的人都值得尊重。

张庆国生于1956年，著有长篇小说《玫瑰的翅膀》《天高地远的温柔》，长卷散文《乌蒙会馆的发现》，中篇小说集《水镇蝴蝶飞舞》《伤心之城》等。本卷收录的《水镇蝴蝶飞舞》写得唯美而又纯静，读来恍然若梦。

1996年出生的傣族青年李司平，2019年在文坛初露头角。他的作品稚气而新锐，很有其个性化特色。《猪嗷嗷叫》写的是一则由一头嗷嗷叫的年猪引发的生动又诙谐的故事，写出了扶贫干部的艰难付出与担当精神，读来既令人欣喜，又令人唏嘘。

东西，原名田代琳，生于1966年。主要作品有《后悔录》《耳光响亮》《没有语言的生活》等。本卷收录的《没有语言的生活》主要是通过极致的人物命运和情境，来探索人性的幽微与复杂。

朱山坡生于1973年，1987年开始发表作品，著有长篇小说《大宋的风花雪月》《玻璃城》《拯救大宋皇帝》，中短篇小说《两个棺材匠》《陪夜的女人》等。本卷收录的《陪夜的女人》展现出了一幅原生态的南方乡村水墨画，充满了乡土世界人性的光芒和对老人的终极关怀。

目录

百年乡愁：中国乡土小说经典大系

乡场上

/// 何士光

在我们梨花屯乡场，这条乌蒙山乡里的小街上，冯幺爸，这个四十多岁的、高高大大的汉子，是一个出了名的醉鬼，一个破产了的、顶没价值的庄稼人。这些年来，只有鬼才知道，一年三百六十五天，他是怎样过来的，在乡场上不值一提。现在呢，却不知道被人把他从哪儿找来，咧着嘴笑着，站在两个女人的中间，等候大队支书问话，为两个女人的纠纷作见证，一时间变得像一个宝贝似的，这就引人好笑得不行！

"冯幺爸！刚才，吃早饭——就是小学放早学的时候，你是不是牵着牛从场口走过？"

支书曹福贵这样问，事情是在乡场上发生的，那么当然，找他这个支书也行，找乡场上的宋书记也行，裁决一回是应该的；但所有在场的人没有一个不明白，曹支书是偏袒罗二娘这一方的。

别看这位年纪和冯幺爸不相上下的支书，也是一副庄稼人模样，穿着对襟衣裳，包着一圈白布帕，他呀，板眼深沉得很！——梨花屯就这么一条一眼就能望穿的小街，人们在这儿聚族而居似的，谁还不清楚谁的底细？

冯幺爸眨着眼，伸手搔着乱蓬蓬的头发，像平时那样嬉皮笑脸的，说：

"一条街上住着，吵哪样哟！"

人们哄的一声笑了。这时正逢早饭过后的一刻空闲，小小的街子上已聚着差不多半条街的人，好比一粒石子就能惊动一个水塘，搅乱那些仿佛一动不动的倒影一样，乡场上的一点点事情，都会引起大家的关心。这一半是因为街太小，事情往往说不定和自己有牵连，一半呢，乡场上可让人们一看的东西，也确实太少！这冯幺爸不明明在耍花招？他作证，就未必会是好见证！

"哎——！你说，走过没有！"

"你是说……吃早饭？"

"放早饭学的时候！"

"唔，牵着牛？"

"是呀！"

他又伸手摸他的头，自己也不由得好笑起来，咧着那大嘴，好像他害羞，这就又引起一阵笑声。

这时候，他身旁那个矮胖的女人，就是罗二娘，冷笑起来了——她这是向着她对面那个瘦弱的女人来的，说：

"冯幺爸，别人硬说你当时在场，全看见的呀！——看见我罗家的人下贱，连别人两分钱的东西也眼红，该打……"

这女人一开口，冯幺爸带来的快活的气氛就淡薄了，大家又把事情记起来，变得烦闷。这些年来，一听见她的声音，人们心里就像被雨水湿透了的只留下苞谷残梗的田野那样抑郁、寂寥。你看她那妇人家的样子，又邋遢又好笑是不是？三十多岁，头发和脸好像从来也没有洗过，两件灯芯绒衣裳叠着穿在一起，上面有好些油迹，换一个场合肯定要贻笑大方；但谁知道呢，在这儿，在梨花屯乡场上，她却仿佛一个贵妇人了，因为她男人是乡场上食品购销站的会计，是一个卖肉的……没有人相信那瘦弱的女人，或是她的娃儿，敢招惹这罗家。她男人任老大，在乡场的小学校里教书，是一位多年的、老实巴巴的民办教师，同罗家咋相比呢？大家才从乡场上那些凄凉的日子里过来，都知道这小街上的宠辱对这两个女人是怎样地不同——这虽说像噩梦一样怪诞，却又如石头一样真实——知道明明是罗二娘有意欺侮人，因此都为任老大女人不平和担心……

"请你说一句好话，冯幺爸！我那娃儿，实在是没有……"

任老大女人怯生生地望着冯幺爸，恳求他，苦命的女人嫁给一个教书的，在乡场上从来都做不起人。一身衣裳，就和她家那间愁苦地立在场口的房子一样，总是补缀不尽；一张脸也憔悴得只见一个尖尖的下巴，和着一双黯淡无光的大眼睛。她从来就孱弱，本分，如其不是万分不得已，是不会牵扯冯幺爸的。

罗二娘一下子就把话接过来了：

"没有！——没有把人打够是不是？我罗家的娃儿，在这街上就抬不起头？……呸！除非狗都不啃骨头了，还差不多！——你呀，你差得远……"

她早就这样在任老大家门前骂了半天。这个女人一天若是不骂街，就好像失去了体面。她要任老大女人领娃娃去找乡场上那个医生，去开处方，去付药费，要是在梨花屯医不好，就上县城，上地区，上省！那妇人家的心肠，是动辄就要整治人。这不能说不毒辣；果真这样，事情就大了，穷女人咋经得起？

"吵，是吵不出一个名堂来的，罗二娘！"曹支书止住了她，不慌不忙地说。他当然比罗二娘有算计。他说：

"既然任老大家说冯幺爸在场，就还是让冯幺爸来说；事情搞清楚，解决起来就容易了。——冯幺爸，你说！"

"今天早上呢，"冯幺爸有些慌了，说，"我倒是在犁田……今年是责任田！"

他又咧了咧嘴，想笑，但没有笑出来。

看样子，他当时是在场，他是不敢说。本来，作为一个庄稼人，这些年来，撇开表面的恭维不说，在这乡场上就是低人一等，他呢，偏偏又还比谁都更无出息。他有女人，有大小六个娃儿，做活路却不在意。"做哪样哟！"他惯常是摇头晃脑地说，"做，不做，还不是差不多？就收那么几颗，不够鸦雀啄的；除了这样粮，又除那样粮，到头来还不是和我冯幺爸一样精打光？"他无心做活路，又没别的手艺，猪儿生意啦，赶场天转手倒卖啦，他不仅没有本钱，还说那是"伤天害理"。到秋天，分了那么一点点，他还要卖这么一升两升，打一斤酒，分一半猪杂碎，大醉酩酊地喝一回。"怎么？"他反问规劝他的人说，"只有你们才行？我冯幺爸就不是人，只该喝清水？"一醉，就唏唏嘘嘘地哭，醒了，又依旧嬉皮笑脸的。还不到春天，就缠着曹支书要回销粮，以后呢，就涎着脸找人接济，借半升苞谷，或是一碗碎米。他给你跑腿，给你抬病人，比方罗二娘家请客的时候，他就去搬桌凳，然后就在那儿吃一顿。他要伸手，要求告人，他咋敢随便得罪人呢？罗二娘这尊神，他得罪不起，但要害任老大这样可怜的人，一个人若不是丧尽天良，也就未必忍心。一时间，你叫他选哪一头好呢？

"你在，就说你在！"曹支书正告他说，"如若不在，就说不在！"

"我……倒是犁田回来……"

"哟，冯幺爸，"罗二娘叫起来，"你真在？那就好得很！——你说，你真看见了？真像人家说的那样？"

冯幺爸其实还没有说他在，这罗二娘就受不住了，一步向冯幺爸逼过来。她才不相信这个冯幺爸敢不站在她这一边呢！在她眼里，冯幺爸在乡场上不过像一条狗，只有朝她摇尾巴的份。有一次，给了他一挂猪肠子，他不是半夜三更也肯下乡去扶她喝醉了酒的男人？今天不是她亲自打发人去找他来的？慢说只是要他打一回圆场，就是要他去咬人，也不过是几斤骨头的生意——安排一个娃儿进工厂，不也才半条猪的买卖？这个冯幺爸算老几呢？

冯幺爸忙说："我是说……"

……哎，他确实是不敢说，这多叫人烦闷啊！

人们同情冯幺爸了。你以为，得罪罗二娘，就只是得罪她一家是不是？要只是这样，好像也就不需要太多的勇气了；不，事情远远不这样简单呢！你得罪了一尊神，也就是对所有的神明的不敬；得罪了姓罗的一家，也就得罪了梨花屯整个的上层！瞧，我们这乡场，是这样的狭小，偏僻，边远，四下里是漠漠的水田，不远的地方就横着大山青黛的脊梁，但对于我们梨花屯的男男女女来说，却仿佛就是整个的人世。比方说，要是你没有从街上那爿唯一的店子里买好半瓶煤油、一块肥皂，那你就不用指望再到哪儿去弄到了！……但是，如果你得罪了罗二娘的话，你就会发觉商店的老陈也会对你冷冷的，于是你夜里会没有光亮，也不知道该用些什么来洗你的衣裳；更不要说，在二月里，曹支书还会一笔勾掉该发给你的回销粮，使你难度春荒；你慌慌张张地，想在第二天去找一找乡场上那位姓宋的书记，但就在当晚，你无意中听人说起，宋书记刚用麻袋不知从罗二娘家里装走了什么东西！……不，这小小的乡场，好一似由这些各执一股的人儿合股经营的，好多叫你意想不到、叫你一筹莫展的事情，还在后头呢！那么，你还要不要在这儿过下去？这是你想离开也无法离开的乡土，你的儿辈晚生多半也还得在这儿生长，你又怎样呢？……许多顶天立地的好汉，不也一时间在几个鬼蜮的面前忍气吞声？既如此，在这小小的乡场上，我们也难苛求他冯幺爸，说他没骨气……

罗二娘哼了一声："就看你说……"

冯幺爸艰难地笑着，真慌张了，空长成一条堂堂的汉子，在一个女人的眼光的威逼下，竟是这样气馁，像小姑娘一样扭捏。他换了一回脚，站好，仿佛原来那样子妨碍他似的，但也还是说不出话来。这正是春日载阳、有鸣仓庚的好天气，阳光把乡场照得明晃晃的，他好像热得厉害，耳鬓有一股细细的汗水，顺着他又方又宽的脸腮淌下来……

罗二娘不耐烦了："是好是歹，你倒是说一句话呀！……照你这样子，好像还真是姓罗的不是？"

"冯幺爸！"曹支书这时已卷好了一支叶子烟，点燃了，上前一步说，"说你在场，这是任家的娃儿说出来的。你真在场，就说在场；要是不在，就说不在！就是说，要向人民负责；对任老大家，你要负责；对罗二娘呢，你当然也要负责！——你听清楚了？"

曹支书说话是很懂得一点儿分寸的，但正是因为有分寸，人们也就不会听不出来，这是暗示，是不露声色地向冯幺爸施加压力。冯幺爸又换了一回脚，越来越不知道怎样站才好了。

这样下去，事情难免要弄坏的。出于不平，人们有些耐不住了，一句两句地岔起话来：

"冯幺爸，你就说！"

"这有好大一回事？说说有哪样要紧？"

"说就说嘛，说了好去做活路，春工忙忙的……"

这当然也和曹支书一样，说得很有分寸，但这人心所向，对冯幺爸同样也是压力。

再推挪，是过不去的了。冯幺爸干脆不开口，不知怎样一来，竟叹了一口气，往旁边走了几步，在一处房檐下蹲下来，抱着双手，闷着，眼光直愣愣的。往常他也老像这样蹲在门前晒太阳，那就眯着眼，甜甜美美的；今天呢，却实在一点也不惬意，仿佛是一个终于被人找到了的欠账的人，该当场拿出来的数目是偌大一笔，而他有的又不过是一双空空的素手，只好耸着两个肩头任人发落了……哎，一个人千万别落到这步田地，无非是境况不如人罢了，就一点小事也如负重载，一句真话也说不起！

小小的街头一时间沉寂了；只见乡场的上空正划过去一朵圆圆的白云；燕子低飞着，不住地啁啾……远处还清楚地传来一声声布谷鸟的啼叫。

稍一停，罗二娘就扯开嗓子骂起来。这回她是冒火了。即便冯幺爸一声不吭，不也意味她理亏？这就等于在一街人的面前丢了她的脸，而这人又竟然是连狗也不如的冯幺爸，这咋得了？

"咦——！冯幺爸，你说你还叫不叫人？你哑了？我罗二娘有哪一点对你不起？是一条狗呢，也还要叫几声！"

接下去就是一连串不堪入耳的骂人的话了，她好像已经把任老大女人撇在一边，认冯幺爸才是冤家。

"不要骂哟！"

"……是请人家来作证……"

有人这样插嘴说，许多人实在听不下去了。

"就要骂！我话说在前头，这不关哪一个的相干！哪一个脑壳大就站出来说，就不要怪我罗二娘不认人啦！"

冯幺爸呢，他的头低下去、低下去，还是一声不吭。哎，这冯幺爸真是让人捏死了啊，大家都替他难过。

罗二娘直是骂。这个恶鸡婆一会儿双手叉腰，一会儿又顿足，拍腿，还一声接一声地"呸"，往冯幺爸面前吐口水。

"依我说呢，"曹支书又开口了，"冯幺爸，你就实事求是地讲！'四人帮'都粉碎四年了，要讲个实事求是才行……"

他劝呀劝的，冯幺爸终于动了一动，站起来了。

"对嘛，"支书说，"本来又不关你的事……"

冯幺爸一声不响地点点头，拖着步子走回来，那样子好像要哭似的，好不蹒跚。常言说，昧良心出于无奈，莫非他真要害那又穷又懦弱的教书匠一家？

"曹支书，"他的声音也很奇怪，像在发抖，"你……要我说？"

"等你半天哪！"

冯幺爸又点头，站住了。

"我冯幺爸，大家知道的，"他心里不好过，向着大家，说得慢吞吞的，"在这街上算不得一个人……不消哪个说，像一条狗！……我穷得无法——我没有办法呀！……大家是看见的……脸是丢尽了……"

他这是怎么啦？人们很诧异，都静下来，望着他。

"去年呢，"他接下去说，"……谷子和苞谷合在一起，我多分了几百斤，算来一家人吃得到端阳。有几十斤糯谷，我女人说今年给娃娃们包几个粽子粑。那时呢，洋芋也出来了……那几块菜籽，国家要奖售大米，自留地还有一些麦子要收……去年没有硬喊我们把烂田放了水来种小季，田里的水是满当当的，这责任落到人，打田栽秧算来也容易！……只要秧子栽得下去，往后有谷子挞，有苞谷扳……"

罗二娘打断他说："冯幺爸，你扯南山盖北海，你要扯好远呀！"

万没料到，冯幺爸猛地转过身，也把脚一跺，眼都红了，敞开声音吼起来：

"曹支书！这回销粮，有——也由你，没有——也由你，我冯幺爸今年不要也照样过下去！"

人们从来没有看见冯幺爸这样凶过，一时都愣住了！他那宽大的脸突然沉下来，铁青着，又咬着牙，真有几分叫人畏惧。

"我冯幺爸要吃二两肉不？"他自己拍着胸膛回答，"要吃！——这又怎样？买！等卖了菜籽，就买几斤来给娃娃们吃一顿，保证不找你姓罗的就是！反正现在赶场天乡下人照样有猪杀，这回就不光包给你食品站一家，敞开的，就多这么一角几分钱，要肥要瘦随你选！……跟你说清楚，比不得前几年啰，哪个再要这也不卖，那也不卖，这也藏在柜台下，那也藏在门后头，我看他那营业任务还完不成呢！老子今年……"

"冯幺爸！你嘴巴放干净点，你是哪个的老子？"

"你又怎样？——未必你敢摸我一下？要动手今天就试一回！……老子前几年人不人鬼不鬼的，气算是受够了！——幸得好，国家这两年放开了我们庄稼人的手脚，哪个敢跟我再骂一句，我今天就不客气！"

曹支书插进来说："冯幺爸——"

冯幺爸一下子就打断了他："不要跟我来这一手！你那些鬼名堂哟，收拾起走远点！——送我进管训班？支派我大年三十去修水利？不行啰！你那一套本钱吃不通啰！……你当你的官，你当十年官我冯幺爸十年不偷牛。做活路——国家这回是准的，我看你又把我咋个办？"

"你、你……"

"你什么！——你不是要我当见证？我就是一直在场！莫非罗家的娃儿才算得是人养的？捡了任老大家娃儿的东西，不但说不还，别人问他一句，他还一凶二恶的，来不来就开口骂！哪个打他啦？任家的娃儿不仅没有动手，连骂也没有还一句！——这回你听清楚了没有？"

这一切是这样突如其来，大家先是一怔，跟着，男男女女的笑声像旱天雷一样，一下子在街面上炸开了，整整一条街都晃荡起来。这雷声又化为久久的喧哗和纷纷的议论，像随之而来的哗啦啦的雨水一样，在乡场上闹个不停。换一个比方，又好比今年正月里玩龙灯，小小的乡场是一片喜庆的爆竹！……冯幺爸这家伙蹲在那儿大半天，原来还有这么一通盘算，平日里真把他错看了！就是这样，就该这样，这像栽完了满满一坝秧子一样畅快……

只见他又回过头来，一本正经地对任老大女人说："跟任老师讲，没有打！——我冯幺爸亲眼看见的！我们庄稼人不像那些龟儿子……"

罗二娘嘶哑着声音叫道："好哇，冯幺爸，你记着……"

但她那一点点声音在人们的一片喧笑之中就算不得什么了，倒是只听得冯幺爸的声音才吼得那么响：

"……只要国家的政策不像前些年那样，不三天两头变，不再跟我们这些做庄稼的过不去，我冯幺爸有的是力气，怕哪样？……"

这样，他迈着他那一双大脚，说是没有工夫陪着，头也不回地走了。望着他那宽大的背影，大家又一一想起来，不错，从去年起，冯幺爸是不同了，他不大喝酒了，也勤快了。他那一双大码数的解放鞋，不就是去年冬天才新买的？这才叫"手里有粮，心里不慌，脚踏实地，喜气洋洋"！穿上了解放鞋，这就解放了，不公正的日子有如烟尘，正在一天天散开，乡场上也有如阳光透射灰雾，正在一刻刻改变模样，庄稼人的脊梁，正在挺直起来……

这一场说来寻常到极点的纠纷，使梨花屯的人们好不开心。

再不管罗二娘怎样吵闹，大家笑着，心满意足，很快就散开了。确实是春工忙忙啊，正有好多好多要做的事情，全体，男男女女，都步履匆匆的……

写于一九八〇年

这方水土

/// 向本贵

一

太阳软劲，谷粟进仓，茅垭乡的干部们头皮就开始发紧。他们自己有句戏言：半年做崽半年当爹。上半年乡干部们手中有平价化肥有良种还有救济粮救济款，老百姓得求你。秋收一过，计划生育，各种名目的提留上交，还有农田基本建设，垦荒造林等等任务一股脑儿压下来，脚板皮不长茧，嘴巴皮不起泡，休想体体面面啃下这些硬骨头。

这年，茅垭乡还是王有来副乡长负责抓计划生育工作。那天，他从乡卫生院领来十几个蓬头垢面的年轻女人。这些年轻女人进了王副乡长的屋也不跟他婆娘打声招呼，自己拿杯子倒茶喝自己寻凳子坐一个个火气十足把杯子把凳子弄得叮叮当当响。

王副乡长将妻子张爱华叫到一旁压低嗓子说："今年工作做

得不错，一下就来了三十多个对象，乡卫生院床铺少了住不下，打发她们回去怕是再难回来。我把她们带到乡政府。你去把会议室打扫干净，把招待室的被子全拿出来给她们打地铺。明天郭院长到这里来动手术。不过三两天时间，你就侍候一下她们。"

"刘书记说的？"

张爱华想起三年前她刚来乡政府时，乡政府正好召开人代会选乡长。乡政府没有招待员，厨房人手少也忙不过来。刘书记叫她给大会烧点开水，打扫一下会场，一天给她两元做工钱。丁副乡长的婆娘孙小英眼红得了不得，就在刘书记的婆娘面前使坏，让她们疙疙瘩瘩了许多日子。

王副乡长说："如果是刘书记说的我会拒绝。咱再穷也不缺这几块钱。我是让你给我尽几天义务。这工作是我负责抓，你不帮忙哪个帮忙。"王副乡长皱了皱眉头："做农民身体是本钱。没得好身体三斤半的锄头就拿不动。总不能让她们来割一刀落下一身病回去。乡政府没有条件照顾她们，热茶热水还是要供应。"

张爱华三年前也是和这些女人一样脚板上裂血口子，头发上有草花子，身上总冒一种让人生厌的臭汗。如今虽说跟着男人住在乡政府，依靠的还是乡下那几亩瘦田薄地，吃的还是五谷杂粮。男人的话她理解，就没有作声，将一丝笑挂在脸上走进屋，说："各位大嫂走累了吧，你们在这里歇会儿，喝杯茶，我去给你们安排睡的地方，再给你们烧水洗澡。秋收完了，家里也不是很忙，来了就安心歇几天，我陪你们。家中鼎罐锅儿屎片尿片撂给男人让他们也尝尝女人不在身边的苦处。"

　　这边王副乡长就去食堂找厨房师傅要他多做十多个人的饭菜。厨房师傅有些不愿意，支支吾吾说丁副乡长那边还有人要来搭餐，饭馆小了。

　　王副乡长说："这个月是计划生育月，一切服从中心支持中心。其他工作都要让路。"

　　王副乡长对厨房师傅这个时候抬出丁副乡长有些反感，摆下这句话就走了。他准备到乡卫生院看看那边手术的进展情况。下了乡政府前面那个台阶又趔身走回来，找到正在打扫会议室的妻子，问她口袋里还有钱没有。张爱华问他要钱做什么。他就对她嘀咕了一阵。张爱华就从贴身口袋掏出五块钱，说："今天十号，还要等五天你才发工资，这五块钱我给玉卉留着做生活费的，明天星期六。明天你给她借。"

　　王副乡长接过钱，说："明天我对她说，要她克服一下困难，炒两罐头瓶干菜带到学校对付一个星期。"说着急急走了。

　　天擦黑王副乡长才抱着十几包淡红色的卫生纸从卫生院回来。乡政府因为拿不出资金把电牵进山来，仍然点煤油灯。几缕昏黄的灯光从窗根透出来，很快就被暗夜吞噬了。王副乡长打从民办教师转正调到乡政府主管文教开始，已整整十五年了。十五年来书记乡长换了好几茬，他也从一个小小的干事提升为副乡长，但茅垭的面貌却没有多少变化。他想，这次换届选举如果要自己去顶郝乡长那个缺，脱一层皮掉一身肉也要让茅垭换个样子。不然，老百姓穷苦，乡干部的日子也不好过。正想着，厨房传来了叫骂声，过后就是乒乒乓乓的砸东西的声音。王副乡长听见是那些来结扎的女人们在吵架，急急忙忙奔过去。

果然是这一群女人在厨房闹事。她们围在灶台前叫骂，舀水瓢在灶台上使劲地磕。

"怎么没热水了？"

王副乡长挤过去想看看灶锅里是否真的没有热水了。他清楚她们中间有许多人对计划生育有意见。生了女的想生儿，生了儿的想生女，横竖是不满足。只要能多生孩子，没吃的没穿的生活再困难也心甘情愿。要她们上环结扎就好比上屠宰场，找碴子对干部发脾气，把干部当成出气筒。

女人们看见王副乡长来了，一窝蜂将他围住。

"你花言巧语把我们弄上来就不管了呀？走了一天路身上都臭了，你让我们用冷水洗吗？"

"嘴巴讲得比蜜糖还甜，哄上来割一刀你就算完成任务了吧。"

王副乡长说："我叫我那婆娘烧水她怎么没烧？"他心里不由有火，转身想去找自己的女人。

女人们以为他想一走了之，发怒了："问题没解决你就想走呀！"

王副乡长做着笑脸解释："我哪会丢下你们不管呢？你们看我买了什么好东西。"

说着就把胳膊窝里一捆淡红色的卫生纸在女人们眼前扬了扬。王副乡长下午看见一个女人在他家凳子上一坐，就留下巴掌大一块血渍。他知道乡下穷，女人来了月经也舍不得花几角钱买卫生纸用。多数扯块烂布条用。有的连烂布条也舍不得，说是要纳鞋底用，用丝瓜瓤子当马骑。心想来这里割一刀可是要讲好卫生，不然感染了要出事。

女人们没看见这淡红色的卫生纸还罢，一见着眼睛都发绿了，接着就燃起了火。你有钱给婆娘买这红纸垫屁股还在我们面前显摆吗！你婆娘的屁股莫非就长出了一朵花就比咱们的金贵应该用这软软的红纸垫啰！心中有火嘴巴也就管不住了。更有甚者，一个长得粗粗壮壮的女人往地上一蹲，扬言要让王副乡长瞧瞧她"骑马"用的货色。

王副乡长见状不由心惊胆战，他知道农村最忌讳的就是这东西。王副乡长没命地逃出人群。女人们人多势众有恃无恐，穷追不舍。王副乡长被赶得鸭子上架就往自己家里逃。女人们追进屋，却不见了人。这时张爱华从乡供销社赊了几支蜡烛回来让她们夜里照明，见女人们怒气冲冲在自己家里东寻西找，就问她们还需要什么。这时床脚下一阵响动，王副乡长从床底下钻出来，也不问青红皂白，扬起手"啪"地就打了女人一巴掌。

"你肚子里的苞谷子屎红薯屁都还没有闹完哩，就忘本了呀！你给她们烧的水呢？"

张爱华被丈夫一巴掌打蒙了，愣片刻，就哭号着扑过去和王副乡长扭打起来。

"你个没卵用的哟，人家把你赶床脚下藏哩。你奈何不得她们就把气朝我身上发呀！动手打我！你个不得好死的我跟你十八年吃没得吃穿没得穿，侍候你还不够还请些人来让我侍候！连口袋里的给女儿做伙食费的五块钱你也拿去给她们买骑马片子。你什么时候心疼过我！我生两个女儿你说工作忙连在我面前坐一会儿的工夫都没有。"

王副乡长的女人一则自己当着这么多人遭打丢了丑，二则男人被这些女人赶到床脚下藏着心中又气又火，撒起泼来舌头下面就不饶人："水烧在锅里还要我一个一个给她们脱裤洗吗！肚子上割一刀一个个就都成了英雄了啊。我那时候割一刀有哪个来侍候我了！下了手术台照样回家洗衣煮饭做阳春！"

听她这么一哭号，女人们就都觉得错怪了人，就都有些难为情地劝导她。

二

一般说乡干部带的家属多是从农村来的。过去，他们也不敢把自己的糟糠之妻带到乡政府来住。那时农村还没有搞责任制，劳动力被生产队拴得紧紧的。女人们想要到男人这里住一晚都得扯一个谎，或是说来月经了，请个义假，或是说去男人那里要点钱还生产队的超支款。那时没有几个干部家属不是超支户的。农村搞起了责任制，乡干部的婆娘们才算脱了身上的羁绊。过去顶门立户盘家养口累得吐血，如今是再也不情愿受那份罪了。或是在春种秋收回家忙活一阵，余下的日子就随丈夫住在乡政府。有的连春种秋收也不愿回去了，干脆将田土让人家耕种，多少叫人家给点粮食。这样就成了地道的家属了。茅垭乡政府有三个家属：一个是乡党委书记刘立柱的婆娘邓金枚，一个是分管乡镇企业的副乡长丁大好的婆娘孙小英，再就是分管文教卫生的副乡长王有来的婆娘张爱华。刘书记的婆娘比刘书记大一岁，只因她格外显老，一头灰白的头发，脸上的皱纹像一张渔网，加上家庭困难没件像样的衣服穿在身上，和刘书记站一块人们就说她可以做刘书记的娘。他们结婚早，两个女儿早已出嫁。家中就刘书记七十多岁的老娘和媳妇两人过日子。邓金枚和婆婆有些隔阂，住在男人这里就不肯回去了。据说刘书记和他婆娘那时是他母亲逼着拜的堂。两个人二十多年来就像一个鼎罐煮的黄豆和苞谷，巴不到一块去。丁副乡长的女人孙小英比她男人小八岁，那时丁副乡长穿上军装去当兵的时候孙小英还是个戴着红领巾的小学生哩，戴红领巾的小姑娘给当解放军的叔叔戴上大红花，没想到十八岁的小叔叔当了几年兵回来竟成了自己的丈夫。正如刘书记的婆娘说的，孙小英快四十的人了身上还一股的骚劲。王有来副乡长和他婆娘的经历不像刘书记两口子那么寡淡，也没有丁大好两口子那么罗曼蒂克。那时王副乡长做民办教师，一个十五岁的女孩子发蒙跟他读书，读到小学三年级又不读书了。王老师去她家搞家访时她送了他一双千针百衲而且绣了许多花朵朵儿的鞋垫儿。后来她就成了他的婆娘。三个家庭都是两个孩子，三个家庭都是靠着男人的工资过日子，三个家庭都是拿着上月的工钱就盼星星盼月亮盼下月的工钱。乡政府其他的干部情况就不同。特别是那些年轻干部，他们的成长过程没有老干部们的经历坎坷，婚姻上的主动权就多得多。找对象首先要看她们有没有粮本本，有些不但要找带粮本本的还要求她们有工作能养活自己。结了婚也就不存在带家属。茅垭乡困难，交通又不便，逢年过节就插翅一般往女方那边跑了。他们过得很幸福。过得幸福的人就不怎么理解困难人。背后就排三位领导的场，说乡干部上不了品位，女人就不够格称夫人，那么就只有按当地的习俗称呼为婆娘了。说茅垭乡政府有仨婆娘，书记女人为一婆娘，丁副乡长年纪大资历深女人称二婆娘，王副乡长的女人就只有屈居三婆娘了。三个婆娘各有所长也各有不足，又因为男人的一些微妙关系，就生出了许许多多的磕磕碰碰来。

　　这天晚上十几个女人在灶房闹事，刘书记的女人邓金枚站在她自家的门前都看得清清楚楚。当她看见女人们追赶王副乡长时她还真为王副乡长捏了一把汗。那秽物真要撂到了王副乡长头上，这辈子他怕是要倒霉透顶了。可她不敢出来解劝。这些女人不好惹，你是求她们来割一刀的，她们要赌气不愿割，自己男人就要挨上面的骂。就把张爱华叫到一旁悄悄说："你哭的哪样，你烧了水我可以做证，全让那骚婆娘舀去了，洗澡还不算，又舀热水洗衣服。"

张爱华本来对孙小英有成见，邓金枚的话无疑是火上加油，就跳起了脚："想卖好价钱你自己烧水洗，我烧水是侍候你的吗！"

乡政府就两栋木屋，一栋办公室一栋宿舍，木板房不隔音，放个屁满院子都听得着。那边孙小英听到这话也不示弱，一边梳头一边出来应战："我卖不卖好价钱可没人照顾我，你不用卖人家总把好事往你头上摊哩。你拿了钱烧水这水就是乡政府的，我这个二婆娘就用得。"

张爱华最不服的就是孙小英在自己面前显摆。在她眼里自己男人论能力论水平都比孙小英的男人强。但孙小英一开口说话就把她男人放在自己男人前头。现如今自己男人抓计划生育，自己被摊上做义务工不说，连口袋里五块钱也掏出来买纸了，还听她显摆呀。

"我说这个乡长还没有轮到你男人做哩，你男人还没有那个权给我开工钱让我烧水侍候你。我这是做义务工给人家撑面子。"

"咿哟，怪不得那么积极啰，想给男人撑面子日后好做二婆娘啰。"

"我没你漂亮，没你会扯荷包眼，这二婆娘轮不上我。"

王副乡长见女人们都吵得没边了，说："爱华你少讲一句就让尿水给憋死了！要吵，你给我滚，政府机关都让你们搞乱场合了。"

张爱华挨了打如今又挨骂，气得眼泪直滚："我滚我滚，在这里横竖遭气恼。"一边哭一边进屋收拾东西真的要走。

这时刘书记从阳桃坡村怄了一肚子气回来，看见三个家庭又在吵架，来结扎的十多个妇女反客为主给她们扯劝，就生出了许多烦恼，问王副乡长她们为哪样又扯起皮来了。

王副乡长说了原委，刘书记的火气反倒小了许多，皱了皱眉头说："小孙这就是你的不对了。不管乡政府请没请张爱华烧水，你知道乡下来的人是要用水的。都是女人嘛，走了一天的路不用水行吗？你舀了水就该给灶里加把火嘛。"

孙小英不作声了，泪水汪汪地看着刘书记。刘书记就把话打住了，过后对王副乡长说："我看里手架要少吵，提倡办实事。咱俩动手烧水，看看她们还有什么困难和要求，我们要尽量想办法解决。"

走进食堂看见地上到处撒的卫生纸，就说这些女人也是，垫屁股的东西就不会放袋子里。

王副乡长一边拾一边说："咱们做干部的没卵用，没让茅垭的老百姓过上好日子。我给她们买一包纸，割一刀下来，用这也算咱尽了点心。"

刘书记长长叹了口气："我今天到阳桃坡村，村长叫苦说今年的工作是没得法做了。上半年旱苗，夏天又旱穗，群众生活困难，我们又没有多少能耐解决群众的困难。大伙对我们干部有意见，说你们干部下跪我们也不得听你们的了。"

水烧热女人们都来了。刘书记说："王副乡长给你们各人买了包纸，你们都拿着。说起来也不丑，这纸消过毒，用它不会得病。"

　　女人们一个个脸面泛红，笑闹着催他们快走，她们要洗洗身子。

　　"有哪样困难你们只管讲，把你们请来就是客人，我们不能不管。"

　　说着刘书记和王副乡长就出了门，边走边说些计划生育的事。

　　刘书记说："今年咱们茅垭粮食减产，各项工作难度都大了。"王副乡长说："最难的怕是计划生育，我们乡的对象比哪一年都多，老百姓被逼急了，和我唱起对台戏来就麻烦了。"

　　"刚才她们围攻你了？"

　　王副乡长没有将女人们追他的事讲给刘书记听，回头想起来还是个旧思想在作怪，估计她们还没有那个胆子将骑马片子扣在自己头上，就是扣了，也未必自己一辈子就倒了霉，说："怪只怪老丁那婆娘太那个，以为爱华是你支派她烧水。"王副乡长没有过分地说孙小英的坏话，听人说刘书记喜欢孙小英，就说："话又说回来，也别怪她孙小英，咱们三个带家属的都是穷光蛋，那几个工资掰作几瓣用也是上月接不上下月，谁不想钱呢！"

　　刘书记沉默片刻，又把话题转向工作说："这样吧，这段日子我着重抓计划生育，上面限了时间的，到时候没有完成任务要挨批评。上交提留这一摊子工作放到后一步。看老丁那边的情况，如果能弄一些钱到手，咱们就少向农民要一点，下面也实在有些承受不起了。"

　　两人一直走出乡政府，在下边公路分路口刘书记说："我到我妹那里去一趟，我老娘今天七十五岁生日。"停了停又说，"原先口袋里装着十块钱，准备给老娘买两瓶罐头带去，从阳桃坡下来在陈跛子家落脚，看见陈跛子病了躺在床上动不得也没得钱买药吃，就把钱送他了。"

王副乡长说："你晓得我口袋是从来不带钱的。刚才把婆娘口袋的五块钱也拿来给她们买卫生纸了。这样吧，你在这儿等着我到供销社给你赊两瓶罐头来。"

"算了吧，下个月发工资了再给老人家买点东西就是。"

"听说生日是不能补的。"

"你也相信那些？"

刘书记停住脚，月色中他看了眼王副乡长说："上次在县里开书记会，组织部李部长说郝乡长调走了，哪个顶这个位子合适。我说这是组织上的事。他说丁副乡长资历长，王副乡长年轻，各有长处。"

王副乡长其实知道刘书记心里希望丁副乡长上，就揣摩他今天说这话的意思，沉默片刻，说："刘书记，这个事其实还是你一句话，你是书记，乡长合不合手，是个关键。我还是过去一句老话，跟着刘书记工作心情舒畅，不在乎那个位子是正还是副，你叫我干哪样我就干哪样。"

刘书记笑了笑："明天你把乡政府那群对象调摆好，我把大队伍从野猪垭拖过来，重点突出阳桃坡。"

三

刘书记不是茅垭人，他老家茅坪乡和茅垭乡一溪之隔。刘书记只有兄妹俩。父亲去世多年，兄妹俩靠母亲辛辛苦苦抚养成人，妹妹出嫁之后，母亲就和媳妇孙女一块住。孙女出嫁之后，邓金枚也住在乡政府不肯回去。刘书记见老娘孤苦伶仃一人住在老家，于心不忍，也想把老人接到乡政府来，又怕婆媳俩不和影响不好。为难时妹妹来了，用椅子扎了一个轿将母亲接她那里去了。妹妹家离茅垭乡政府不远，刘书记有空闲就去妹妹家看看老娘。刘书记一边走一边想起母亲抚养自己不容易，如今老了动不得了也没有能孝敬好老人家，就有些后悔那十块钱不该给陈跛子。一年到头，这么随手给那些困难户五保户的钱也不知道有多少次。今天硬硬心也就不会空着手给老母亲做生日去的。

走得快，三里路一支烟的工夫就到了。妹夫不在家，外甥读书去了，就母亲和妹妹有一句没一句坐在屋里说白话。见了哥妹就迎出来说："哥，我以为你忘了哩。娘的眼睛都盼穿了。"

刘书记说没忘，我下村刚回来。

母亲脸上就泛起了笑："我猜想你是下村去了。"就站起身，趔趔趄趄朝灶屋走。

"娘你坐，我给哥端来。"

妹从灶屋端来一大碗香香的板栗糯米饭，用油煎得黄爽爽的，冒着热气。

"娘说你就喜欢吃板栗煮糯米饭。这板栗还是娘前些日子挂着棍子在后山坡上捡回来的哩。"

刘书记这时才觉得肚子好饿。他还是中午在阳桃坡村长家吃了几个红薯的。

刘书记吃饭的时候，老娘就坐在他面前，昏花的目光一眨不眨地看着儿子，一脸的慈祥。

"娘，你的生日我也没有给你买什么东西孝敬你。"

"儿呀，你把公家的事情做清场娘就落心了，娘不要你买东买西。"

母亲看着儿子那个吃相，眼窝里就噙满了泪水："快五十的人了啊，搁着千多张嘴巴在肩上，心操得大哩。"

"娘，不累的。爹那时六十多了还上山做阳春挣工分哩。"

母亲叹了口气。"你爹要住到今天，也能过上几天舒心日子了。"老人就对儿子说，"你爹那时候脾气不大好，爱骂你们，其实他最心疼你。你小的时候爱尿床，一个老郎中说了个偏方，说是板栗煮糯米饭能治好这病。你爹就上马头岭给你打板栗，不小心从栗树上摔下来，脚踝摔脱臼，一跛一跛半夜才爬到家，肚子饿得只有巴掌厚，也舍不得吃一粒板栗。隔三天给你煮一次板栗糯米饭。有一次你妹嘴馋偷了一粒板栗吃，还遭了你爹一巴掌。"

妹如今也四十岁了，含笑说："那时爹只喜欢哥。"

刘书记不知不觉眼圈就湿了："妹，下个月发工资我给娘买件皮背心，天冷起来了，娘有个风湿痛病。"

"我整天蹲在火塘边，不冷的。"娘说。

"上次在县上开会，问了价，才二十几块，我是钱带少了，不然我就买来了。"

"你只莫糟蹋钱，买来我也不穿。"母亲用枯槁的巴掌揉眼睛，"你在世面上走，口袋里莫干钱，该吃的要吃该穿的要穿。俗话讲人是铁饭是钢，穿着是人的毛哩。不能外面丢人现眼。我住你妹这里饿不着冷不着，你就别挂记我。"

儿子的喉头有些发紧。

妹说："哥，大奎前天把娘的老屋料运过来，过些日子请个木工来合了。"

"木工钱我付。"

"不，大奎说我们付，其实也不要多少钱。"

母亲说："妹付就妹付吧，你妹夫在外面挣钱，手头比你们做干部的还宽裕。"

刘书记说："妹你叫大奎请个好木匠，娘的这副棺材料好。"

母亲这副棺材料是他每次给娘的零用钱，娘舍不得用，一分一角积攒下来买的。十二合。要在现在是很难买到这样好的棺材料了。刘书记想起上个星期湘西锑矿环保科宋科长来茅垭乡察看污染情况时叫苦说今年锑矿不景气，给茅垭乡的污染款可能比去年要少。过后宋科长提出让刘书记给他母亲弄副棺材料。刘书记懂得他的意思。污染不污染是没有什么标准的。锑矿与茅垭隔二十里，矿里开炉炼锑那有毒气体你说污染了庄稼他说没有，你说污染严重他说不严重，实际上是他宋科长一句话。你给他点好处他也给你点好处。这本来是不正之风，但刘书记还是答应了。一副棺材不过四五百块，换来的不是一万也有八千。对于贫困乡来说这可是个了不得的大数目。前天他交代丁副乡长无论如何也要想办法弄副棺材料。

这时门外有狗吠，妹妹打开门就进来一个人。刘书记抬头见是孙小英。孙小英提一包东西，有罐头有麦乳精还有两盒人参蜂王浆。

"刘书记你什么时候来的？"

孙小英走急了，一面抹汗一面还喘气，红润的脸上挂着笑，看刘书记的目光柔柔的。

"这么晚了，你来做什么？"

刘书记有些惊诧。

"看望伯母呀。"

孙小英一边往桌上放东西一边说；"去年听你说这个日子是伯母的生日哩。"

"这不好。"

刘书记脸上有些严肃。继而一想去年说的话你今年还记得，也难为了一片心意啊。这么想的时候看孙小英的目光就温和多了。

"我有意到天黑一阵才来，哪个也没有看见。"孙小英又说，"我是怕你忙，不能回来看望伯母。"

刘书记的妹给孙小英倒了杯茶，请她坐。孙小英说："我不坐了，我得回去，天黑一阵了哩。"

刘书记说："我也回去，我们一块走。"

孙小英就准备坐。刘书记说我们这就走。

刘书记的母亲颤巍巍地站起来对孙小英说了些感激的话，眼圈儿就红了。她是想起人家都来看望，她自己的亲媳妇却没有来，她是把这个日子给忘了啊。

田埂路很窄，孙小英却要和刘书记并排走。刘书记就时不时嗅到她身上的那股掺和着甘油香味儿的气息。孙小英家也是两个孩子，开支也大，但她比较精明，人又勤快，总把自己收拾得干干净净漂漂亮亮的，时不时还穿件街面上年轻人穿的那种流行服，让人们把一双眼都惊诧地盯着她。

"买那么多东西，怕要花去半个月的小菜钱吧。其实哩，你来看望一下老人家就不错了。"

走一段路，刘书记这么说。

"刘书记，你的恩情我和老丁一辈子都忘不了哩。去年不是你把那个农转非的指标让给我家小文，我小文是筒车打水往回走，怕又回农村追牛屁股去了啊。再说，我们老丁还靠着你这棵大树哩。"

去年县里千分之二农转非指标，给了茅垭乡一个，当时县里是戴帽下来的。考虑到刘书记工作几十年，两个女儿都嫁在农村，都还靠着老头子那工资接济，就准备让他老伴转个国家粮，虽说邓金枚年龄过了不指望找个工作什么的，对刘书记也是个安慰。

指标下来了，邓金枚也知道了。这时丁副乡长的大儿子高中毕业没有考上大学，整日一泡泪水抱怨父亲，说老子一辈子在外面忙工作，把他们撂在山旮旯不管不顾，小学读完连乘除法的式子都列不来，如今让他回乡下去不如喝农药算了。刘书记知道小文这孩子很懂事，读书也刻苦，只是基础太差了，真的像自己两个女儿那样在乡下安了家，一辈子就出不来了。就硬了硬心把自己那个指标给了他，还让乡派出所将小文的出生年月往后减一年。如今丁副乡长将他送到县里一家工厂做合同工去了。

"刘书记，老丁跟你这么多年，他说他最相信的就是你。你叫他完成什么工作，他不吃饭不睡觉也会完成好。"

"这个我心里有数。这个乡如果没有几个老同志顶着早就散摊子了。"

"说老他其实也不算老，才五十岁嘛。"

"他也属马？"

"刘书记你也属马？"

"我和老丁同年哩。"刘书记显出一副高兴的样子。

孙小英向刘书记那边靠了靠："我老丁比不得你哩。"

"按说，这个年龄正是干工作的时候，上次在县里开会，李部长要我推荐乡长人选，我首先推荐的就是老丁。"

这是刘书记的心里话，从骨子里讲，他希望老丁上。

孙小英听出刘书记话中有话，说："刘书记你有这个心，我们老丁就该拼命干工作，扎扎实实干工作，不像有的人，只舞花架子做表面工作让人看。”

刘书记知道她说的是王副乡长。他不想在家属面前议论自己的副手，就没有搭白。

刘书记不作声，孙小英就不敢往深处讲。两人默默地走过田埂路，孙小英说："刘书记我前走一步，人家看见了不好。"

刘书记就停住脚，看着孙小英的背影，心想自己那婆娘要有孙小英这么个样子该有多好。

刘书记没有去乡政府，他到乡卫生院打了个转。王副乡长还在卫生院，正跟龚院长商量事，见了刘书记就一齐说刘书记你来得好。

今年茅垭乡的计划生育工作声势大抓得扎实，来的对象多，连乡政府会议室都住了人。龚院长已经听说乡政府三婆娘吵架的事，不好意思再往乡政府送人，只得自己想办法腾房子。可是腾出来一间杂屋没门没窗屋脊上还漏雨，要请几个木工整修一下才能住人，只是请木工要钱。王副乡长说他手中只有一柄抓计划生育的尚方宝剑，其他一无所有。刘书记说百八十块钱乡政府应该拿，只是现在拿不出，这样吧你先把木工请来，钱的问题等老丁回来我要他想办法。

过后王副乡长又陪着刘书记到各病室看望做过手术的对象。又不敢久留步，怕她们提这样困难那样要求，乡政府又没有能力解决，匆匆在各病房打个转就回乡政府去了。

邓金枚还没有睡，就着煤油灯补衣服。煤油灯光线虽暗，也看得清那张脸上橘皮一样横七竖八的皱纹。特别是那一脑壳灰白的头发，像是沾了一层厚厚的灰，看了让人心里不舒服。刘书记也不跟邓金枚打招呼，摸出支烟慢慢抽。

"天黑这么久才回来呀。"

女人看着丈夫，轻轻问。

"到妹那里去了，娘今天的生日。"他的口气有些冷。

邓金枚拿针的手抖了一下，停一会儿就问："给娘买东西了？"

这个家邓金枚当不了，工资刘书记全揣在口袋里的，平时她要买个针头线脑都是开口向男人要。

刘书记有些气，口没说出来，心想你没钱就不把老娘的生日放心上了？人家非亲非故的也晓得去看望一下老人嘛。你是贤惠媳妇家中养有两只鸡，你给老娘杀一只送去老人吃了会烂肠子吗！

"娘的生日我记得。我原来想杀只鸡送过去，我又有些舍不得，就只有两只鸡，都在生蛋，你一天忙到黑，一年忙到头，那几个工资才刚刚能糊上口，我想把两只鸡留着，你平常也能吃上几个蛋。"

刘书记没有作声，他知道面前这个橘皮女人对娘不会有这份孝心。她恨娘。其实邓金枚是婆婆看上了才给儿子娶进屋的。刘立柱大炼钢铁那阵成了工人进了城，母亲怕她的儿子远走高飞不回来了，就给他找了农村媳妇，三番五次拍电报要儿子回来。儿子回来了和那个比自己年龄大的农村姑娘结了婚又在家乡当上了干部。那时节婆媳的关系还不错，后来媳妇生了两个闺女婆婆就有些不悦。但不管老娘对媳妇的态度如何，刘立柱打从结婚那天起对邓金枚的态度就冷淡。有人说他当工人时曾经有个相好，是顺了母亲才横下心丢了心上人的。

邓金枚从厨房端来一碗荷包蛋，放锅里温着还冒着热气。

"我吃过了。"刘书记说着站起身去舀水洗澡。

"我给你舀水去。"邓金枚连忙进了厨房。

刘书记洗过，就睡了。邓金枚也洗了，想想又在脸上擦了些蚌壳油，才依着男人睡下。

"立柱，我身子干净了两三年，怎么的又来了，还准时。"

女人把脑壳向男人颈脖下拱了拱，有些忸怩地说："都五十岁了，和你睡一块还毛不是草不是的，都不知丑了。"

刘立柱没有作声，也没有回女人一个暗示，他有些烦，女人头发中有一股恶心的汗臭直往他脑门冲。

邓金枚轻轻将一只手伸过去，放在他的小腹上柔柔地摩挲着。

"睡吧，明天你也帮老王他女人烧烧水，侍候一下那群对象，计划生育不是他王有来一个人的事，莫让人家说闲话。"

说着转过身去，把个背脊对着女人。

女人轻轻啜泣起来。他也没有理睬，他实在很累，一会儿就睡着了。

四

丁副乡长那天回到乡政府时，已是半夜了。孙小英开门时见男人一身的泥水，额头还肿起桃子大个疙瘩，不觉吃了一惊，问他怎么了。

丁大好一脸高兴，做出一副神秘，说不该你晓得的事你就别问。

孙小英有些不悦，说你是鬼打架弄成这副模样还高兴得起来呀。就要给他舀水洗澡。

丁大好忙说就要这个样子才好。就准备去找刘书记。

"你哪找得到他，他和王副乡长到阳桃坡搞计划生育去了。"孙小英想了想又说，"你去林场这些天人家王副乡长把计划生育工作搞得热火朝天。刘书记把其他工作都压了下来，说今年要提前完成计划生育任务。我只担心王副乡长这回怕要露脸。"

丁大好的脸上布起了阴云。

"我听卫生院长说，今年来动手术的对象乡政府可能要给点补助。说是你上次在县上要了些木材指标，乡镇企业会有些收入。卫生院那两间破屋也整修好了，住上了结扎对象。"

丁副乡长听女人这么一说就来了火："娘卖×，鸟儿还没打下来他们就把锅灶准备好了要脱毛呀！"

"怕只怕王副乡长把计划生育抓上去了，那个位子……"

她见丈夫脸色不好，就把后半句咽进肚没说出来。

丁大好一脸不悦地站起身，开门走了。

孙小英问他这么半夜还到哪去，他也没有回话。

乡政府下面的简易公路上停了三辆大货车，都满满地装着木材，是丁副乡长他们从滴水湾林场运来的。

"刘书记没有来？"乡木材加工厂宋厂长迎住丁副乡长问。

"我们走！"丁副乡长气冲冲地说。

"他要的那副棺材料摆哪里呢？"

"卖了，乡政府还可多得五百块钱的收入，搞么的不正之风！"丁副乡长不耐烦地说。

宋厂长不敢再问，赶紧叫司机开车。

三辆货车在坑坑洼洼的简易公路上走了个多小时，上了一个小坡，就把灯全熄了。借着朦胧的星光摸索着又开了一段路，就停了下来。

"你们在这里等着，我去看看检查站小张他们睡了没有。"丁副乡长说。

宋厂长忙说他去看。

"你能去吗？他们看见了你就知道你是探水想偷关。"丁副乡长火气冲冲地说，"木材还没有卖他们就把钱全花了。"说着，他一个人轻手轻脚往检查站那边走去。

宋厂长和三个司机只有蹲黑暗处焦急地等待。

一会儿丁副乡长回来说："没睡，那个狗卵日的小张眼睛鼓起像个羊卵子。"

大家就都发急，不知道这道关卡怎么过。

"日他的娘，不是看着茅垭那些贫困户一个两个衣破裤烂叫花子样，不是看着民办教师辛辛苦苦拿不着工资，老子半夜三更人不做在这里做贼吗！"

宋厂长连忙给他打手势，说你小声点，县木材检查站那些贼日的都是些鬼精耳朵比狗还灵，听到半点响动就都出来了。

丁副乡长只有把火气憋在肚里，点支烟，吸了两口，突然摔地上一脚踩熄。

"老宋你跟我去一趟。"

俩人偷偷摸到检查站外面，丁副乡长说："我把他们引走之后你就叫他们冲过去，不然天一亮那十几个方没指标的木材就完了。"

"这行吗？"宋厂长有些迟疑。

"不行你把木材拖回去算了。"丁副乡长有些火，"你是不当家不知柴米贵哩，十几个方的木材运到锑矿就四五千块钱。全乡的民办教师可发两个月工资哩。要是用来解决困难户，起码一百户人家可以过个安稳年。"

宋厂长有些语塞："你去试试，引不出来，也别冒这个险，县里对木材抓得紧，弄不好要受处分。"

丁副乡长不语，瞪了宋厂长一眼，就蹲下身子，从泥沟里扒了一团稀泥往身上一糊，又在额头那疙瘩上抓扒一下，就又多了几条红红的爪痕。只见他悄悄绕过横杆，从检查站那头跨上阶沿，就大声嚷起来："日他的娘哩，竟敢抢到老子头上来了！"

检查站共四个人，夜里两个人值班两个人睡觉。小张和小孙坐在值班室说些裤腰带下面的话醒瞌睡，丁副乡长一身泥水闯进屋拖着两人就走。

木材检查站的人都认得丁副乡长，见他这副模样不由大吃一惊："丁乡长你怎么了？"

"日他娘碰到歹徒了！"

两人被丁副乡长拖下公路，沿着山脚下的小路向山湾里奔走。

"两个歹徒打我的主意。"

小孙见离开检查站很远了，有些犹豫。

"见坏人不抓你们算鸡巴干部，老子上县里去告你们！"

两个年轻人又只得跟着丁副乡长走。

"就是从这里上的山。日他的娘，他们拦住我要我给他们钱买烟抽。我说你娘的瞎了眼，老子是乡长抓了你们让你们吃花生米。他们就往这里跑了。"

这时小张突然站住了，说好像有汽车马达声。

"你快回检查站去！"小孙说。

突然丁副乡长一声尖叫，身子已经跌进了泥田里。两人慌忙跳下田把他扶上岸。他已经成了个没得鼻子眼睛的泥人了。

两人搀扶着丁副乡长来到检查站，那根横在公路上的红白相间的横杆仍然静静地躺在那里。两个睡觉的年轻人已经醒来，说好像听到有汽车的马达声。

丁副乡长脸上露出一丝狡黠的笑："你们不要疑神疑鬼，这条简易公路只通山里面三个乡。如今抓计划生育弄得鸡飞狗跳墙，哪个还有时间来偷这个关。快给我弄身衣服换。"这么说身子还不住地发抖，十月霜天，风一吹，丁副乡长觉得是有些冷。

"狗日的，便宜了两个家伙。"

"口袋里的钱被抢去了吗？"

"老子是彻底的穷光蛋，他们只有抢我的卵！"

换了衣服，丁副乡长就出门走了。

"这么远你走路回去吗？"人们问他。

"我在区里开会，刘书记打电话要我连夜赶回去有要紧事商量。不走路你们拿车送我吗？"

小孙他们有些为难，说半夜三更哪有车去茅垭。

丁副乡长往回走了一段路，就蹨身从小路绕过检查站，去追宋厂长他们。宋厂长果然在前面等他。车已经走了，两人只有以步代车，往湘西锑矿赶。

没有料到第二天将木材卖了丁副乡长却病了，头痛发烧，住进了医院。中午宋厂长扎扎实实提了一袋子蜂王浆之类的东西去看望他。

丁副乡长盯着那些东西问他花的私人的钱还是公家的钱。宋厂长说是公家的钱，三车木材加那副棺材料共得一万二千四百块，这次木材算是卖得了好价钱。

丁副乡长冷冷地说："公家的钱花起来不心疼吧。"

"丁副乡长您抓乡镇企业三年了，没有功劳有苦劳，您的身体好，平时咱有那个心思没有那个机会，这回您生病也是为了公家，那一跤跌下去就几千块钱啊。"

"只是为了赚那几千块钱咱是没有卵事干要往泥巴肚里钻！咱是看见老百姓穷苦得可怜，你拍起马屁来不用打稿子，钱不是花你私人的你不心疼。你给我把东西退回去！退不脱我就扣你的工资，看你心疼不心疼。"

宋厂长还想说什么，丁副乡长把针头从手腕上拔下来，爬起身："这个院老子不住了。老子吃药住院你们一个两个借机会用公家的钱讨好我，还要领出差费。"

走出大门，又冷冷地对宋厂长说："刘书记问起木材钱的事，你就说要到年底才能结账。"见宋厂长不作声又吼道，"你要是告诉了他们我就撤了你这个厂长让你回去扛二尺五啃泥巴。"

说完一甩手走了。

五

这天，王副乡长的女人张爱华提着一包旧衣服赶了几十里山路来到阳桃坡村，王副乡长正帮赵二牛挖红薯。赵二牛是计划生育对象，就是不肯去动手术。他说你书记乡长拿枪将我毙了我也不去。阳桃坡村的计划生育工作就被赵二牛这一竿子给撬翻了。几户对象说："你书记乡长不用上门做我们的工作，计划生育政策人人平等，他赵二牛什么时候去割一刀我们不用干部动员，自觉去。也不要你们干部照顾，吃咸喝辣我们自己想办法。"

刘书记要村长上门去疏通一下关系。村长黄着脸说别的对象都可以去疏通唯独赵二牛家他不敢去。两个领导商量了一下决定住进二牛家，想法子搬掉这只拦路虎，不然整个茅垭乡的计划生育要砸锅。

赵二牛家四口人，父母早已去世，只有婆娘和两个孩子。大女儿十二岁就成了主要劳力天天下地干活儿，小女儿八岁刚刚上学读书。按说四口之家三个人劳动也不该穷到哪里去。走进那栋破茅屋可让人有些发愣，连做饭菜的锅都是缺的。吃饭没有碗，用楠竹锯的竹钵钵。几个树兜当凳子，睡觉没有床，用竹竿儿织的排，架在四个木桩上。四口人睡一床破棉絮，吃的是红薯苞谷；穿的更差，补丁重补丁，连本色都看不清了。都十月了，赵二牛还套条伞套儿短裤，脚杆子白天遭霜风抽，夜头又在火塘边烤，全是一道一道血渍的口。刘书记他们在阳桃坡三天，赵二牛的婆娘躺在床上三天没起来。赵二牛说他婆娘病了，问是什么病，赵二牛又不说，他们就不好意思再问。

王副乡长背后说这个赵二牛没得鸡巴用，再穷也穷不到这一步。刘书记说人穷志短马瘦毛长。因为穷，心里就有怨火。我们来硬的不行，弄僵了工作就更难做。王副乡长说我先去，不行的话你再去，不然真弄僵了就没有救头了。过后就打电话叫自己的婆娘把家中的旧衣服清理一下，除下自己要穿的，其他的卷个包全送来。口里骂赵二牛没得卵用心里还是同情。

　　赵二牛说他家四口人才一亩二分田，而且都是天水田，牛角丘斗笠上巴掌丘全在山顶上，几天不下雨就成了旱鱼脑壳。今年大旱他家连稻草都没有收下几捆，四口人全靠旱地里的红薯脑壳过日子。王有来副乡长农民出身，也不多说话，操把锄头去帮他挖红薯。赵二牛不让，说我的红薯要放地窖里吃到明年四月，你挖得缺头破脑过不得冬。

　　王副乡长说："俗话讲霜降前半月挖红薯不过桶，霜降后半月挖红薯不过冬。如今霜降过去十多天了，再不赶紧挖回来会烂在地里。"说着挑着箩筐锄头上了山。半天下来，让赵二牛服了，王副乡长做农活里手得很。赵二牛冷冷的脸面就松动了许多。到了下午歇晌时，赵二牛把一包干萝卜叶递给他："日他娘，一年忙到头，肚子没忙饱，连旱烟没得空栽几棵，烧萝卜菜叶当旱烟哩。"

　　王副乡长随和地说："过去我在农村时，也把干萝卜叶当烟吸。"就顺手摘了片螃蟹叶把干萝卜叶卷了个喇叭筒吸，从口袋掏出一包"老大哥"烟递给赵二牛。

　　赵二牛也不客气："你们做干部的拿国家的钱端国家的碗，抽你一包烟不算昧良心。"

　　王副乡长说："二牛你说我这百多块钱白拿没有？"

　　赵二牛老大一阵不作声，见王副乡长笑着等他回答，就说："王副乡长我不是对你有意见。有的干部可不像你，卵大个官，欺负人心肝上没得血。"

王副乡长说："有些也是没得法，不这么做不行。"

"王副乡长你把我的意思弄错了。"赵二牛把那包烟拆了抽出一支点燃了猛吸，"你当乡长的说句公道话，我赵二牛一家四口人该不该只分这么几丘天水田。"这么说的时候那满是鞍口的胸脯就风箱一样起伏起来，"他马佬当个村长就欺负人，分田的时候他狗日的做手脚，三个纸团全写天碗丘。摸阄子时让我打开其他两人不打开，这马虎田就全分给我了。"

王副乡长心想这个赵二牛也真是头牛，就这么容易让人作弄！嘴里却说你们阳桃坡每人才三分田，亩产上千斤也是饿肚子。

"我讲你们当官的都护着当官的吧。他村长作弄我我找乡政府领导你们一个个全都装聋作哑，他就得寸进尺，嫁了女儿该退田也不退了。你说这领导怎么能把事情办好。"

"你把我的意思也弄错了。我是说阳桃坡人多田少，本来就穷，再不把计划生育搞好日后怕连红薯脑壳都没得吃。"

赵二牛阴沉着脸不作声。中午了各人挑了一担红薯准备回家。赵二牛突然记起家中没盐吃了，说："我割捆阳桃藤回去卖，不然别说没得油吃，中午煮红薯连盐都没得放了。"说着拿把刀钻进地旁边的林子里。

这地方别的水果没有，唯独野生的阳桃藤生命力特强，落地生根，漫山遍野都是，结的果子一串一串，小拳头大。外面人把阳桃子叫猕猴桃，一是说这果子猴儿爱吃，二是说这果子有些像猴子卵。没熟透时酸溜溜，吃一个牙齿都要酸三天，到了霜降时节猕猴桃熟了不酸了，就又掉下地烂掉了。到了十月阳桃坡人上山做活就吃猕猴桃当饭。后来有人说城里人经过研究说猕猴桃营养丰富还能防癌，卖得好价钱，就弄一些到湘西锑矿去卖。翻过几座山颠颠簸簸半天猕猴桃也全烂掉了，变成了绿绿的稀屎。也就把这宝贝不当数，成熟季节人吃鸟儿吃松鼠吃白狸子也吃，吃不完掉地上任其烂掉，种子来年春风春雨中又茂茂密密地生发开去。前年一个外地造纸匠在对面青山岭办了一个土纸厂，用青树皮造土纸，将阳桃藤泡池子里浸泡。汁汁既可做纸又是极好的纸胶。那纸匠就收购阳桃藤，八角钱一百斤，比柴禾还便宜。赵二牛一会儿就割了一捆阳桃藤。地上掉下的猕猴桃怕有百来斤。王副乡长拾一个将皮剥了放嘴里慢慢吮，酸酸的甜甜的还有一股诱人的芳香。

"太可惜了，在城里这果子可是宝贝。"

"人家城里当宝贝我们阳桃坡却是狗屎。"

"这么一捆藤子卖多少钱？"

"斤把盐钱。"

王副乡长拧紧眉头，说："咱们做干部的失职了啊，茅垭这么值钱的土特产却没有能开发出来。"

赵二牛力气大，一担红薯上面加一捆阳桃藤，扁担都压成了一把弓。

回到家时，张爱华已经先他们一步进屋，坐在二牛婆娘床前和她说着家常话。赵二牛的女人见乡长女人说话贴心贴肉，还大老远给自己送来这么多旧衣服，感动得抽抽搭搭哭起来。女人之间容易沟通，张爱华想起自己那阵在农村受的苦，眼眶不由也湿了。

王副乡长见自己女人来了，心里很满意，觉得虽是没文化，还是通情达理的。过去一个人在农村顶门立户抚养孩子吃了多少苦，跟自己住在乡政府也还是个穷，吃没得吃穿没得穿，上次自己还动手打她，心里就生出许多歉疚，问她三十里山路走累了没。张爱华说我又不是插在花瓶子里的花。就对丈夫说起这几天乡政府的情况，说来乡政府结扎的人还是多，乡政府会议室走了一批又来了一批。

王副乡长听了就放心了许多，叫女人回去还是要打招呼，给她们烧烧水，问问有什么困难，你嘴巴软和一些人家心里也舒服。

张爱华说天黑赶到屋就是，就拿起扫帚给赵二牛打扫卫生，过后又把旮旯里的脏衣服放盆子里洗。

赵二牛女人躺在床上就又啜泣起来："嫂子你命好哩，吃国家用国家不像咱农民吃了上顿愁下顿。"

张爱华说："我哪是国家上的人，我也和你一样是吃红薯的农民，家中的田请人种着，每年给咱一点粮食，住在乡政府也是吃的天爷一碗饭。"

赵二牛女人有些不相信地看着张爱华，过后就哭着说："大嫂你们对我家这么好我真不晓得怎么感谢你才好啊。"

"是他们做干部应该的，你和二牛不过也要想得开，孩子养多了大人吃苦孩子也跟着遭罪哩。人家外面人是儿是女都只生一个。你想想一碗饭是一个人吃了饱还是几个人分了吃好呢？"

赵二牛女人说："这些道理我晓得，我二牛怄的是一口气。"

"你要劝劝他，他们做男人的洒脱，生多生少他们也不管，累的还是我们女人。"

赵二牛这时卖阳桃藤回来，见王副乡长女人给自己家送来许多衣服，有些不好意思，说："王副乡长你送来咱还是接了，今后我赵二牛要有个翻身之日我就感你的情。如果还这么穷下去，我就把这个账放心里记着。"

王副乡长说："赵二牛你这话就把人说生了。我王有来这么做不是要你感谢我。不是穷，你赵二牛七尺高的汉子也不会弄成这么个模样。责任制搞了十来年，改革开放也有几年了，农民的日子还过得这么焦苦，我们做干部的有责任。"

王副乡长看看天不早了，对自己女人说："你在这里吃碗红薯就回去，不然就走不到家了。"

赵二牛女人也不要那个面子了，从王副乡长女人送来的衣服中拿了条裤穿上送她。王副乡长的女人见二牛的女人瘦是瘦，但看上去不像是生大病的样子，心想怕是赵二牛有意让她躺在床上不起来。

下午，刘书记来到二牛家，和王副乡长碰了一下头。王副乡长说赵二牛思想有些松动。据二牛的婆娘说二牛主要是对村长有意见，二牛小女儿八岁了还没有分责任田。村长大女儿出嫁四五年了责任田不愿退。刘书记说村里其他几户他都去摸了一下情况，说赵二牛的婆娘不动身在她们面前没得讲头，赵二牛的婆娘寅时走她们卯时去割一刀。这么看来要想搬掉赵二牛这块挡脚石还得做村长的工作。于是决定召开村委会。村里的问题该处理的要下决心处理。书记乡长蹲在这里群众正确的意见得不到解决人家会说你当官的没得用，再不然就说你们官官相护，政策只对群众不对干部。

然而，会议开得并不顺利，刚开始村长就和刘书记顶起牛来了。

"我不退田是事实，但也有原因，我做村长多年，村里几百号人上传下达吃喝拉撒我赵大仁没得功劳也有苦劳。什么时候得过报酬？你乡政府每年补一百块钱连开会买煤油都不够。我们村每人才四分田，我女儿出嫁四分田没有退我种着每年收两百斤谷，算是给我做村长的补贴还要我自己花劳力耕种哩。你以为我是在欺压百姓吗？你以为我这是不正之风吗？今天你书记乡长来得好，我这就辞职，你们另外选人干，吃苦不讨好我没得卵事啊。"

村长抛出杀手锏，刘书记无言以对，半天才说："赵大仁我说你发的哪样火！我们乡政府每年给下面村干部补贴不多，有困难，这是事实。你们就得自力更生把村里工作抓好呀！你们村穷得连盐都没钱买，说明你这个做村长的没得卵用。"

村长不服气："我抓哪样？山上没有木材，地下没有矿藏，几丘鸟儿屙屎不长蛆的田还要看天爷的脸子，风调雨顺让你吃个半干半稀。它不给你脸一把火旱几十天连草都没得吃。前年你带我们到常德参观，人家农民住的楼房吃的鱼肉穿的料子家中有彩电冰箱，那是因为他们有好田好地。回来我对丁副乡长说，咱们参观是参观，但他们的样子我们学不到。各人条件不同。我们在那几丘天水田里再抛汗脱皮也富不起来。要想富还得走新路子。外面把猕猴桃当成宝贝，我们阳桃坡这种果子遍地都是，全烂掉了。你企业乡长做个担保，给我们弄点钱来，把我们的优势开发出来，不定我们阳桃坡就会翻身。你当丁副乡长怎么说。他说我吃错了药，在外面跑一趟把魂给跑掉了，是做白日梦。麻雀吃苞谷也不和屁股打商量。厂没办成几万块钱抛水肚里了，我拿你赵大仁煮汤喝！你是眼红我这个九品官当得自在是啵！我说那就算了，你怕丢了那顶帽子我也难操那番心，左右是个穷。祖祖辈辈都穷过来了，我这半辈子就穷不过去了！"

　　村长发了一阵牢骚就不作声了。村干部就都把眼睛盯着刘书记。刘书记说："老赵你说要开发山地资源我觉得是可以考虑，乡镇企业是个方向。外面富起来的乡镇大都是乡镇企业办得好。常德那地方也不全是依靠田土，他们的乡镇企业收入就很不错。回去我和老丁商量一下，眼睛盯着林场那几棵树不行，还要发挥山地其他优势，充分利用山地资源才行。不过你女儿的责任田还是要退，不退不公平，老百姓有意见。你吃了苦也是事实。但你要想一想咱们都是在镰刀斧头下举过手的，咱们就要有比群众多吃些苦的思想。今天我说了，你女儿的田要退，今天就退，当着群众的面退。你不想想赵二牛家四口人种一亩二分天水田，那日子怎么过！看到他家那个寒碜样咱心里不好受啊。"刘书记上来了感情，喉头有些发紧，停了停，说："当然我这个书记也不能不考虑基层干部的困难。我在这里也表个态，除了乡政府那一百块钱的正常补贴，我再给你两百块钱的困难补助。少是少了点，但我还是那句老话，咱们在镰刀斧头下举过手，就要准备多吃些苦。另外，今年全乡的计划生育对象上一个环发十块钱，男的割一刀发三十块，女的割一刀发五十块。过去我们没有这么做，也是因为穷，拿不出。到下面看看，乡亲们的日子太艰难，动手术不给点补助补补身子，弄出病来日子就更艰难了。"

王副乡长心里打了个愣，按刘书记这么说，全乡计划生育对象就得开支七八千块钱。这个数在富裕乡镇算不得什么，在茅垭乡却是个大难题。就用疑虑的目光看着刘书记。刘书记咬了咬牙说："我打条，不兑现你们领我的工资。"

村干部都不作声。王副乡长说："刘书记刚才表的态，是对我这个分管计划生育工作的最大的支持。我也表个态，咱们茅垭乡穷，阳桃坡更穷，乡亲们日子过得焦苦，我们做干部的心里也不好过。是到了下决心的时候了。世界上没有不难办的事，怕担风险什么事都做不成，咱们茅垭就只有永远穷下去。我在阳桃坡住了几天，也上山看过，这里猕猴桃漫山遍岭都是，却烂掉了。烂掉的全是钱啊。我看啦，应该把厂子办起来，听说新怀市办了个猕猴桃罐头厂销路很好。我们组织人去看一看，回来就干。只要刘书记松口，我王有来不怕担这个风险。"

刘书记说："年底乡领导班子换届了就把这个事认真研究一下。王副乡长这个意见很好。大家也不要被穷日子压得喘不过气来，我们要有雄心改变目前这个面貌。"

没有料到这边村委会散会，那边赵二牛和他婆娘已经收拾停当，准备去乡卫生院动手术。赵二牛说："你们开会我在隔壁角落里全听见了，你们书记乡长办事公正我赵二牛也不做这个挡水岩了。"

王副乡长不知道怎么地眼圈就红了。

"二牛，年底我来帮你们办厂子，办不成厂子我这个乡长也不当了。乡亲们日子过得这般焦苦我们干部脸比屁股还丑哩。"

六

刘书记主持召开了乡党委紧急会议。刘书记的婆娘提两瓶水去会议室送开水。正准备上楼，看见李驼子弓起腰往这边走来。邓金枚站住问他有什么事。他说要找刘书记。一脸的愁苦。邓金枚知道自己男人这几天心情不好，怕李驼子遭骂，问他有什么事能不能对她讲。那李驼子就泪水鼻涕一泡泡："我是没得脸找刘书记的哩，穷得没得法子。刘书记是个好人哩，关心我们这些残废人啊。"巴掌在脸上抹，"刘书记是我李驼子的再生父母啊。"

邓金枚又怜悯他又有些心烦："你到底找他有哪样事吗？"

"刘家嫂子你是晓得的，我是个废人，驼个背，挑水扁担在肩上跷跷板，这半辈子都是我那瞎子婆娘挑水吃。是哪个剁脑壳的把溪潭边的踏脚岩撬走了，我婆娘瞎个眼一脚踩空人摔伤不说把水桶给摔破了，没得桶挑水吃了，这些日子用鼎罐提水吃，要是把鼎罐摔破了我家饭也煮不熟了。我求刘书记解决几个钱买担水桶。"

邓金枚许久没有作声。她知道他们家一个驼子一个瞎子，日子不是过的而是熬的。找刘书记的日子多，乡政府也没有那么多钱拿，刘书记就常常自己给几个油盐钱，她也总是从米桶送他三升两升米。她从打了几个补丁的衣衫里摸了许久摸出一张皱巴巴的十元票子递给他。这十块钱是邓金枚半年来从刘书记给的菜钱里一角一分抠出来的。她看见孙小英张爱华冷天都穿了条马海毛内裤，自己还是穿的十年前买的一条绒裤，一点都不发热。张爱华说马海毛才八块钱一斤，一斤二两织条裤足够。她答应帮她织。

"你不要去找老刘了，这几天工作压头他心里焦急。这十块钱拿去买担水桶吧。"

李驼子接了钱一包泪水地谢邓金枚。邓金枚好不容易攒下一条裤子钱又没了。就说你快走吧给了你，你就不用谢。

乡党委原先七个人，郝乡长调走之后就只有六个人了。都是刘书记打电话从各村通知上来的。其他干部都还留在村里没动。计划生育工作已经到了扫尾阶段。但好做的工作前面都做了，剩下来的都是些不好对付的角色。他们打比方说是上甘岭的碉堡一个比一个难攻。乡党委争论的焦点在动了手术的对象是不是给补助的问题上。六个委员形成两种不同意见。刘书记王副乡长妇女主任坚持要给补助，理由是过去有生产队时动手术的对象每人记一百个工分。如今没有生产队工分没地方记乡政府不给点补助会给对象家庭造成一定的困难。这几年乡政府没给补助，茅垭乡的计划生育总是全县倒数第一，年年挨批评。刘书记上次在阳桃坡表态了这件事，下面的工作就要顺利得多。如果书记说的话不算数了，保不准今年又会在全县吃猪尾巴。丁副乡长和另外两个党委成员为一方，他们坚持不给，特别是丁副乡长态度很硬，说茅垭乡穷得叮当响，就别打肿脸充胖子，开坏了这个头，今后鸡婆娘脚疼她们都会伸手向乡政府要钱。就又和刘书记算账，这次木材款收入一万一千块，钱还没有到手。湘西锑矿上次答应你一万，那是因为你答应给他一副棺材料，棺材料不给人家，只怕就只有去年那个数：五千。一万六千块钱给民办教师四千，村干部补贴四千，今年茅垭大旱，特贫户困难户比去年要多，每户送二十块过年怕也要准备两三千块。另外，每年总有些赖皮条上交粮、税完不成。他们家中什么值钱的东西都没有，你不能带着乡干部去拆他们的屋、搬他们的被子。他们的被子搬来也值不了几个钱，臭虫虱婆成索索。去年乡政府填这个洞花了五千多。今年肯定还不止这个数。我不是不同意给计划生育对象补助，如果割一刀给五十上个环给十块还有卫生院整修房屋的钱林林总总加起来怕要七八千。这钱从哪里来？天上会掉吗？

　　丁副乡长拿眼睛瞅了瞅王副乡长："想把这个工作抓好，出成绩，为咱们茅垭争光，出发点是不错的，可总不能脱离咱茅垭的实际吧。"

刘书记这几天对丁副乡长有些看法。起因是他交代丁副乡长无论如何要弄副棺材料来，他把利害关系也对他说了，这副棺材料换回来的可能是一万。丁副乡长将棺材料弄到手却又自作主张卖掉了。茅垭乡过去木材多这些年都砍光了，再要找十二合的棺材料就很难。乡政府管着一个乡办林场，那片林子就成了乡政府的小钱柜，每年伐几十个立方米卖，砍的多造的少那片林子都成了癞子头了。

丁副乡长发言之后大家都不作声。王副乡长知道丁副乡长的心思，困难也有但主要还是怕他这次计划生育工作上出了脸面。

好在给补助是一把手提出来的，他用不着去据理力争，就闷头抽烟不动声色。这时邓金枚送开水来，把丁副乡长的话听得一半，就接口说："刚才李驼子来乡政府要钱买水桶挑水，夹泡眼泪说他家都没法活下去了。"过后就叹气道，"这个烂摊子，要到哪个时候才得出头啊。"

以前干部们和她男人研究问题，她从来不敢插言插语。这次她说这话有目的。孙小英前天偷偷向她透露，说县里的千分之二农转非指标又下来了。县里又戴帽给了刘书记一个。孙小英担心说这段日子刘书记和王副乡长一块抓计划生育工作，王副乡长把工作做好了就会向刘书记伸手要那个指标。因为她大女儿明年高中毕业，成绩差考不起学，做父亲的怎么忍心把她再送到乡下去。

邓金枚不希望王副乡长这回抓计划生育露了脸。

邓金枚还想说什么，没料到刘书记板下脸说："我们开党委会你多什么嘴。快出去！"

刘书记站起身，声音高了八度："我们茅垭乡农民穷哩！一年到头没得几天好日子过，吃红薯脑壳，炒菜没有油放，锅成了个火盆。还有更严重的情况你们晓得吗？年轻轻的女人没得裤子穿，躺在床上不敢起来。乡亲们落到这般地步，责任在哪里？我说我们干部要负主要责任。我们是这个地方的父母官，我们没得卵用。"

五个委员见刘书记发起脾气来就都噤若寒蝉连大气也不敢出了。

"老丁我不是当着大伙儿的面批评你，管企业四年，什么事都没有办，办什么事你都说难，眼睛只盯着滴水湾那几棵树。一年伐几十个立方米万把块钱，乡政府拿着这钱东堵洞西补墙，你就心安理得。你就不想想滴水湾林场的木材还能砍伐几年！把木材砍伐完卖完就组织人去挖树蔸脑壳卖吧！外地人能在我们乡办造纸厂赚钱为什么我们自己就不能？群众意见很大你晓得不晓得？阳桃坡人说他们想办个罐头厂只要做个担保你也不敢，还要骂人家是吃错了药。老王说计划生育搞完了他去组织办厂。我说行，我同意。不然茅垭乡的农民是穷死饿死！"

说着刘书记把巴掌一拍："计划生育对象的补助是我说的，钱还是补。我不能把说出的话当屁放。我不要你的木材款，也不要你们想办法，我自己去弄。散会！"

丁副乡长万万没有料到刘书记会发这么大的火，一时竟愣了。昨天刘书记叫财税所长打电话把党委成员全部叫回来召开紧急会议。因为工作压头连办公室小宋也下村去了。财税所长快退休了就叫他帮忙到办公室听听电话。当时丁副乡长说大伙儿在下面工作很辛苦，买只狗打了改善一下生活。钱由乡企业办出。他原本是想讨好一下几个常委。还有两个月就要换届选举，县委正在考察乡长候选人，刘书记上次对他婆娘透露他推荐的是他老丁。如果选举的时候几个常委再给代表们做做工作，拉一下选票，他坐那个乡长的位子就十拿九稳了。没有料到为了计划生育让一把手发了火。当时他真有些忍不下这口气，但他毕竟端了二十年的国家饭碗，知道小不忍则乱大事的道理，一口气憋在喉头硬是强吞下去，说："茅垭乡穷，我这个分管企业的副乡长有责任。刘书记说的话正确我拥护，这些日子抓计划生育都辛苦了，今天打了只狗，改善一下生活，俗话讲，秋草衰，狗肉补哩。"

丁副乡长虽是有些尴尬，但还是做出一副洒脱样子。

人们见丁副乡长自找台阶下，乐得打圆场："下了几天村，憋了一肚子红薯屁，再不进点油盐，一个两个都要趴翻了。"

王副乡长知道刚才刘书记说他准备在阳桃坡办厂会使丁副乡长生出想法，不希望和他生出隔阂，过来捧场说："还是老丁知疼知暖哟。"

刘书记一旁觉得自己刚才的火发得有些过头，说："弄酒了没？"

"弄了，沅陵二曲。"

"没劲，要大曲。"

"大曲就大曲。你书记讲的，不算大吃大喝。"

"你乡镇企业一年请一次客也应该。"

为了吃饭时不让人找来冲了酒兴，丁副乡长提议到厨房后面的保管室去吃，那里背人。大家都同意，问狗肉煮熟了没，肚子都饿得巴掌厚了。这时已经下午了。厨房师傅说狗肉早煮好了。六个人就悄悄进了保管室。刘书记也不作声，看了看一大盆香喷喷的狗肉，拿碗盛了些放进碗橱里。

"我给嫂子送去。"

丁副乡长以为刚才刘书记骂了他婆娘给她送点狗肉去解疙瘩。

"她没那资格吃这狗肉。"

刘书记把手一扬："今天你老丁请客，难得的机会，咱们都过过量。"

乡干部长年累月下乡练出来的蹲劲，也不坐凳子，六个人团一个圈蹲着，中间一大盆狗肉，气氛热烈得很，几杯酒下肚，裤腰带下面的话全来了，把矛头一齐对着妇女主任。妇女主任三十多岁，没有了二十多岁的羞涩，也没有五十多岁女人的冷漠，喜欢的正好是荤腥，一副不在乎的样子。

"妇头你有经验，说说男人割一刀和没割一刀有什么不同。"

妇女主任脸红都不红，说："这个还用问我吗？除了刘书记不晓得那个滋味你们自己心中都有数。隔靴搔痒做的全是假动作。"

"我的娘啊，怪不得如今你们女人都争着去割一刀啊。做假动作不过瘾哩。"

"这是一个原因，还有更重要的原因你们不晓得。"

人大主任对妇女主任瞟一眼，卖了个关子。

"什么原因？"大家都把眼睛鼓着问人大主任。

"女人割一刀就可以放开手脚搞开放了。"

人们先是一愣，继而就哈哈大笑起来。

"剁你的脑壳。"

妇女主任把一杯酒就要往人大主任脖子里灌。

人大主任忙往刘书记背后躲。

刘书记一脸醉红，说："难得这样好酒好菜，你们好好乐乐，我不陪你们了。"

看看天色已晚，端了厨房那碗狗肉下了乡政府前面的小路往妹妹家去了。

到妹妹家时，母亲正和妹妹商量请木匠合棺材的事。刘书记说晚上乡政府吃狗肉弄得不错就给母亲送了点来。

老母亲昏花的眼睛就有些发湿，儿子是个孝儿。她说："立柱你忙哩，只莫惦记我，你妹对我好哩。"

儿子说："娘啊，儿没尽到孝心儿心里总是不好过的。"就坐在母亲面前，想跟母亲说说白话，无奈今天多喝了杯酒脑壳有些发涨，就把脑壳耷拉下来了。

妹妹准备给母亲热狗肉吃。老人说："刚吃过饭，明天吃吧。哥来了就陪哥说说白话吧。"

妹妹就给哥倒了杯茶然后坐在一旁补衣服。

母亲看见儿子坐那里不作声，说："立柱你今天好像有心思？"

儿子说："我没，是酒喝多了。"

母亲说："儿啊，你一尺长娘就摸起，儿心里有事娘一眼就看得出。你别瞒着娘，是工作上为了难还是跟金枚怄了气？"

儿子说："娘你别多心，儿真的没事。"

母亲就哭起来："儿你有事不对娘说你就不该来。你这一走娘的心也跟你走了哩。儿啊你也是做了父亲的人啦。"

儿子无法，就把湘矿环保科长要棺材料的事对母亲说了。

"你给他弄到手了？"

"没。"

母亲想了想："把我这副棺材料送去。"

"不。"儿子说，"娘你七十五岁了，这棺材料你是一角一分那样攒下来买的。"

"送去。"母亲说，"公家的事误不得。日后你买得到就给我买一副，我有个病痛等不到了，就埋板子。人死如灯灭，埋木头埋板子又不晓得。"

刘立柱嗵的一声跪在母亲面前，什么话也说不出，两滴黄豆大的泪珠从眼坑滚了出来。

老人抬起枯槁的手，轻轻将儿子脸上的泪水抹去："娘晓得，我儿肩上扛着千多张嘴巴，不容易哩。"

深眍的眼坑，满溢着对儿子的疼爱和牵挂。

七

孙小英偷偷给邓金枚织了条马海毛内裤。邓金枚不喜欢孙小英，又禁不住那条马海毛内裤的诱惑。她想这条马海毛内裤都想几年了啊，就有些犹豫，问："织这条马海毛裤要多少钱？我过些日子就给你钱。"

孙小英说："嫂子你说这话把我们的情分都说生了。不是他们一块工作，我们能有机会住一块吗？俗话讲：同船过渡，也是五百年所修嘛。这条裤值几个钱，还要你给钱吗！"

话说得在理。邓金枚就对孙小英有了些好感。觉得她虽是有些爱好打扮，在自己男人面前疯头疯脑，心还是好的。这次不是她对自己透露那个千分之二的农转非指标，自己农转非的事只怕又要落空。她这回没有要男人办，直接去找财税所长。财税所长想了想就替她将表填了。

邓金枚说："裤我收了，钱还是要给你。"

孙小英乐得她接了，就说："嫂子你千万不要把它放心上。刘书记处处关照咱老丁这情我们还不晓得怎么还哩。"

又说了一会儿话，就走了。

孙小英刚走邓金枚就一个人掩了门准备试裤，这时张爱华推门进来，手中提了十几个鸡蛋。邓金枚有些丈二和尚摸不着头脑，问她送蛋做什么。

张爱华说："刘书记不是做了手术吗？老王要我来看看。"

邓金枚一愣，问立柱什么时候割了那根筋。

张爱华说："刘书记没对你讲呀，听我家有来说好像是昨天扎的。"

"他昨天对我说他下村去了呀。"

邓金枚一脸狐疑。

刘书记是割了一刀。

前天王副乡长将最后一批要动手术的对象送到乡卫生院，向刘书记汇报说今年的计划生育工作破天荒地顺利，上环的对象已经完成，结扎对象也基本完成了。刘书记听了非常高兴，当即向县里做了汇报。正好第二天县里召开全县计划生育电话会，县委书记在讲话中表扬了茅垭乡一番，说茅垭乡这些年百样工作都吃猪尾巴，全县四十八个乡镇倒数第一谁也别希望争去。这次茅垭不错，再加把劲，把计划生育这面红旗扛回去。刘书记在茅垭乡做一把手四年了，第一次得了县里的表扬，当然高兴，就和王副乡长商量如何把计划生育这个尾扫好。王副乡长有些为难，说结扎任务其实只有一个，问题是他们夫妻双双已经到江苏姑妈家去了。派人找回来是可以，一是时间来不及，二是要两千多块钱的出差费。钱从哪来？刘书记眉毛皱成了两个疙瘩，牙齿一咬说："好不容易得来的先进咱不能丢了。这几个月我那婆娘返老还童了，弄不好，要出丑。我去割一刀吧，一是保险二是凑数夺那面红旗。"

邓金枚来到卫生院，男人果然割了一刀，这时正躺在床上和郭院长说白话。邓金枚一句话没有说就回来了，把刚刚穿上身的马海毛裤脱了，往张爱华怀里一抛，头不是头面不是面地说："要割你去割嘛，怎么要我男人去割呢？我男人割了只管得他一个，你自己割了，喜欢哪个就和哪个那个。"

张爱华脸被说得绯红，呜呜哭了起来。邓金枚见她那个哭样心里更来气。她哭的时候还从口袋摸出一块花手绢将脸捂着，肩头一耸一耸，鼓鼓的胸口一颤一颤。邓金枚的胸口却如刀削一样地平。邓金枚不知道怎么地自己也哭了起来。

这时乡政府外面有小车喇叭叫。财税所长从办公室走出来见是县委组织部李部长下了车，连忙过来叫她们别吵了组织部长来了。就去迎接李部长。李部长问刘书记在家不在家。财税所长说刘书记在卫生院他去喊。李部长说他自己去。说着就走了。

孙小英正站在隔壁听两个女人吵，财税所长一喊组织部长来了，立时紧张起来。她听男人说过组织部长是管官的官，心想李部长一定有重要事才到茅垭来，连忙从后门出去找自己男人去了。

丁副乡长在木材加工厂，听说李部长来了先是一愣，连忙赶到卫生院，说是找刘书记汇报工作。见了李部长就很热情地跟他打招呼，问他什么时候回县里去。说加工厂今天弄了点好菜，要不急就过去喝杯酒。李部长比较随和，问是什么好菜，迟回去点没关系。丁副乡长说："昨晚上他们放套子套了一只白面狸。你也是农村出身，晓得那白面狸的膘是扳出来的。眼下深秋时节，野果熟了，正是白面狸扳膘的时候。还有苞谷酒，自己蒸的，软口劲却足。"

"要得。"李部长说，"你去办好，我和老刘有点事说说就来。听说你酒量不错，今天我们过过量。"

把丁副乡长喜得哟，走路都有些飘起来了，猜想李部长肯定是来定盘子的。对自己这么热情，只怕那乡长十有八九是自己了。到了加工厂才想起刚才自己扯了谎，加工厂哪来的白面狸肉？等会儿李部长来了扫了他的兴就拐场了。忙从口袋掏出五十块钱，说："这是我大儿子下个月的伙食钱，先用了算了，你们赶快给我找白面狸肉去，组织部李部长等会儿要来吃饭。"加工厂几个人听说县委组织部长要到厂里吃饭，都感到很荣幸。只是听说要吃白面狸肉又都作难了。这四只脚的野兽，说要吃就是吃得着的吗？一时都不知所措。这时宋厂长出了主意，说刚才他从扯扯桥过来，看见有人在溪边焙瘟猪崽。不如买几斤来，放些橘皮桂皮花椒煮了，再多放一些酱油，保准李部长分不出是瘟猪崽肉还是白面狸肉。

"这个主意要得，不过谁也不能透露风声，不然李部长对我看法不好我就对你们看法也不好。我这个乡长在他手中握着你们也在我手中握着。"

十几个人手忙脚乱准备了一阵，李部长果然来了。刘书记因为割了一刀没有痊愈不敢乱吃东西没有来就让财税所长跟了来作陪。李部长说既来之则安之，碰碰杯说说笑话就是两个多钟头。果然没有发现吃的是瘟猪崽肉。吃得高兴，真的还和丁副乡长喝过了量。丁副乡长几次把话题往乡政府领导班子上引，李部长却有意没意把话题引开了。丁副乡长心里就有些发急，心想是不是王副乡长这次搞计划生育出了成绩把乡长那个位子让给他了。李部长吃了一阵昏昏乎乎站起来说要去解小溲，丁副乡长连忙扶他去厕所，在厕所里丁副乡长见没有旁人就将乡计划生育工作弄虚作假想夺红旗的事向李部长说了。李部长没有作声，只意味深长地冲他笑笑。

李部长天黑一阵才离茅垭乡，给丁副乡长留下一个让他焦急不安的悬念。他就去刘书记那里探听虚实。刘书记说你这么个卵样子不叫抢班夺权吗，过后又安慰他："老丁你放心，我过去是什么态度现在还是什么态度。"

三天之后，刘书记出院了，计划生育工作队也陆陆续续回到乡政府。刘书记叫财税所长开支点钱，改善一下生活，休息两天，准备下一步工作。乡干部一回来，二十多个人一块就又热闹了。就有人背地里说起刘书记结扎的事。乡干部原本和农民滚一块荤的腥的粗话痞话全不在乎，就有人半开玩笑说："现如今年月不同了，弄个把情人算个卵，那根筋一割，什么顾虑也没有了。"这话七传八传就传到邓金枚耳朵里，邓金枚那火哟："你们一个两个嘴巴都不关风了呀，俗话讲：养儿不怕丑，养到四十九。你嫂子要生个出来问问上头批评不批评。"男人对自己虽然不冷不热，但邓金枚是决不让别人对男人嚼舌的。一群乡干部被她问得张口结舌无言以对。

"嫂子贤惠哩，不愧为茅垭乡第一婆娘啊，我们的婆娘要比得上嫂子，天天给她倒洗脚水也心甘情愿啰。"

刘书记从办公室接电话出来说："怪话少讲，下一步的工作更难做。虽说我在锑矿弄来了万把块钱。但这是六月天下雷阵雨，到了困难户手中就没得多少了，解决不了大问题。咱们做了这方水土的父母官就要为这里的群众多办好事实事。刚才县里来电话，我们茅垭乡的领导班子盘子定下来了。上交任务完成之后，就召开乡人代会选班子。明年是要下决心抓一下乡镇企业，这是个出路问题。这些年咱们乡的优势还没有发挥出来。"

有人问："乡长定的哪个？"

"从我们乡两个副乡长中间产生。"刘书记说，"我们共产党的干部讲能力也讲资历。上面定的丁副乡长，王副乡长陪选。他年轻一些，今后有机会上。丁副乡长五十了，就这一次机会了。"一旁的丁副乡长开始心都提上嗓子眼了，刘书记说完，他还愣在那里。王副乡长好像早就预料到上面会这么安排，不怎么在乎，说："不管哪个上，我都没得意见。我还欠了阳桃坡村一笔账，上交工作完毕，我就去阳桃坡。"

"那是下一步工作，等班子选出来，大伙儿坐下来要认真研究一下。你要愿意接替老丁抓企业也好，计划生育工作就换个人。"

刘书记看见王副乡长这么开通，心里很高兴。其他干部却不管这些，嚷着要丁副乡长请客。

八

十二月初全县召开了隆重的计划生育工作总结表彰大会，但茅垭乡终于还是没有得到那面红旗，让刘书记光火了好几天。说是哪个小杂种当了奸臣，他回去要认真查一查。好在上交啊、农田基本建设啊都比去年完成得好，县长书记还是表扬了他们，并鼓励他们要再接再厉，尽快带着全乡人民走出困境。王副乡长便趁机向县长提出想利用山里资源办一个猕猴桃罐头厂，只是苦于没有资金。县长就把分管乡镇企业的副县长找来要他想想办法扶一把贫困乡。副县长很慷慨地答应给他弄点贷款，乐得王副乡长马不停蹄把阳桃坡村领导带到新怀市考察了一下那里的三资企业猕猴桃罐头厂。真是不看不知道，一看吓一跳。走出山门才知道自己的日子和人家比起来真是天上地下，一阵叹息之后就又来了劲头，觉得这好日子也是奔出来的。一合计，决定从这里请个技术员，立即动手建厂，明年九月新猕猴桃上市就投产。并决定在阳桃坡新建猕猴桃园，从新怀市引去高产良种猕猴桃苗。被贫困搅得抬不起头来的阳桃坡一时间沸腾起来了。

十二月的天气一直不好，麻风细雨。二十号茅垭乡召开乡人民代表大会，进行换届选举。可是十九号了，王副乡长还没有回来。他和阳桃坡村会计去株洲拖设备去了。代表们都来了，刘书记就叫办公室小宋挂长途，那边说王副乡长早就走了。人们就估计只怕是车坏在路上了。刘书记说王副乡长赶不回来也没关系，他是陪丁副乡长选，本人在不在场问题不大。就召开了个乡干部预备会议，将县里的意图做了传达。然后把他们分到各村去做工作，要代表们知道虽然是差额选举，其实位子早就定好了的，那个圈圈千万别画走火，要争取圆满成功。

这两天最忙最活跃的是丁副乡长。大会的生活开支是他一手操办的。除了上面的正当拨款外，他还从木材加工厂那边弄来一笔钱，说是人民代表大会三年才召开一次，代表们一定要吃好吃饱。没得事的时候他就到各村代表们那里走一走，说上几句荤腥话，抽支烟。乡人大代表这次也似乎比哪一届都到得齐，情绪好。他们打诨说笑，但更多的是谈论阳桃坡村办厂的事。人们说阳桃坡的厂办成了，咱们茅垭乡的猕猴桃就再也不会白白给烂掉了。有的代表说：百事开头难。阳桃坡这回厂子要是办成功了，他们也办厂，但不是办罐头厂，而是办纸厂。人家外地人能在咱茅垭办土纸厂赚钱，我们自己为什么不能办呢？要办就办个像样的，像外面世界的乡镇企业那样，要赚就赚大钱！

晚上，王副乡长仍然没有回来。按县里的布置，第二天上午十点，茅垭乡的人民代表要投票选举他们的乡长。这天天刚亮，也没有人相邀，茅垭乡五十多名人大代表都不约而同地聚集在乡政府前面的公路上，像是散步，一双双目光却不约而同地投向公路的那头。那头通向山外面的世界。

晨霾慢慢散开，霜风仍然有些凛冽，一个圆盘似的日头像是临产的婴儿，几经艰难才露出她的湿漉漉的脸面。

难得的一个晴天啊！

偷声音的老人们

/// 潘灵

一

时辰尚早，夜依旧黑得似铁。性急的陈三爷走在最前面，说："疤老二，你就不会快点，脚上绑秤砣了？"

"三爷，又不是奔丧，疤二哥膝里有风湿，急啥子？"顶陈三爷嘴的许老四说。

三爷被人顶撞，并不生气。从他急促的脚步声里能听出，他没有慢下来的意思，"聋五叔呢？"他说，"别把他弄丢了。"

"他搀扶着我哩。"回话的是疤老二。

此时迎面来了一辆载重卡车，车的远光灯像把锋利的匕首，将夜的铁幕划开了一条亮晃晃的口子。

五个暗夜行走的老人，在这夜的伤口上昙花一现，又被黑夜盖住。卡车发出车轮摩擦地面的粗暴声响，像个毫无教养的年轻人，从他们身边掠过。

黑夜里顿时弥漫了柴油与烟尘混合的气息。一直低头走路沉默不语的麻脸大啐一口痰，就放声一劲狂咳。

听着麻脸大破锣一样的咳声，陈三爷终于停下了他性急的脚步。他转过头说："麻脸大，咳什么咳？等会这么咳，公鸡会打鸣才怪。"

夜掩盖了陈三爷的表情，声音却暴露了他的不耐烦。好在能隐忍的麻脸大并没有跟他计较，气都没吭一声。

行走在黎明前的暗夜里的这五个老人，他们是市郊移民安置新区昭女坪社区的移民。他们共同属于一个他们自发的小组织。这组织有个好听的名字：自救自五人小组。陈三爷是这个小组的发起人，同时也是负责人。

作为负责人，陈三爷总要比其他小组成员多操心些。现在，转身欲继续往前走的他心里一怔，问道："录音笔，录音笔带了吗，许老四？"

许老四在暗夜里一惊，慌忙将手伸进裤兜，摸到的却是空空如也。他慌张地说："三爷，我记得出家门时我放在裤兜里的，难道长翅膀了不成？"陈三爷转过去的半个身子又转回来，他说："许老四，你的意思是你把录音笔弄丢了？你搞啥子吗？"

要不是黑夜一如既往的遮挡，被叫作许老四的老人一定会看到一张暴怒的老脸。而他，只是听见了陈三爷着急又生气的跺脚声。黑夜里浮起不紧不慢、不慌不忙的声音。那是一路上除了咳嗷外跟聋五一样一声不吭的麻脸大的声音。

"不要急，那东西在聋五装笔记本的书包里睡觉哩。"

麻脸大这样一提醒，黑夜里就响了一声，那是许老四巴掌狠拍脑门的声音。紧跟在后面的，是他如梦方醒的声音。

"三爷，看我许老四这记性：出社区大门时，我塞聋五挎包里了，一时没想起。"

"跟记性无关，你做事一贯粗枝大叶，丢三落四。"

陈三爷教训是教训的口吻，但语气显然柔和了许多。

"三爷，"许老四说，"我这七老八十的人了，生成的木头造就的船，改不了啦。"

许老四的话招来一阵爽爽朗朗的笑声。

气氛轻松了许多。

脚步也轻快了许多。

他们像一群训练有素的特工，长期的山村生活的爬坡上坎，弥补了年事已高的腿脚的不灵便。他们离开马路后，趁夜黑摸进了还没醒来的村子，正悄无声息地接近目标。

他们在一户农家院子墙外种了蚕豆的田地边的秸垛堆前将身子匍匐下来，样子像极了影视剧里那些就要发起突袭的游击队员。

陈三爷压低了嗓门说："大家记住了，一律目视东方，等天边发白的时候，看我手势后，许老四负责按下录音笔的按钮。按钮一旦按下，大家都要像聋五一样，不能弄出一丁点儿声响。"

匍匐在秸垛堆旁边的人们首先闻到了干草的气息，随即，凉风又将花的清香送进了他们的鼻孔里。

许老四吸了一口气，说："真好闻，蚕豆好像开花了。"疤老二附和说："是蚕豆花。"陈三爷制止说："不要讲话，东方就要发白了，嘘——"

"三爷，"疤老二轻声唤了一声，说，"我腿疼得厉害。"

"忍着。"三爷目视东方说。

渐渐地，山峦有了朦朦胧胧的样子。在山峦之上，有鱼肚皮似的白显现了出来。

"天就要亮了，"三爷说，"疤老二，你以为你是公鸡呀，脖伸这么长看啥？都给我盯好这座坐北朝南的院子。"

许老四说："三爷，你带烟了吗？我的脚都被霜打湿了，身上冷得筛糠哩。"

三爷侧过身，姿势像个游击队的指挥员，他白了一眼哆嗦着的许老四说："就你事多，没烟，忍着点，太阳出来就不冷了。"

院子的轮廓慢慢地由朦胧变得清晰。三爷心中感叹：大户人家呀，围墙也修这么高。

三爷盯着围墙内那棵高大的柿子树，树上还残留着几个被霜冻得通红的柿子，心中就担心它们会从柿子树上掉落下来。

就在三爷咸吃萝卜淡操心的时候，院子里有了响动。三爷机敏地判断出，那是翅膀击打空气的声音。他冲许老四做了个往下压的手势，示意他按下录音笔的录音按钮。

一只健硕的大公鸡，像只大鸟一样，腾飞了起来，极稳健地停留在了柿子树的枝干上。它的爪子紧紧地抓住了枝干，将打开的翅膀合拢回来，一双闪着绿光的鸡眼机警地扫视着前方。

三爷赶忙把头埋下，心里嘀咕说：这哪是鸡？分明是鹰嘛。

就在大家都以为这只公鸡要停留在柿子树上的时候，它却第二次腾飞起来，在空中划出一道漂亮的抛物线后，稳健地立在了高高的院墙上。

三爷翻着白多黑少的老眼，看着眼前这只公鸡，就想起年轻时挑行李送镇上有钱有势的肖财主的儿子的情形。那个公子，当年站在江边的码头上，也像这只雄立在院墙上的公鸡，骄傲得很，轻慢得很。

还没等三爷从记忆中抽身出来，公鸡已调整好姿态，面朝东方，将鸡头昂起，鸡尾扬起。看那阵势，它不是要鸣啼，而是要指挥那躲在黛色山峦后面的太阳跳将出来。

公鸡的脖颈已经被鸡头拉升到极限，充血的鸡冠越发显得通红而僵硬，它锋利尖锐的喙打开成一把剪刀似的，它的胸膛剧烈地起伏了一下，清脆而悠长的啼鸣声仿佛就要冲口而出。

但取代啼鸣声的却是麻脸大破锣一样的咳嗽声。

陈三爷扭头，将一双充血的老眼瞪成了牛卵。比陈三爷还要愤懑的是那只公鸡，站在高处的它不情愿地吞咽下了那声长啼，将其在身体里变成了怒火。

它看见了麻脸大亮晃晃的秃头，继而又看见了另外四个不知所措的老人。顿时，满腔怒火的它迅捷地一个俯冲，像个英勇无畏的战士奋不顾身地扑向这群破坏了它引吭高歌的人们。

二

韩家川七点半就骑电动车来到了昭女坪社区，进大门后就看见社区主任夏晓峰先他站在了社区篮球场上。在夏主任的对面，站着的是一群模样慵懒、表情不耐烦的大妈大婶。夏主任正在给这群乌合之众训话，意思是说请到韩家川教跳广场舞如何不容易，要大家提高对跳广场舞的认识，下个月市里领导要亲临社区看大家跳舞云云。

看见韩家川，夏晓峰停止了训话。他走过来，拍了拍正准备锁车的韩家川的肩头，说："韩老师，这些人就交给你了，时间紧，任务重。一个月后，市里领导来看，要跳出点昭女坪社区的风采来才好。我得赶到豆腐厂去。"

韩家川赶忙起身，手提锁电动车的塑料软管锁说："主任，别叫我老师，我来昭女坪时，龚主席就叮嘱过我，你是我的上级，要我像对他一样对你，我就是你的助理。这里你就交给我，你放心去豆腐厂。主任，你怎么啦？豆腐厂难道又出烦心事了？"

"别提了，韩老师，"夏晓峰一脸愁眉不展的样子，冲韩家川摇了摇头说，"真的别提了，说到豆腐厂，我就快变成豆腐了。社区入股的股东，吵着要退股哩。"

"那问题严重了。"韩家川脸上的表情也变得忧虑了。

夏晓峰弯下腰，打开自己的电动自行车，骑上车说："豆腐厂那边，你就别操心了，操心也没用，死马当活马医吧。你把这边伺候好了，这些大妈大婶，可是我挨家挨户吆喝来的。我真的搞不懂，跳个广场舞怎么就这么难？咋就没个主动性呢？平日里搓麻将的精神，咋就上不了这些大妈大婶的身呢？"

韩家川想说，这群大妈大婶跳广场舞不上心，是自己没教好。但没等他话出口，夏晓峰已经骑车一溜烟跑老远了。看着夏晓峰性急的背影，有些感慨就在韩家川心中油然而生了。

他把录音机拿出来，问大妈大婶："《最炫民族风》这首歌晓得不？"

"不晓得。"大妈大婶们回答得很干脆。

"凤凰传奇晓得不？"夏晓峰又问。

大妈大婶的人群中有人有气无力地说："报老师，晓得。"

韩家川摆了一下手说："别叫我老师，千万别叫。"

大妈大婶的人群中有人问："为啥子不准叫嘛，不服人尊敬是不是？"

韩家川脸上浮起一丝苦笑说："这么简单的广场舞，都教了两周了，还左手左脚的，我不配做老师，传出去会丢人的。我今天教个最简单的，也就是凤凰传奇的《最炫民族风》。这歌，旋律轻快，主要是要找准节奏，踩准拍子。大家先看我跳一遍。"

他边说边弯下腰，将放音机的按键按下，放音机的喇叭里就吐出了凤凰传奇的这首比流行性感冒还要流行的歌来：

　　苍茫的天涯是我的爱

　　绵绵的青山脚下花正开

　　什么样的节奏是最呀最摇摆

　　什么样的歌声才是最开怀

　　……

　　不知怎么地，听着这歌这旋律，韩家川整个人就有了不适感。如果不是这教广场舞的任务，韩家川宁愿得一次重感冒也不情愿听着这首歌又唱又跳。但现在他必须压制住自己内心的好恶，翩翩起舞。在这初春的早晨，一切就这样充满黑色幽默。

　　跳完一曲，他觉得浑身通泰了许多，有一种可耻的快乐感竟然要从体表冒出来。他喘了一口气，将动作进行示范分解。他无限耐心地领着大妈大婶一遍又一遍地跳。

　　但这群大妈大婶对广场舞的迟钝超乎了他的想象，他恨不得要瘫倒在地。看着这机械得像木偶般群魔乱舞的大妈大婶，韩家川摆了摆手，连责备的话也懒得说了。

　　"散了吧，都散了吧。"他关了放音机，有气无力地说。

　　一个满头银发、一脸油光中泛着慈祥的老大妈走过来，用怜悯的眼神看着韩家川，她没叫他老师，而是称呼他为同志说："韩同志，看你怪不容易的，我们这些老妈子老婶子的也不容易，都是老胳膊老腿的。没移民前，就只会种地喂牲口做家务，这一大把年纪了，学跳舞，不灵的，不灵的。你就别折腾我们了。"

韩家川从她的话里听出了诚恳，于是对她说："折腾你们的，不是我呀！"

韩家川从老大妈的眼神里，明白她也看出了他的诚恳。

二十多天前，市文联的龚主席找韩家川，要他去昭女坪移民社区去挂职，任务是写库区移民后的移民安置工作和移民生活现状的报告文学。

韩家川知道，作为市文联的秘书长，龚主席对他的工作很不满意，原因是他总抱怨市文联杂事太多，没时间搞创作，前不久，市委宣传部领导来文联调研，让韩家川提意见，韩家川说，市文联的工作浮在面上的多，沉到生活中去的少，创作要出成绩，作家艺术家都该积极主动到生活中去。

应该说，韩家川所谓的意见，不过是些无关痛痒的隔靴搔痒的话，但龚主席听后还是心里倍感不爽。有一年国庆，市文联搞联欢，善于模仿的韩家川，在同事们的起哄下，来了个模仿秀。他当时没多想，就模仿了龚主席。那模仿真称得上惟妙惟肖，那动作和神态让同事们捧腹大笑。这让龚主席很生气，把同事们的笑声当成了嘲讽，这让他心里记恨上了韩家川。

恰好市里领导提出写部反映移民生活的报告文学，龚主席就把这个任务交给了韩家川。但市文联里的明眼人都看得出来，龚主席这样做，是要把韩家川打发走，因为最近要在文联增设个副主席岗位。韩家川去挂职，没个一年半载，是回不来市文联的。

但韩家川欣然领命，来到昭女坪移民社区，做了一名主任助理。但他千想万想也没想到，自己到任后，从夏晓峰主任这里领到的第一份工作，竟然是教社区大妈大婶跳广场舞。韩家川不是看不起广场舞，而是他压根儿不会跳。他对夏晓峰说："主任，你这是赶鸭子上架。"夏晓峰不认为，说："不会？给你一周时间，去市群艺馆学。"

一周学跳广场舞，这任务对善于模仿的韩家川来说轻松得像休假。一周后，韩家川把几十个广场舞跳得超过了市里广场上的大爷大妈。但当他兴高采烈地回到昭女坪社区，准备将所学的教给昭女坪移民社区的大妈大婶时，却被当头泼了一盆冷水。

这些大妈大婶，对跳广场舞毫无兴致和热情。她们动作僵硬，样子敷衍，看上去仿佛不是跳舞而是受刑，韩家川算是明白了，这跳广场舞只不过是社区主任夏晓峰的一厢情愿罢了。

韩家川现在想起那天早晨的情景，仍心有余悸。在头一天，社区管委会就在各小区贴了教跳广场舞的告示，且学舞的时间地点写得一清二楚、明明白白。但当他满怀热情身披晨光赶到社区篮球场时，看到的只是几个在篮球场玩耍的少年。好在不多会夏晓峰也赶来了，要不，一个人这么傻站着，自己不仅深受冷落，还会倍感难堪。

好在夏晓峰有办法，当天下午又贴了告示，告示上说，第二天一早去跳广场舞的人，每人能领到五升瓶装的菜籽油。这办法很灵验，第二天一早，广场上就挤满了大妈大婶。

韩家川后来才知道，那菜籽油，是市一家食用油公司送温暖活动给社区的一批赠品，被夏晓峰派上了用场。

放在地上的挎包里传出了手机的铃声，把韩家川从不愉快的记忆中拉了出来。他蹲下身子，从挎包里拿出手机。

电话是夏晓峰主任打来的，要他赶到豆腐厂去。

韩家川问道："主任，出什么事了？"

夏晓峰说："你到厂里就知道了"

韩家川提起地上的挎包，骑了电动自行车，往豆腐厂赶去。

豆腐厂是昭女坪社区的第一份社办产业，是社区牵头、社区移民本着自愿原则，拿出部分补偿款入股创办的股份制企业。在韩家川的印象里，这豆腐厂，从创办到投入生产，就一直是市里新闻媒体关注的一个焦点，出镜率和上报率怕是市里其他龙头企业也自叹弗如的。韩家川在还没来昭女坪社区之前，就从报纸上知道，这由移民出资入股兴办的豆腐厂，拥有占领豆腐市场的"秘密武器"。这所谓的"秘密武器"，就是豆腐厂的厂长，库区移民无人不知晓的"豆腐西施"宫桂花做豆腐的秘方。

但遗憾的是，事与愿违，第一块秘制白鹤豆腐千呼万唤始出来，并没有成为一块敲开豆腐市场的敲门砖。被吊足了口味的消费者，遗憾地通过味觉发现，这依旧是块普通的豆腐，并不是什么茄子筐里的南瓜，更非什么鹤立鸡群的东西。

想法很丰满，现实却很骨感。夏晓峰为移民寻求经济上的造血功能的梦想，像一块掉在水泥硬地上的豆腐，碎得很难看。

焦头烂额的夏晓峰，现在正被入股者里三层外三层地围着，任凭他如何口吐白沫地解释，入股者都是一个呼声：还我钱来。

赶到豆腐厂的韩家川看到这壮观的一幕，没多少基层工作经验的他，心都快提到嗓子眼了。

他跳下电动自行车，就冲情绪激动的人群喊："有话好好说，有话好好说。别冲动，千万别冲动！"

情绪激动的人们纷纷扭头，看他这个半路杀出的程咬金。他的话没有平息他们激动的情绪，反而平添了他们的怒气。人群中有人说："站着说话不腰疼，你的活命钱要是打了水漂，你怕比老子冲动百倍。"

人群中有人提议，揍他这个管闲事的，就真有人握了拳头逼向韩家川。

夏晓峰呵斥了一声，解释说韩家川不是管闲事的，是市里派来到社区挂职的干部，现在是他的助理，握拳头的人才松了拳头，退回人群中。

夏晓峰走近韩家川，说："这里不关你的事。"

韩家川顿时心生委屈，他说："不关我的事，你叫我来干啥？"

夏晓峰说："我这里一时半会儿脱不开身，我叫你来，是叫你去望城派出所。"

韩家川说："主任，搬救兵呀？望城派出所不管昭女坪。"

夏晓峰瞪一眼韩家川说："说话咋不讲个方式方法呢？这些出资人听见了，还不火上浇油？谁要搬救兵？我是要你去望城派出所，让那个脑袋铸了铁的沈所长把人放出来。"

"谁犯事了？"韩家川问。

夏晓峰说："社区的五个老人。"

"犯的什么事？"韩家川又问。

"沈所长在电话里说的是偷鸡，但五个老人死活不承认。"夏晓峰说。

"五个老人，从昭女坪跑到望城偷鸡，一二十里地，谁信！"韩家川摇头。

夏晓峰说："我也觉得有些蹊跷。会不会搞错了？问题还不在这里，这些老人不承认偷人家鸡，只承认偷声音，偷声音，鬼都不信！你去，让司机小王开那辆省移民局送的面包车，一定要赶快把人给我接回来。都是些上了年纪的老人，出点啥事，节外生枝就更严重了。你告诉沈所长，移民无小事，先放人再说。明白不？"

韩家川点了点头。

三

陈三爷一伙被押到望城镇派出所的时候，值了一夜班的沈所长正准备回家美美地睡上一觉，昨夜连发的两个案子把他折腾得够呛。两个案子均与偷盗有关，一起是发生在镇东的偷牛案，三个犯罪嫌疑人公然在人家牛厩里活活杀死了一头耕牛并在厩里泰然自若剥起了牛皮；另外一起是发生在镇子上，犯罪嫌疑人撬开了镇上的一家超市，将值钱的烟酒洗劫一空，好在店主装在隐蔽处的监控记录了这一切。

　　沈所长见村治保主任孙大炮和村民押着五个狼狈的老人进了派出所，就熄了准备骑行回家的摩托的油门。"出什么事啦，大炮？"沈所长边拔摩托钥匙边说。

　　"抓了一伙偷鸡贼。"嗓门洪亮的孙大炮说。偷，偷，偷！怎么又是偷？一个夜里下来，连发三起偷盗案，这让身为基层派出所所长的他，不免对自己辖区内的治安有了忧虑。他决定先不去管那一身的倦意，亲自来审理这桩案子。清晨的阳光已经照进了派出所，面朝东面站着的沈所长眯着眼，皱紧了眉头，看着面前这五个被一根粗麻绳捆绑成一串的五个人，活像一串蚂蚱。

　　"孙大炮！"沈所长提高嗓门，语气中带了斥责说，"给你说过多少遍了，别乱绑人，你咋就不长记性呢？"

　　沈所长的话让孙大炮一脸委屈。

　　"看你那样子，好像我错怪你了？"沈所长瞪一眼孙大炮，又转眼目视着陈三爷，说，"孙大炮，你都干什么了？"

　　陈三爷一伙五个，胸前各挂了一块纸箱板做的牌子，牌子上书有"老贼"二字。领头的陈三爷跟另外四人不同的是，他脖子上还被吊了那只被棍子打死的公鸡。

　　孙大炮跺了一下脚，说："所长，你冤枉我呀，我不过是在他们腰间套了一股麻绳，不能算绑嘛。"

　　沈所长指着吊在三爷面前的死鸡和牌子，问孙大炮说："这又是谁挂的？"

孙大炮转身，扯了扯一个长得像只猴子的男人的袖口说："这是鸡主人，死鸡和牌子都是他挂上去的。"

那长得像猴子的男人扑通一声跪在了沈所长面前，呼号着沈所长青天，要他为民做主。

沈所长厌恶地看了一眼这个跪着的长得像猴子的男人的袖口说："死一只鸡，也犯得着如此呼天抢地？"

猴子模样的男人说："沈所长，这不是一般的鸡，是斗鸡，值价得很，几千元一只呀。"

见多识广的沈所长一脸轻蔑地看着猴子一样的男人说："我知道是斗鸡，我还知道你们利用斗鸡赌博。赶快给我站起来，又不是死了爹娘。"

听沈所长这么一说，孙大炮赶忙将跪着的猴子样男人一把提将起来说："瘦猴，还不赶快把那死鸡和牌子摘了。"

被叫作瘦猴的男人一脸不情愿地走过去，把老人们胸前的牌和陈三爷脖子上的死鸡摘了下来。

这时候沈所长发现了什么，他愣了一下，看着麻脸大老人说："孙大炮，你们打人啦？"孙大炮说："所长，没呀。"

麻脸大老人的秃头上有凝了的血痕。

沈所长手指麻脸大老人的秃头问孙大炮说："没打人，那头上是咋回事？"

"那是公鸡啄的，"孙大炮说，"所长，你是不知道瘦猴家这只公鸡有多凶。"

　　沈所长吩咐民警送麻脸大去卫生院清理和包扎伤口。他把孙大炮叫到一边低声教训说："你这个治保主任，别只知道抓人。像这样上了年纪的老人，要是伤口感染了，会要老命的。你这脑袋里怎么就长不出点觉悟呢？"

　　首先被带进审讯室的是陈三爷。自感颜面尽失的陈三爷，紧绷着一张苦瓜脸，耷拉着眼皮子。沈所长看到他这个样子，知道这是一个好颜面的内心骄傲的老人。

　　"你的名字？"沈所长问。

　　"陈三娃。"

　　"我问的是你的大名，也就是身份证上的名字。"沈所长加重了语气。

　　"我大名小名都叫陈三娃。"陈三爷翻了一下眼皮子说。

　　"听你的口音，不是本地人。"沈所长用碳素笔敲着桌面说，

　　"库区的，现在是移民。"陈三爷说。

　　"为什么伙同他人偷别人家的鸡？"沈所长问。

　　"我没偷。"陈三爷抬起头，一副脖子硬硬的倔样否认说。

　　"人证物证都在，你还抵赖？"沈所长原本温和的脸变了，面有愠色地说。

　　"我没偷！"陈三爷否认得更坚定，"老天看着的，我要是真偷了鸡，就被雷劈死好了！"

　　"我现在不跟你讲老天，"沈所长放下手中的碳素笔说，"我要的是人证。"

"麻脸大、疤老二、许老四和聋五，他们四个都可以给我做证。"陈三爷说。

"你说的这四个人在哪里？"沈所长问。

"除麻脸大你吩咐人送卫生院外，都在外面候着呢。"陈三爷瞄一眼屋外说。

"让你的同伙给你做证？老人家，你真想得出来！"沈所长讥笑说。

"信不信由你！"陈三爷回嘴说。

这话惹恼了沈所长："陈三娃，你别倚老卖老，这可是派出所。"

"派出所咋啦？"陈三爷说，"派出所也要讲王法。"

沈所长说："陈三娃，这还像句话。谁偷了别人的东西，谁就要被法律制裁，这就是你讲的王法。你们不是偷人家鸡，天不放亮大老远跑人家村子干什么？"

"如果你一定要说我偷，我只承认，我偷了声音。"陈三爷一脸认真地说。

这话钻进沈所长的耳朵里，让他觉得像是在听《天方夜谭》。他面露惊讶，说："老人家，你也是大把年纪的人了，扯把子都没学会？"

"谁扯把子了？"陈三爷把头抬起来说，"我偷的就是声音嘛。"

"我就暂且信了你的话，"沈所长说信，其实一点都不信，说："那你给我说说，偷的什么声音？"

陈三爷说："公鸡打鸣声。"

"那我问你，你偷公鸡的打鸣声干什么？"沈所长要一问到底。

"救人。"陈三爷回答说。

"救谁？"沈所长继续问。

"救钟汉老头。"陈三爷回答。

"钟汉什么人？"沈所长穷追不舍。

"移民的老人。"陈三爷对答如流。

"那钟汉怎么了？"

"他害了病。"

"声音治病，闻所未闻。"

"信不信由你。"

沈所长迟疑了一下，稍作停顿的他拉长了声音说："我信。"

"我看得出的，你还是不信。"陈三爷脸上浮起一丝苦笑说。

"我有一个要求，"沈所长盯着一脸苦笑的陈三爷说，"把你偷的声音拿来我看看行吗？"

"声音不能看，只能听。"陈三爷纠正说。

"是，不能看，"沈所长点点头说，"那就拿来我听听。"

陈三爷说："没录上，公鸡发现了麻脸大。"

"你们带了录音机？"沈所长问。

"是录音笔。"陈三爷说。

"那就把录音笔给我看看。"沈所长说。

陈三爷说："录音笔在许老四那里。"

沈所长就吩咐坐在一旁记录的年轻警察去带许老四。

许老四被年轻警察带进审讯室，紧张得浑身直哆嗦，陈三爷见许老四那样，恨得牙痒痒。

陈三爷说："许老四，看你那熊样，不是贼也会被当成贼的。"

沈所长制止陈三爷说："谁让你多嘴多舌了？"

"这可是审讯室，没问你话，你就闭嘴。"

沈所长看着像疾风中的树的许老四说："把录音笔拿出来吧。"

许老四就哆嗦着手去摸裤兜，裤兜里什么也没有，就转而摸上衣的口袋，口袋里也没有录音笔。

许老四说："三爷，怕是掉蚕豆地里了。"

沈所长拍一下桌子说："是我在问你话，不是你三爷。我问你，是不是根本没有什么录音笔？"

许老四越发哆嗦了，他佝偻了腰对沈所长说："没录音笔，我们跑那么远来干啥？"

沈所长说："这话该我问你。"

许老四双手作揖，对沈所长说："警官，你得给我们做主，我们都是泥巴埋到脖颈子的人了，这贼的罪名，可背不起呀。"

沈所长又吩咐年轻警察说："把屋外那两个也叫进来。"

年轻警察出去，把疤老二和聋五也带了进来。

沈所长没问疤老二，而是走到聋五旁边，问他姓甚名谁。

聋五呆若木鸡地站着，一副充耳不闻的样子。

一直一声不吭的年轻警察动了气，他冲聋五厉声说："所长问你话哩，你哑巴啦？"

疤老二说："要问就问我，我姓巴，打小在村子里大人小孩都叫我疤老二。他是个聋子。"

疤老二老人又手指聋五老人说："你们别看他是个聋子，我们昭女坪社区的老人，数他文化水平高。"

"陈三娃，不，三爷，"沈所长皮笑肉不笑地说，"带着聋子去偷声音，穿帮吧？"

沈所长叹了一口气，接着说："偷只鸡，原本不是什么大不了的治安案件。像你们这样的老人，我说句不该说的大实话，你们态度好，甚至可以不立案，我们跟受害方调解一下也就罢了。但你不承认，还扯什么偷声音的把子来骗警察，性质就不一样了。"

沈所长的话激怒了陈三爷，他忽地站起来说："警官，如果你认为我给你扯把子，认定我们是偷鸡贼，我可告诉你，我就待在你们派出所好了！"

年轻警察大吼着说："坐下去，谁让你站起来的？冲我们所长发脾气，你好大的胆子！"陈三爷兀自铁塔一样站立着，原本因为苍老而松弛了的脖颈上，竟然有青筋凸露出来。年轻警察冲上前去，想将他按坐在凳子上，但被沈所长挥手制止了。

沈所长掏出手机，将电话打到了市移民局，问到了昭女坪社区主任夏晓峰的电话。

四

韩家川一出豆腐厂门，就看见了接他的面包车。韩家川拉开副驾驶的门，说去望城镇。司机小王就拿出手机，打开导航。韩家川惊讶地看着认真输地址的司机小王，说："你不会连望城镇都不知道怎么走吧？"

"领导，我真不晓得。"小王抬起头来，一脸诚实的样子，看着韩家川讶异的表情，说，"我是外地人，是从库区移民过来的。"

"原来你也是移民。"韩家川点了点头说，"从口音就能听出是库区的。"

"乡音难改，其实也不想改。"小王笑了笑，低头输了"望城镇"三个字后说，"领导要去望城镇哪里？"

韩家川说："去镇派出所。"

小王哦一声，输好了地址，启动了面包车，

他好奇地问韩家川："领导，谁又惹祸啦？"

韩家川说："社区的五个老人，去望城镇被人抓进派出所了。"

"老人能犯什么事呀，要抓去派出所？"小王的语气中有不解。

"听说是偷了人家的鸡。"韩家川说。

"不可能，"小王摇摇头，目视前方说，"不可能的，大老远地跑去偷鸡，又是五个上了年纪的老人。"

韩家川没吭声，其实他心里跟小王想的差不多。待车开出一段距离后，坐在副驾驶位子上的韩家川突然问司机小王：

"说他们跑到望城镇偷声音，你相信吗？"

"声音？"小王偏了一下头问。

"对，声音。"韩家川点点头。

"我相信。"小王说。

小王的话完全出乎韩家川的意料，讶异之色再次浮上了他的脸颊。

"你相信？"

"我当然相信！"小王语气坚定地说，"我还晓得偷声音的一定是陈三爷他们自救自五人小组的那五个老人。"

韩家川觉得这个司机小王神了，连偷声音的是自救自五人小组都知道，这让他不只是惊讶，简直就是吃惊了。

"你凭啥如此肯定？"韩家川说，"说说你的理由。"

小王笑了笑："领导，你难道忘了刚才我告诉你的？我也是移民。我跟你说句实打实的真心话，只有移民才会了解移民。"

韩家川分明从这话里听出了弦外之音，他说："小王，你的意思是我不了解，还是社区的管理者们都不了解移民？"

"领导，这话我可没说，"小王偏头看了一眼韩家川说，"但你可以这样理解。"

韩家川咳嗽了一声说："滑头！哎，小王，给我讲讲这个自救自五人小组。"

小王面有为难之色，他把车速放慢说："讲五人小组，要从另一个老人讲起，这是犯忌的事。夏晓峰主任要是晓得了，我会挨批评的。"

"有那么严重？"韩家川不解地说。

"就是那么严重。"小王点点头说。

韩家川的好奇心，就越发被小王的话勾了起来。韩家川从口袋里掏出烟，递了一支给小王，自己也燃上了一支说："小王，我今天要去派出所处理这五个老人的事。我初来乍到，对他们很陌生，我需要从你这里了解他们的情况。我晓得你有顾虑，是有为难之处，那我们订个君子协定，你给我说的话，我烂肚子里，绝不说出来，我用我的人格保证，行吗？"

小王犹豫了一下，一手握方向盘，一手点了烟，点了点头。

小王并不善于讲故事，但善于听故事的韩家川，通过自己脑子的快速整理，终于将小王的话理出了头绪。

入住昭女坪社区的移民，大多数来自库区的白鹤镇。从家乡搬异乡，移民们的心情难免有对故土的不舍和忧伤。虽然白鹤镇坐落在江边的河滩地上，土地并不肥沃，十年九旱，但家乡还是生活了祖祖辈辈的家乡，那行将被淹没的土地上有太多的乡情和记忆。常言说，坐惯的山坡不嫌陡，住惯的老屋不嫌矮，所以，移民乡亲们离开的时候，都是一把眼泪一把鼻涕走的。但他们走得并不全是凄楚和悲伤，毕竟，他们都领到了数额不菲的失地补偿款和搬迁费。特别是当他们来到了昭女坪社区时，他们仿佛都忘记了失去故乡的伤痛。看着这个精心打造的移民样板社区，那一幢幢高大整齐的蓝白颜色相间的样板洋房，他们的愁容渐渐地被笑脸取代。像城镇人一样活一回，这想法像酒一样芬芳和醉人。

他们是欢呼雀跃地住进昭女坪社区的，新家园、新生活，甚至是新身份，都让他们兴奋、欣喜和激动。但这种新鲜感和幸福感混搭的心情并没有持续多久，移民们终于开始咀嚼社会上那句揶揄和调侃他们的话：

"毕竟，山猪都吃不来细米糠哩！"

新鲜感被不适感取代，幸福的心情被对未来的茫然替换了。这一切，都是悄悄地随着日子的抻长而来的。

而最感不适的是老人，外号杨老头的杨玉明老人，就是其中一位。

杨玉明自从住进了窗明几净的社区楼房后，就一直睡不好觉，得了失眠症。起初，家里人还以为是老人换了新环境，需要花时间适应，但几个月下来，老人夜里睡不好觉的毛病，不仅没改观，反而越发加重了。因为长久失眠，人的情绪也变得焦躁和烦闷，后来竟然茶饭不思，厌食了。家里人看在眼里，急在心里，儿媳就只好给外出打工的丈夫打电话，要他回来看父亲。儿子千里迢迢从广州赶回来，多次跟老人打听，才知老人的病因。

在老家白鹤镇，杨玉明老人住的是依山傍水的吊脚楼，那吊脚楼，是在平地上用木柱撑起、高悬地面的一种干栏式建筑。这是一种既节省土地，又造价低廉，且又能通风、防潮的建筑。这种建筑分上下两层，上层为居室，下层是关牲口的厩，杨玉明老人住在吊脚楼上，楼下关着猪和牛。那吊脚楼不隔音，深夜里，杨玉明老人能听见小猪的哼哼声、大猪的呼噜声、牛的反刍声。

这些声音，成了杨玉明老人夜生活的重要组成部分，是他的"小夜曲"。他要听到这种声音，才会睡得踏实，才会不知不觉进入梦乡。搬进昭女坪社区新家的杨玉明，夜里再也听不到猪声牛声，失去自己的小夜曲，这如何不让他辗转难眠？几十年养成的睡觉习惯，岂是短时间能改变的？

看着老人因失眠厌食变得憔悴得像山坡上一棵瘦草，儿子心痛得抓破了头皮，也没想出什么好办法来，最后只能跟儿媳商量，决定将老人住的隔壁杂物间腾将出来，在家里做一个猪厩。

儿子跑到乡下找来了垫厩用的稻草，又去市场上买了两头刚断奶满双月能独立进食的猪崽，在家里养起了猪。虽然夜里只两头小猪的哼哼声，没有大猪的呼噜声和牛的反刍声，但这也多少让老人心里踏实了，不再彻夜失眠。

这事被邻居告到了社区管委会。

在好端端的起居室里养猪，这在管委会的工作人员看来是不可理喻的陋习，是绝对不可容忍的，这事迅速被反映到了社区管委会主任夏晓峰那儿。夏晓峰主任亲自出马，带着三位社区工作人员花了一个早上，才把那当了猪厩的杂物间清理干净，并说服老人的儿媳去农贸市场，卖掉了这两头小猪。整个过程中老人一声没吭，面无表情，但作为社区工作人员之一的司机小王，还是看见了老人眼中噙满了泪水……

这显然是个没讲完的故事，韩家川捋顺了小王的叙述后问："那后来呢？"

"后来？"小王说，"后来社区管委会就贴了告示，禁止任何人在社区内养家畜家禽了。""我问的不是这个，"韩家川说，"我是问你这杨玉明老人后来怎么样了，还失眠吗？"

小王叹息了一声，摇摇头说："后来？后来他永远地睡着了。"

韩家川说："什么意思？"

小王说："后来，他家人说他患上了抑郁症。再后来，他从他家六楼的阳台上跳了下来，死了。"

这是个让充满好奇心的韩家川感到既意外又惊心的结局，他沉默了。车里的气氛也凝重起来，显得有些沉闷压抑。

还是司机小王率先打破了沉闷和压抑，他说："领导，导航上显示，望城镇就要到了。你不是要我给您讲讲自救自五人小组吗？其实，这小组的缘起，就是杨玉明老人的死。他们跟杨玉明老人一样，需要声音，那是他们的药，或者说是另一种口粮。领导，我说句不该说的话，在社区里，这些老人，是被忽视的一个群体。他们，也是最难走出故乡的群体，他们孤立无援，社区、家庭都没有人管他们的心理要求、他们的精神需求，但他们又不甘心坐以待毙，所以只能自己救自己。"

如果不是亲耳听见，韩家川不会相信，一个年轻的司机，会说出如此的话。这是句句都有分量的话，是对移民老人有深入了解并感同身受说出的话，是一个移民的心里话。

　　韩家川真诚地说："小王，今后你别再叫我领导，你叫我老韩或者家川哥。我不过是文联里的一个写作者，你今天的话让我心里清楚了我这次挂职该去看什么、想什么、写什么。我真心谢谢您！"

　　司机小王的手机导航提示，目的地就在附近。

五

　　到了望城镇派出所，韩家川下了车，就一个人信步走了进去。如果说，在领命前来望城镇之前，韩家川对如何处理老人们这次所谓的偷鸡之事心中无底，有畏难情绪的话，现在他已经信心满满。这信心的得来，他是打心里感谢司机小王的。

　　派出所的沈所长经过一夜夜班，加之老人们不配合，他们咬定了不承认偷鸡，让他更感疲惫和不悦，见到韩家川时，也就没了好嘴脸。韩家川跟他打招呼并介绍自己是昭女坪社区的主任助理时，他只是铁青着脸哼了一声，这多少让韩家川心里有些不快。

　　"你们这些人是怎么搞的？人越老，硬得越像青冈树，不服个软哩。"沈所长的话里是满满的抱怨，他看了一眼不动声色的韩家川，摊摊手又说，"这和尚头上的虱子——明摆着的事，人证物证都有，为何要死不承认？"

　　韩家川说："所长，我不明白你说啥，啥是明摆着的事？"

　　沈所长被韩家川这一问，简直就是吹胡子瞪眼，他冷冷地瞥一眼韩家川，大声说："你们昭女坪社区的人，咋都这样呢？韩助理，你难道不知，你的这五个老人偷了望城镇人家的鸡，而且是价值不菲的斗鸡？！"

韩家川冲沈所长做了个压压手的姿势说："沈所长，你少安毋躁，别大声八气的，好像犯事的人是我一样。你是警察，在没把事情搞清楚之前，不要轻易说什么'和尚头上的虱子——明摆着'样的话，一切都得尊重事实和证据。"

沈所长说："韩助理，你的意思是你的人没偷鸡？"

韩家川笑了一下，是那种带了点嘲讽意味的笑。他摆摆手说："这话我可没讲，我只是以为，这事情还没到所长你说的明摆着的程度。"

沈所长上牙咬了下嘴唇，皱了眉头，重重地点头说："好了，很好！韩助理，我今天就让你心服口服什么是明摆着！就算是我们望城派出所与你们昭女坪社区联合办案。"

沈所长说完，示意韩家川跟他一起去审讯室。

走进审讯室，韩家川就看到一个老人抱了手站在凳子前，样子委屈而恼火。他旁边的三个老人像战败的散兵游勇，佝偻着腰，狼狈地靠着墙。

"不是五个人吗？"

韩家川目光在审讯室内绕了个圈说。

"哦，"沈所长解释说，"有个老人被鸡啄伤了脑袋，我们派人带他去镇卫生院包扎伤口了。"

韩家川也哦了一声，目光停留在靠墙站着的三个老人身上，说："所长，他们都是上了年纪的老人了，给个座行吗？"

沈所长于是就吩咐那先前搞记录的年轻警察出审讯室去搬椅子。椅子搬来，三个老人坐下了，但先前站在椅子前的老人，就是不坐。

沈所长对四个老人说："这是你们社区管委会的韩助理，他是专程来配合我们派出所办理你们的案子的。你们有什么话，就对韩助理说。"

四个老人缄口不言，头都没抬一下。

沈所长说："不配合是不是？陈三娃，你先说。"

被沈所长叫作陈三娃的那个老人，依旧抱着手站立着耷拉了眼皮子说："我该说的，先前我已经说过了。"

韩家川这下知道了，这个抱着手站着，活像一头老倔牛的人就是陈三爷。

这时，坐在中间的脸上有块疤的老人举了一下手说："我是疤老二，三爷不想说，我说！我们没有偷鸡。我们是去录公鸡的打鸣声的。这只鸡，最早是我闲来无事时发现的，那天在社区外，鸡的主人在空地上摆赌，我看见这只公鸡很健壮，想它的声音一定很洪亮，就在鸡主人摆完赌后尾随鸡主人上了公交车，踩到了鸡主人家的点，然后回去告诉了三爷，让许老四借了他儿子送给孙女用来在课堂上录老师讲课的录音笔，在凌晨之前约了麻脸大、聋五，五人一起来录公鸡打鸣的声音。但万万没想到的是，在许老四就要录音的时候，有气管炎老毛病的麻脸大，没忍住自己的咳嗽声，招来了院墙头上那只公鸡。那公鸡凶得很，比电视剧里的敌人还凶，从院墙上飞下来就直扑麻脸大的秃头，啄得麻脸大直叫唤，我们都吓得乱成一团。好在聋五行伍出身，当过兵的他没太乱阵脚。他顺手操了稻草垛子旁的一根柴棍子，一闷棍下去，把那只比敌人还凶的公鸡给打死了。后来我们就被主人家发现了，主人大喊有贼，村子里的人就把我们围住了。再后来，就把我们送到派出所来了。"

听疤老二老人说完，韩家川问："你们大老远地跑去录声音干啥子？"

"救人。"许老四老人答道。

沈所长冲韩家川轻蔑一笑，说："用声音救人，韩助理是否相信？"

韩家川点点头，认真说："沈所长，我相信。"

"你相信？"沈所长一脸惊讶。

"对，我相信！"韩家川加重了语气说。

沈所长端起放在桌上的保温杯，呷了口茶，吐了一片茶叶："既然韩助理相信声音能救人，那就是说，声音可以做得药了？"

韩家川笑了一下说："沈所长，有些时候，声音就是一剂良药。"沈所长又喝了一口茶，他没忍住，将嘴里的茶水喷了一地说："韩助理真是一个幽默人，这声音既然在韩助理看来是一剂良药，那我想问韩助理，这声音如何配伍？如何治病救人？救的又是什么人？"

　　韩家山明显感到了沈所长话里的锋芒。他一脸从容地说："所长，你问错人了，这话，应该问这些老人。"

　　这时候，一直抱了手站着的陈三爷接话了。

　　他说："你这个警官忘性咋这么大？我先前已经给你说过了，我们要救钟汉大爷。"

　　"那钟汉何许人也？"沈所长问。

　　许老四抢话说："他是昭女坪社区最年长的老人，都九十好几啦。"

　　"那他得了何种怪病，要声音治？"沈所长刨根问底儿。

　　"他夜里睡不着觉，患了失眠症。"许老四说。

　　"用声音治失眠？咋治？"沈所长不解。

　　许老四说："警官，这你不懂了吧？且容我慢慢道来。

　　"钟汉大爷在没移民来昭女坪社区之前，是我们白鹤镇裤脚村人人知晓的老人，有名得很。说他有名，是他养的鸡有名。他家养的乌骨鸡，是整个镇方圆几十里最肥美的壮鸡。钟汉老人养鸡，不圈养，是放在河滩地上野养。那些鸡刨食的是蚯蚓和打屁虫一类的小虫子，那鸡肉的味道，鲜美得没话说。钟汉老人养鸡，除了野养，跟别人养法不一样的是，有头鸡带着鸡队。头鸡都是大公鸡，钟汉大爷叫头鸡'鸡队长'。每天清晨，头鸡第一个醒来，它飞上院墙，一声长啼，所有的鸡就跟着吵吵嚷嚷出了鸡栏。听见长啼，钟汉大爷就从床上爬起来，目送他的鸡队长，带领着鸡群走向长满野草、灌木和荆棘的河滩地。鸡队长是不宰杀的，也不卖给他人。等到鸡队长上了年纪，钟汉老人就会选最好最大的鸡蛋，孵出最好的鸡公崽，挑出最好的一只，把它培养成接班人，当下届的鸡队长。

"库区移民的时候，钟汉大爷让家里人把母鸡都宰杀了，拿去市场上卖掉了。顺便说一句，钟汉大爷养的鸡，只有头鸡是公的，其余全是母的。钟汉大爷舍不得杀头鸡，决心把它和家什一起带来昭女坪。但当它发现它的那些妻妾死在屠刀之下时，它却气死了。这让钟汉大爷悲痛万分，离开裤脚村的时候，他抱着那只头鸡，也就是他视为心肝一样的鸡队长，蹒跚着，在孙子的搀扶下，爬上山岗。在山岗的一棵树下，钟汉大爷自己用锄头，挖了个小小的坑，将头鸡的尸体埋了，还用碎石砌了个小小的坟茔。然后，他一屁股坐在山岗上，像个孩子一样，脚在地上乱蹬，手在胸前乱挥，号啕大哭。哭声和着山风，让我们的移民也跟着他一样伤心不已。

"到昭女坪社区后，钟汉大爷跟家人住进了新房子。住进去的第一晚，他睡得又沉又死，是他的年过花甲的儿子叫了几遍才叫醒的。但自打那晚以后，钟汉大爷就再也没睡着过。据他儿子讲，大爷总是担心倒头睡过去，第二天再也醒不来。大爷儿子就安慰他，说要他放心睡，第二天自己会叫醒他。但大爷抢白儿子说：'你又不是鸡队长，你要睡死了咋办？'从此大爷夜里出现了幻觉，一睡过去，那只头鸡就会从他的脑袋里冒出来，一声长啼，大爷就会一骨碌翻爬起来，推开窗子，外面却是墨一样的夜色。杨玉明老人跳了楼后，我们这些老人心中成天都惶恐得很，心就像个空箩筐一样，空得难受，我们也睡不着。

"三爷就带着我们四个，成立了这个五人小组。三爷说：'没人管我们，我们只能自己救自己，我们要把我们丢掉的声音找回来，还要帮像钟汉大爷这样的老人把声音找回来。'

"有一天，我在省城打工的儿子，回家来过春节，他给我读中学的孙女买了礼物，也就是今天我搞丢的那支录音笔，儿子是买给孙女学习用的。有一天，我发现孙女录下了她老师讲课的声音，我立即感到这东西既神奇又好玩，孙女就让我说话，她只轻轻按了一个键，待我说完话，她又轻轻按了另一个键，那笔就吐出了我刚才说过的话。我把这告诉了三爷，三爷也觉得这叫个录音笔的东西神奇。他拉了我的手说：'许老四，这下钟汉大爷有救了，你得把你这录音笔的玩法从你孙女那儿学过来。'学那东西不难，我孙女一个时辰就教会了我。刚好疤老二发现了那只斗鸡，说那鸡雄得很，打鸣声不亚于钟汉大爷家那只头鸡的。对了，我还忘了给领导汇报一件事，我孙女在教我录音的时候，还教了我一种新玩法，就是那录音笔能定时，你想让它几点播声音，它就会准时在几点播你要的声音。"

沈所长听得很有耐心，许老四老人打住话匣子后，他问："那后来呢？"

许老四老人说："后来我们就趁夜去找那只斗鸡录音了，再后来就被当成偷鸡贼抓了。真是羞死先人哟，老几十岁，背个贼的骂名。"

听了许老四老人的话，沈所长看了看韩家川，韩家川也看了看沈所长，他们都没说话。

一阵沉默后，沈所长打了个呵欠，对许老四说："要信你的话，就得找到那支录音笔。"

六

在许老四老人的指引下，沈所长带着年轻警察在蚕豆地里找到了那支录音笔。

那录音笔里，确实没有鸡鸣声，却录到了麻脸大老人被鸡啄的惨叫声。回到派出所后，沈所长通过和斗鸡主人的讨价还价，终于达成了由五位老人赔偿斗鸡主人八百元钱的协议。韩家川替五位老人垫付了钱，让在派出所的四位老人上了面包车后，又让司机小王把车开到卫生院，接了处理完伤的麻脸大老人，回昭女坪社区去。

一只鸡赔八百元，老人们心里都觉得疼，都坐在车上成了闷葫芦。司机小王就打趣说八百元摘了五顶贼帽子，值！

麻脸大老人摸了摸秃头上缠的纱布说："值个屁！要不是那只斗鸡那么凶，啄我的秃头，聋五也不会失手打死它。要晓得这鸡那么值钱，我还不如忍痛让它啄哩。"

陈三爷瞪一眼麻脸大老人说："麻脸大，你还好意思说？你不咳嗽那声，就不会有后边这些么蛾子！这音没录上，钟汉大爷咋办？"

"三爷，别责备麻脸大，谁身上没个病痛的？"疤老二打圆场说，"钟汉大爷的事，我们再想办法。"

"要不是我这要命的膝盖，我就去临县乡下的我姑娘家，把那鸡啼声给钟汉大爷录了来。"

坐在副驾驶位子上的韩家川转过身来说："五位老叔，是我们社区管委会失职了。今后，这些事交给社区来办。你们都是上了年纪的老人，别再像今天这样，起早摸黑，危险着哩。"

疤老二老人摆了摆手说："韩助理，你和社区还是不操这个心的好，我们的事，我们自己办。让你们办，靠不住！"

韩家川冲疤老二老人笑笑说："大叔，你可以不信任我，但一定要相信社区，你为何对我们管委会有如此大的成见？"

陈三爷冲疤老二老人挤挤眼说："疤老二，你那张嘴，咋就不关风呢？韩助理，成见？不敢不敢，社区对我们好着哩。"

司机小王说："三爷，你就让疤二大爷说嘛，这韩助理，跟社区其他领导不一样。要说成见，韩助理，我替疤二大爷说，他主要是对社区办豆腐厂有意见。"

一提豆腐厂，韩家川就更有了兴趣，他对疤老二老人说："老叔，这你一定得给我讲讲。"

疤老二老人面有难色，他侧身看了一眼陈三爷。陈三爷冲他翻了一下白眼说："看我干啥子？疤老二，你今后会死在这张嘴上。既然小王都说你对办豆腐厂有意见，你还不说，那不成了隐瞒领导了？你看你那豆腐西施的儿媳，人家多先进？你呢，后进着哩。"

"别提我儿媳，三爷，"疤老二说，"提她我心里就来气。"

司机小王边开车边对疤老二老人说："疤二大爷，你心咋就二指宽呢？不就一副棺材吗？"

许老四老人接话说："小王，你这嫩崽子，懂个屁，你话说得倒轻巧，不就一副棺材？你可晓得那是今后你疤二大爷百年了的老屋？"

"都以为我生我儿媳的气，就为棺材，你们真是冤枉我了，"疤老二老人说，"我是为我儿媳怂恿我儿子为拉苦井水不拉棺材生过气，但那是搬迁时的事，早就过去了；我是因为我儿媳不听我劝，硬要跟那夏主任去办豆腐厂生气。那豆腐西施的虚名，害了她了。那白鹤豆腐，岂是想做就能做的？"

韩家川说："你的意思是你儿媳手艺不行？"

"那倒不是，"疤老二老人摇了摇头说，"要讲做豆腐的手艺，她配得上豆腐西施这名号。"

韩家川说："这就令人费解了。"

疤老二老人说："说费解也费解，说不费解也不费解。世间但凡好东西，都不是做出来的，是自然生出来的，这白鹤豆腐里，藏有玄机。"

司机小王说："疤二大爷，你就别卖关子了，谁不知道你儿媳做的白鹤豆腐，要用你们家苦水井的水来点豆花？要不，还叫啥子秘制豆腐嘛！"

　　"你看，你看，"疤老二老人摊了摊手说，"说你嫩薹薹，人家会讲我欺负年轻人。你跟你们那夏主任和我儿媳差不了多少，都是知其一，不知其二的。"

　　小王欲回嘴，被韩家川示意打住。韩家川说："老叔，这其二是什么？"

　　疤老二老人说："这可是我们家的秘密，别说外人，就是儿媳也不知道，不便说的。"

　　"嘿，"陈三爷白了一眼疤老二说，"毛病！又卖关子了不是？离开了白鹤镇，还做得出什么白鹤豆腐？"

　　"三爷英明！"疤老二冲陈三爷竖了竖大拇指说，"这话你说得像裤裆里放鞭炮，正确得很！"

　　疤老二这话，把一车人都逗笑了。

　　"其实，也算不得啥玄机，"疤老二说，"自从库区蓄的江水淹没了裤脚村，我们家那点做豆腐的小秘密也就没用了，因为其他地方做豆腐点豆花这个工序，用的都是石膏或者卤水。所以，我们裤脚村的豆腐用苦水井又苦又涩的苦水来点，就特别招惹人注意，都以为白鹤豆腐的名堂就是这苦水井的井水，但大家就没去注意，连裤脚村的人都没留意，我们泡黄豆的水、磨浆的水，那可是甜水潭的水。在裤脚村，老辈人管甜水潭叫阴潭，管苦水井叫阳井。这甜水潭的水是软水，这苦水井的水是硬水，那用甜水潭的水磨的豆浆，碰上苦水井的硬水，就像受了孕，生出了白鹤豆腐，这叫阴阳之合。我说这世间好东西都是生出来的，就是从白鹤豆腐上悟到的。用甜水潭潭水磨出的豆浆，烧热后遇上苦水井的硬水，就会咕噜咕噜响，那声音好听得很，是欢喜声。我那徒有虚名的儿媳，不配那豆腐西施的名号。我们搬离裤脚村时，我提醒她，拉再多苦水井的水也没用，做不出白鹤豆腐。可她小肚鸡肠，猜疑我是为了那口棺材。现在好了吧，办豆腐厂，收不了场了落个空欢喜不说，还招人笑话。"

疤老二话说得轻松，韩家川听得沉重，韩家川心想：现在夏晓峰主任要在场，不知会作何感想。

"老叔，我不知道有句话该不该说。"韩家川看着疤老二，表情认真地说，"你生儿媳气，我理解。但你不该阻止夏晓峰主任，毕竟办个豆腐厂不容易，钱都是移民们从补偿款中拿出来的。"

"夏晓峰？你别提他，提他我更来气。"疤老二摆摆手说。

三爷恶狠狠地瞪一眼疤老二，意在阻止他。

"浑说了不是？越说越没分寸了。"

"三爷，谁浑说了？我就是日气夏晓峰咋啦？"

韩家川从疤老二的话里听出了耍横的味道。

"疤老二，耍上牛脾气了？"三爷提高了嗓门说。

"这话憋肚子里，比屎阻屁眼里都难受！"疤老二吹胡子瞪眼睛说，"那杨玉明老人在自家里养猪，招惹他啥了？他倒好，带群人三下五除二，给人家养猪的地儿给清理了，也不问问人家为何要养猪，光会批评人家生活习惯不好，不讲卫生。谁不晓得猪养家里又脏又臭不卫生？但再脏再臭再不卫生，不要老命吧？

我反正是认定了，那杨玉明，就是被夏晓峰逼死的！"

"瞎话！蠢话！疤老二！"三爷吼道，"信不信我抽烂你那臭嘴！"

原本已轻松的车内气氛，又回归了沉闷，沉闷中还多了沉重。

好在昭女坪社区已近在眼前。

七

五个老人被韩家川顺利地从望城派出所带回了昭女坪社区，这让夏晓峰主任在心目中高看了韩家川一眼。当韩家川赶往豆腐厂去给夏晓峰交差的时候，夏晓峰还在跟宫桂花为做不出真正的白鹤豆腐进行技术攻关。夏晓峰知道，做不出真正的白鹤豆腐，后果不堪设想。想想早上那些情绪近乎失控的股东，他心中就会不寒而栗。看到韩家川，一筹莫展的夏晓峰说："韩老师，平日里看您这一脸斯文相，没想到办起事来心中自有百万兵。都听公安的人说那沈所长是难缠的主，没想到您那么快就解决了问题，看来您还有点小诸葛的能耐。过来，快过来，兴许这豆腐上的难题，您能想出好办法。"

夏晓峰左一个您右一个您，让韩家川听出了一分尊重和欣赏。他心里自然也就有了分愉悦，就笑着摆摆手谦虚道："不敢当不敢当，老人们没偷鸡，派出所得尊重事实嘛，哪是我的能耐？至于这白鹤豆腐，主任跟官厂长都不要费心了，诸葛亮转世，我看也是无解的。"

这"无解"二字，让夏晓峰心里非常不快，他没想韩家川会说出如此武断的话，就一脸不高兴地说："韩助理，说话注意分寸。我这主任做豆腐确实是外行，但你不能让宫厂长难堪，宫厂长为啥被称为豆腐西施？那是因为在移民来社区之前，人家做得一手地道的白鹤豆腐，我们现在在技术上遇到了难题，只要大家齐心协力开动脑筋，就没有过不去的坎，攻不下的关。你哪来如此的武断，竟说出如此不得体的话来？"

韩家川发现，自己不仅让夏晓峰主任不高兴，也让宫桂花脸上有些挂不住，就冲她抱拳做了个对不起的手势，然后转而对夏晓峰说："主任，我们借一个地方说话。"

没想到这话却惹火了夏晓峰，他粗脖粗嗓地说："韩助理，你们这些文人，咋就那么多花花肠子？什么事情，到你们这儿就搞得神秘兮兮的，把宫厂长当外人，你啥意思呀？"

看着一脸怒容的夏晓峰，韩家川赶忙解释，说夏晓峰误会了他的意思。他心里确实觉得有些话面对宫厂长讲出来，对她很残酷，怕她一时半会儿接受不了。他有些为难地看着宫桂花，恨不得指天发誓自己没把她当外人的意思。

宫桂花自是知趣的女人，她脱下手上的白手套，往工作台上一放，说："既然你们做领导的有事商量，我就先回家了。"

韩家川看宫桂花出了门，又掉转眼神看一眼黑了脸的夏晓峰，提议出去走走。夏晓峰很不情愿地跟韩家川在社区里肩并肩散起了步。

　　韩家川问夏晓峰认不认识疤老二老人，夏晓峰说："他是宫桂花的公公，你说我认不认识？"

　　韩家川就把疤老二老人在车上讲的关于白鹤豆腐的故事跟夏晓峰讲了一遍。

　　还没等韩家川把故事讲完，夏晓峰整个人就垂头丧气地瘫坐在了社区林荫道旁的长椅上了。

　　他吐出了一声长长的叹息。

　　韩家川从夏晓峰的叹息声里，听出了困惑和绝望。

　　韩家川把故事打住，坐到夏晓峰身边，从衣兜里掏出香烟，递一支给夏晓峰。夏晓峰抬起头，蹙了眉头接过烟。韩家川给他点上烟，自己也点上一支安慰说："我们还可以想办法生产其他东西，天无绝人之路嘛。"

　　夏晓峰猛吸了一口烟，喷了一口浓浓的烟雾，表情极为认真地看了韩家川说："韩老师，为啥这疤二爷明知我在跳火坑，他都忍心不站出来阻止，乐意看我跳呢？"

　　这问题提得好尖锐，让韩家川无言以对。"我知道你不好回答我，那我帮你回答。"夏晓峰又深吸了一口烟说，"那是因为，社区里有很多像疤二爷这样的人，他们认为办豆腐厂是我夏晓峰这个主任的事，不是他们的事！"

　　韩家川说："主任，你千万别这么想。"

　　夏晓峰不听劝，腾地站了起来，将还剩下大半截的香烟，重重地扔在地上，又重重地踩了两脚，仿佛招惹他的是香烟似的。

他伸出手，画了一个巨大的圆弧说："韩老师，我真的搞不明白，他们为啥这样不待见我？自打开始破土动工建这个移民社区，我夏晓峰何时不是起早贪黑，巴心巴肝地扑在这社区上？市里领导指示我，社区要看得见山，望得见水，要记得住乡愁。昭女坪社区依山而建，看得见山。但我们这地方是十年九旱的地方，望得见水，是个难题。你看到社区这被垂杨柳围起来的湖了吗？为有这一湖水，我前前后后跑市里各职能部门和永丰水库不下百次，硬是靠软磨硬泡的功夫弄下来了这一湖水。那哪是水？那是水库灌溉区的粮食！我文化水平不高，不知道要怎么弄，才能让移民们记得住乡愁，我就跑到你们市文联，请教你们龚主席，你们那个文绉绉的主席，张口就说出一个外国人名字，叫什么海尔的。"

韩家川纠正说："是海德格尔吧？"

"对，就是海……海德格尔，龚主席高深莫测地对我说，所谓乡愁，就是诗意地栖息在大地上。"说到这里，夏晓峰有些犯迷糊，"我真搞不懂，啥是诗意地栖息？我就认个死理，觉得这乡愁，就是要把他乡当故乡，让移民们把社区当成那个被淹掉的老家。你看那房子，我们尽量刷成温暖的地方的蓝白基调，尽量在社区绿化上种地方的植物、花草，我和社区管委会的人，也是动了心思的呀！"

韩家川看着眼前的夏晓峰，样子委屈得就像挨了老师一顿错训的中学生。

韩家川知道，这夏主任说的绝非虚言，说的都是实打实的话，他的委屈也是真委屈。但韩家川就是找不到更合适的话安慰他，其实，韩家川心里很清楚，对夏晓峰，任何安慰都没有作用，甚至他压根就不需要安慰。他需要的是发泄，因为他的很多话，在肚里憋得太久。

发泄了一通的夏晓峰，经过了短暂的平静后，又恢复成了一个处事不惊、老成稳重的主任了。他自嘲说："这人一激动，就傻瓜了不是？有人不理解，上面领导还是认可昭女坪社区的。我光顾自己发泄了，忘了正事。韩老师，那广场舞，你得下力气抓。市里打电话来了，我们这昭女坪社区，现在可是被推到老虎背上去了。"

韩家川不明白这推到老虎背上是什么意思，说到广场舞，韩家川是真想打退堂鼓的。他说："夏主任，这广场舞，我怕是没能力教会那些社区的大婶大妈了。我是宁愿骑老虎背也不愿教了。"

"不行！"夏晓峰非常坚决地说，"你要撂挑子，就是拆台了。我实话告诉你吧，我们这昭女坪社区，虽然有这样那样的危机，但人家市里、省里把它是真当了样板的，现在，经媒体一炒，不得了啦，惊动联合国了。"

"联合国？"韩家川不可思议地说，"不会吧？"

"有些事是我们想不到的，"夏晓峰说，"我也是下午才接到市移民局打来的电话，说有个什么联合国的文科组织，要来视察。"

"是联合国教科文组织。"韩家川义纠正说。

"韩老师，你肚子里就是墨水多，"夏晓峰拍拍韩家川的肩膀说，"对，就是你说的这个教科文组织。我这个从街道上干起来的主任，弄不清楚这组织有多大。但联合国我还是听说过的，这一定要高度重视。不仅要做欢迎横幅、标语、彩球，还要请个军乐队，市里文化单位你熟，这请军乐队的事，就交给你了。"

韩家川总觉得请军乐队来欢迎联合国教科文组织有些欠妥，就说了自己的意见。但夏晓峰说："韩老师，这意见你要提就给市里提去，都是市里的意见，我不过是按指示办而已。"

夏晓峰说到这里，就无心跟韩家川再散步了，他兴冲冲地走了，还有千头万绪的工作在等待着他。

韩家川总觉得，这像上紧发条的夏晓峰，他的奔忙里，也有什么不妥，到底是什么不妥，他也不好说，但直觉告诉他，就是不妥，就像为欢迎联合国教科文组织而请一个军乐队一样不妥。

八

头上缠着纱布的麻脸大，回家去的样子像一个战败的伤兵，既疲惫又狼狈。进家门后，老伴看他那样，是又心疼又生气。在遭受了家里人一通劈头盖脸的数落后，麻脸大一个人悄悄溜进了自己的卧室，从床下面拖出了一只老得漆面斑驳的旧箱子，却找不到打开的它那把锈迹斑斑的钥匙。

他不记得把它放哪了。

他坐在床沿上，感觉到那秃头上被鸡啄的伤口隐隐作痛，而那颗受伤的头颅空得像个掏了瓢的葫芦。记性仿佛都被那只凶狠的斗鸡啄了去，苍白得如纸片一般了。

"钥匙，我箱子的钥匙呢？"

他哪是喊，简直是咆哮。老伴跑进卧室来，说："麻脸大，你到底是被鸡啄了还是被疯狗咬了？钥匙？那箱子的钥匙，在你儿子那里，他帮你收着的。咋啦？今天太阳从西边出了，想你的宝贝了？你冒疯，想吹曲儿？这夜里吵到别人，会告到社区管委会的。"

老伴说的麻脸大的所谓宝贝，其实就是他放在旧木箱子里的一对唢呐。

儿子闻讯跑进来，从衣服口袋里掏出了钥匙，蹲地上给父亲麻脸大开锁。麻脸大瞥见，儿子已是头顶花白一片，就叹息说："儿子，咋那么多白头发？"

儿子说："爹，我都六十挨边的人了，该有白头发了。爹，你拿唢呐做啥？"

麻脸大说："我想把它们卖了。"

儿子停住，心有不甘道："爹，卖了它们，今后我们爷儿俩不做吹吹了？"

白鹤镇的人管唢呐手叫吹吹。在白鹤镇人眼里，吹吹是让人羡慕的职业。

"儿呀，你认为我爷儿俩还能做吹吹？"

麻脸大的反问，问住了儿子。

老伴插话说："做不成吹吹，也没必要卖了唢呐，留着它们又不供它们吃饭，做个纪念嘛。"

麻脸大说："我何曾不想留它们做个念想？但我们欠了别人钱，我得卖了它们还账。"

"欠别人钱？"老伴说，"麻脸大，你不赌不抽，咋会欠别人钱呢？"

麻脸大说："你这老婆子，咋就喜欢打破砂锅问到底呢？聋五打死了人家的公鸡。"

"聋五打死的，咋要你赔？"儿子说，"谁打死谁赔嘛。"

"就是！"老伴白一眼麻脸大说，"别人杀人，难道你去偿命？"

"你你，"麻脸大指了指儿子，咳嗽了两声，又指了指老伴说，"还有你，你娘儿俩咋一个鼻孔出气呢？聋五打死的是啄我的公鸡，晓得不？"

儿子说："一只公鸡，要不了多少钱的，我替你赔。"

麻脸大说："你说得轻巧，八百块哩。"

"什么鸡呀，八百块！金子做的？"老伴惊呼道。

"说你头发长见识短，你说我损你，"麻脸大说，"那不是普通的公鸡，是斗鸡，晓得不？就是人家养来打架的鸡。"

儿子撇了撇嘴说："爹，你还说妈见识短，我看你才是。我才不管它是你说的斗鸡还是打架鸡，反正是只鸡，一只鸡要你们赔八百块，就是敲竹杠，就是不讲理，明天我就找这鸡主人评理去。"

"呸！"麻脸大恨不得把唾沫吐儿子脸上去，"你以为你有能耐哩，评理？要不是派出所的沈所长一唬二吓，那瘦得像猴精的鸡主人没个一两千块不罢休哩。你真有孝心，明天就陪我到市里去，我爷儿俩好好吹他几曲，我就不相信这城市是块大铁板，吹不热乎的。"

儿子说："爹，使不得，人家会把我们当成干扰分子抓起来。"

"看你那样！"麻脸大说，"是我的儿，明天跟老子进城去。你还愣着干啥？还不快去楼下土杂店备上两壶苞谷酒！发不好叫子，唢呐吹不亮响，看我不找你麻烦！"

儿子就拿了空空的酒葫芦，去楼下土杂店买烧酒。作为一个吹吹，儿子深知父亲内心的那份落寞。在没搬来昭女坪社区之前，父亲一直是生活在热闹之中的，无论是婚丧嫁娶还是乔迁添丁，都需要唢呐声，都需要吹吹。数十年光阴里，儿子跟着父亲，体会到了做一名吹吹的荣耀。父亲是白鹤镇方圆几十里最优秀的吹吹，父亲的酒葫芦，在他的记忆里，从来就没空过，那排队请父亲的人，只要拿到酒葫芦，就算是得到父亲应允了。

能请到父亲麻脸大的人家，脸上就会多出一分光彩来。

白鹤镇人把唢呐的哨称为叫子，叫子是挑上好的芦苇做的，吹吹们在吹奏唢呐前，要喝酒，俗称发叫子，如果主人家忘记了给吹吹送酒，那唢呐声就会像没喝到酒的吹吹，无精打采，既不嘹亮也不圆润。所以，要请吹吹的人家，总会提前些时日，亲临吹吹家，将酒送去，并当着吹吹的面，恭敬地灌满吹吹的酒葫芦。

父亲嗜酒，每天都要儿子陪他喝上半葫芦。

喝了酒，他就会带着儿子将第二天在别人家宴席上该吹的曲预习一遍。到昭女坪社区后，父亲就断了酒，其实也没人再登门往他的酒葫芦里灌酒了。

离开白鹤镇，搬迁至移民区，人还是那些人，他们却不再需要唢呐，红白喜事，不再有摆开的场子，都在酒店或殡仪馆办，吹吹派不上用场，唢呐也就被锁进了箱子，酒葫芦也只好被束之高阁。父亲麻脸大不再喝酒，不喝酒的他天天咳嗽不已，老嗓像一面随时被敲打的破锣。

儿子打了酒，提了装满酒的葫芦回到家，问父亲麻脸大，要不要发叫子。

父亲麻脸大哐哐地咳嗽了两声后说，当然要。儿子就拿了两个瓷碗，倒了两碗酒。爷儿俩相向而坐，儿子心痛地发现，父亲衰老得厉害了。

他们不言语，沉默着喝酒，喝完碗里的酒，儿子将大而长的那支唢呐奉给父亲。麻脸大接了，又放下，他拍拍胸口对儿子说："要发的叫子，其实在这里。"他压抑了声音，低沉地哼起了曲儿，儿子也跟着哼，爷儿俩哼着哼着，就哼出泪水来了，

头上缠着一圈纱布的麻脸大，伤心的样子，像灵堂上永别亲人。

韩家川来到市文化局，联系请军乐队的事宜，文化局接待韩家川的耿副局长非常热情，他说文化局也接到了市里领导的指示，要全力配合昭女坪移民社区管委会，搞好迎接联合国教科文组织考察团的文化展示工作。

"该我们到社区去的，"耿副局长客套中夹杂了些许歉意，"却让韩助理亲自跑一趟。"

人家话说得客气，韩家川却不好意思了。韩家川说："耿副局长，该夏主任亲自来的，但社区工作千头万绪，离不开他，我就只好代表了。"

"一家人不说两家话，"耿副局长说，"请军乐队没问题，文化局就管他们，自家的事。只是……"

韩家川听耿副局长欲言又止，以为他有什么难处，就说："耿副局长尽可直言，有难处是吧？"

耿副局长摇了摇头说："不是难处，我只想问一问，用军乐队欢迎联合国教科文考察团，是你们社区的意思，还是市里领导的意思？"

韩家川至少听出了耿副局长话里的两层意思：一是他对用军乐队欢迎考察团有不同意见，二是他又怕说出自己的看法冒犯了市里领导。

韩家川想：当个耿副局长这样的领导真难，也真够累的，但在不宜用军乐队这点上，他跟自己是不谋而合的。韩家川说："耿副局长，我也不知道是市里领导还是社区的意思。实言相告，请军乐队欢迎一个国际性的考察团，我觉得不合适。"

"不合适你还亲自来请？"耿副局长说。

韩家川苦笑了说："这就是人在江湖，身不由己。"

"我也觉得不合适，"耿副局长说，"韩助理是文联派社区的挂职干部，大家都是文化人，军乐队欢迎宾客好不好？好！军乐队气势恢宏壮观，乐曲浑厚流畅，激昂高亢，能够烘托气氛，制造热闹的场面。但缺憾是它没什么地方特色。这种高级别的考察团来到我们这个小地方，机会千载难逢，都说文化是软实力，逮着这样的机会，我们却不用地方的音乐，选军乐，不合适，不合适。"

韩家川赶忙说："耿副局长既是领导，又是文化行家，你一定能想出一个取代军乐队的好主意来。"

这话让耿副局长有些为难了，他摆摆手说："不好想的，不好想的。我们有地方特色的欢迎仪式多，也很有特色有意思，也热闹也诙谐，但有失气势甚至有的还显轻佻。也许，选军乐队，压根就是市领导的主意，宁失特色，也要气势磅礴庄重得体。"

韩家川没想到，这耿副局长，会如此时时刻刻不忘揣测所谓"上面的意思"。

"还是用军乐队吧，"耿副局长用手上握着的铅笔轻敲办公室桌面说，就在这时，音乐仿佛是一只莽撞的鸟，从窗外飞进了耿副局长的办公室。这声音尖厉、高亢、嘹亮，甚至还显得粗鲁、蛮横，仿佛它是挤压出来的，压抑了太久，所以这声音是带了情绪的。它带着挑战，但似乎又不知道对手在何处，有点像失去了方向的怒狮，只顾横冲直撞。耿副局长身子一颤，皮球一样蹦起来，没有了官员的伪装，活脱脱一个行家的欣喜和冲动。他啪的一声，双手拍合在一起，冲韩家川吐出三个字："好声音！"

话音未落，耿副局长已扑到窗前。让耿副局长如此激动的是唢呐的声音。这唢呐确实吹得好，但在韩家川听来，却感到有些奇怪。这唢呐声一听就是行家吹出来的，没几十年修炼之功，技艺不会如此炉火纯青。但这声音却又有一种毫不掩饰的冲动，像是被什么激怒了一样，燃的是无名火。这让人会想到一个涉世未深的年轻人受了委屈那般。

韩家川也忍不住满肚子好奇，起身来到窗前。耿副局长还激情未消，他拍了一下韩家川的肩，又握了他的手说："韩助理，这唢呐声，你听，多有个性，多有个性！为什么不选唢呐？为什么？"

这时的耿副局长，可爱得像个天真的小孩子，韩家川心里想，此时的他，一定是忘了"上面的意思"。

韩家川耸了耸肩说："为什么不选唢呐？"

"就选唢呐，错不了！"耿副局长松开韩家川的手说，"唢呐，曲儿虽小，腔儿真大，表现力超强！你听这声音，一鸣惊人，直冲云霄，唢呐艺术，虽是民间艺术，却是我们国家级非物质文化遗产，选它欢迎考察团，再合适不过。"

韩家川想：这耿副局长，仿佛要说服的不是市里的领导，而是要说服他韩家川似的。他对耿副局长说："我们别光站在这里夸声音，下楼看看是何方高人。"

唢呐响处，早已里三层外三层围满了人。韩家川和耿副局长费了很大劲，才挤进了看热闹的人群里。

挤进人群的韩家川，好不容易看清了唢呐的吹吹，这不看不打紧，一看，他的一张原来紧闭的嘴，惊讶成了一个"O"。

那吹吹，竟是社区的老人麻脸大。

在他身边，是他的儿子，手中提着另一支唢呐，对看热闹的人群说："识货的都过来看一看瞧一瞧，不看不知道，一看吓一跳，上品唢呐，跳河价卖啦，八百块！八百块钱，一条香烟钱卖唢呐了，不是一支，是八百块一对。祖上传下来的，有年成了，买去说不准放成文物了。八百块钱，八百块钱一对的铜唢呐，打着灯笼也找不着。"

麻脸大面无表情，他只是鼓了腮，仿佛拼命一般地吹。

站在韩家川身边的耿副局长叹了一口气说："吹得那么好的曲儿，咋不识货呢？这不是一般的黄铜唢呐，是斑铜唢呐呀，是人工一锤一锤敲出来的，每一支都独一无二。那么好的材质，那么好的声音！"

韩家川说："耿副局长，你是内行嘛。曲儿能听出好坏，这货也识得好歹，不瞒你说，这吹吹，是我们昭女坪社区的，我认得的。"

耿副局长说："你们昭女坪社区藏龙卧虎呀，你这是捧了金饭碗还要去讨饭。"

韩家川从口袋里掏出八百块钱，塞进耿副局长手里，然后嘴凑他耳边说："耿副，劳驾你帮我买了这对唢呐。它，属于昭女坪社区。"

耿副局长说："不讲价了？"

韩家川说："不讲。"

九

噶——歌——噶——

天刚要破晓的时候，昭女坪社区里响起了公鸡的打鸣声。

躺在床铺上一夜辗转的钟汉老人，一激灵坐了起来。

住在他家楼下的豆腐西施宫桂花，也听到了公鸡的打鸣声。当时正在漱口的她，推开窗，往楼下看，看到一个身影，一闪不见了踪影。她嘴里含着满口牙膏沫喃喃自语："撞鬼啦？社区不是禁养家畜家禽了吗？哪来的公鸡打鸣声呢？"

豆腐西施宫桂花觉得自己耳朵出了问题，这段时间，豆腐厂的退股风波，不仅让她颜面尽失，还让她心力交瘁。这段时间以来，她总是睡不安稳，总是觉得耳边多了一只蜜蜂或者苍蝇，那嗡嗡之声，让她心烦意乱。宫桂花漱完口，欲出门时，公公疤二爷从卫生间里出来说："我好像听见楼下有公鸡在叫。"

宫桂花说："我还以为只是我耳朵出了毛病。"

这话让疤老二心里不舒坦，他以为儿媳是在骂他，就沉了脸回到自己房里去，但细想儿媳的话，说明她也是听到了，就又出得里屋来，想问个究竟。但宫桂花已出了门，楼道上传来一串她急促的脚步声。

疤老二想想，换了鞋上楼，敲响了钟汉老人家的门。开门的是钟汉老人的儿子。钟汉老人的儿子也是一个老人了，老得耳朵比钟汉还背。

疤老二问他听到公鸡叫没有，他啊啊两声说："你说什么？我没听清楚，你再说一遍。"

"我听见了，"坐在木椅上的钟汉老人说，"疤老二，我家的头鸡显灵了。"

疤老二说："钟大叔，你咋听出是你家头鸡的声音？"

钟汉大爷说："这有何难？除了我家头鸡，谁家的鸡也休想叫得如此脆亮，如此中气十足。"

疤老二就点头，脸上堆了笑说："钟大叔，这下你该睡个安生觉了。"

上了年纪的钟汉老人，张开没牙的嘴笑，样子就像一个得了糖果的孩子，开心而幸福，他说："疤老二，我睡安生了，明早头鸡不显灵，你要叫醒我哦。"

钟汉老人的儿子说："爹，你放宽心睡，有我哩。"

钟汉老人说："你呀，靠不住的。"

翌日清晨，整栋楼都听见了公鸡的叫声。

第三天，人们都是被公鸡的叫声唤醒的。

钟汉老人家的头鸡显灵了，每天早上天不亮来报恩的故事，比禽流感还快地在社区里散布开来。好多人都亲自跑到钟汉老人家探究虚实。

钟汉老人头晚睡好了觉，精神矍铄，逢人就张开不关风的嘴呵呵一阵："是我家头鸡，当然是我家头鸡，它晓得我老头子惦记它哩。"

大家自然也就信了钟汉老人的话。这些从乡下来的移民，在过去的生活中，除了与现实生活在一起，也跟鬼魂生活在一起。他们是相信万物有灵的。过去，钟汉老人对他家头鸡的好，很多人是看在眼里的，今天，钟汉老人睡不着觉，听不见鸡叫，怕自己醒不过来，为此提心吊胆，人变得憔悴、虚弱。死了的头鸡显灵来报恩，送上几声啼音，在他们想来，太合情合理了。现在钟汉老人又肯定得真切，还有什么不相信的呢？

但社区里有一个人知道这事后是坚决不信的，他就是社区的夏晓峰主任。当豆腐西施宫桂花把头鸡显灵报恩送鸡啼的故事讲给他听时，他断然说："什么头鸡显灵？是有人装神弄鬼。"

在夏晓峰看来，这是个严峻的问题。他一脸严肃地看着宫桂花，说："桂花，我们移民社区，不是封建迷信的温床，什么鬼呀魂的，都是扯淡！这世上根本没什么显灵一说。显灵？那是唯心主义者的幌子！那是有人装神弄鬼，蛊惑人心。你得多留点心眼，把这装神弄鬼的人找出来。"

宫桂花慌忙摆手说："主任，做豆腐我行，这找装神弄鬼的人，我不行。"

夏晓峰说："我看你能行，你得注意你身边的人。"

"主任，你啥意思呀？"宫桂花不解。

"桂花，"夏晓峰语气温和地循循善诱地说，"你想想你那公公，在自救自五人小组里可是积极分子，前几天还去偷过鸡叫声。"

宫桂花说："主任，不是没偷到吗？"

夏晓峰说："我不是说这装神弄鬼的人一定就是你公公，也可能是他的同伙，我不过是给你讲一种思路罢了。"

宫桂花仿佛豁然开朗了似的点点头说："夏主任，你没干公安，可惜了，我知道了。"

疤老二一个人坐在家里，拿着电视遥控器把所有的频道都按了一遍，也没找着一个能对得上眼的节目，就索性关了电视，把遥控器扔了一边生闷气。他想：这钟汉老人真幸福，养只头鸡，死了还会显灵来报恩，自己那磨坊，那大石磨，那吱吱呀呀响的水车，咋就不会像人家钟汉老人的头鸡呢？疤老二对磨坊，对大石磨和水车的感情，不比钟汉老人对头鸡差。几十年来，疤老二也不知道是自己陪伴着磨坊、大石磨和水车，还是磨坊、大石磨和水车陪伴了他。反正几十年的光阴，就是在磨坊里，在水车里，在大石磨前，像一粒粒黄豆，被磨掉了。这几十年里，他耳朵里装了太多的流水声、水车的吱呀声和石磨旋转的声音。这些声音如交响乐般，让他平凡的生活充实而不孤单。

现在，坐在这空空的屋子里，他总是坐得心里发慌，好多次错把茶杯的茶叶当了豆子，错把茶几当了石磨，把茶叶倒得茶几上到处都是。为此，他没少被儿媳宫桂花数落，宫桂花被夏晓峰主任叫去办豆腐厂，疤老二以为儿媳会请他出山，但人家已经不用水车石磨，改用电磨了。当他知道自己的一厢情愿后，心里就不自觉地生出了些对儿媳的看法了。

别人是夜里睡不着，疤老二是白天如坐针毡。这种站着不是躺着也不是的日子，让疤老二变成了一个石磨——成天在家里打转转。好在陈三爷发起搞了五人自救自小组，要不，他会让自己的余生天旋地转了。

疤老二出了家门去找陈三爷。许老四和聋五已经在陈三爷家了，他们正在商量筹钱还韩家川的事。韩家川垫付的八百元钱，让他们争得面红耳赤。陈三爷说他是领头的，八百元钱该他付。

聋五比画着手势，意思是鸡是他失手打死的，该他赔。许老四说："大家都别争，二一添做五，一人一份。"疤老二进了三爷屋，说他赞成许老四的说法。他说："有难同当嘛！三爷、聋五，看把你们能的。"

几个老人坐在一起，又说到了钟汉老人的头鸡的魂灵下凡显灵的事。许老四说："一定是我们偷声音的事感动了天上的菩萨，菩萨派头鸡的魂灵下凡来显灵了。"陈三爷不同意许老四的说法，他认为这头鸡显灵，跟菩萨没有关系，要许老四不要什么事都要扯上自己的功劳。陈三爷说："就是头鸡想报恩，你们不知道，在白鹤镇的时候，钟汉大叔对头鸡，比对儿子都好。"

许老四被陈三爷批评，心里很不服气，他说："我晓得啦，三爷的意思，当年那河畔的箫声，也不关菩萨的事，是人家那心上的女子主动来报恩。"

"瞎扯啥？！"

三爷把桌子拍得山响，暴怒的样子像头发怒的老公牛。看三爷那样子，疤老二赶忙打圆场说："老四不过是开个玩笑，玩笑嘛，三爷，当真啥？"

三爷不听劝，不消气，大家觉得没意思极了，散了。

出了三爷家的门，疤老二扯了一下许老四的衣角说："老四，说话不是耍刀子，不能往痛处戳的。"

许老四委屈得像个孩子，他说："我又不是故意的。这阵子心里烦，总觉得有火要从喉咙里蹿出来，疤二哥，你说这三爷也真是的，一辈子都端着，不累吗？""那叫骄傲。"疤老二拍了一下许老四的肩说，"你不懂的。"

许老四摇了摇头，说："我不懂，我也懒得懂。今天只顾跟三爷抬杠了，忘了告诉大伙，我想退出五人小组的事。"

"老四，说啥气话？"疤老二说，"拌个嘴，至于吗？"许老四脸上泛起一丝苦笑说："疤二哥，我在你心里，咋就是小肚鸡肠，心只有二指地？我是打算投奔邻县的姑娘家，去帮她看管鱼塘。我跟你掏掏心窝子吧，自从离开白鹤老家，搬进昭女坪社区，这城里人的日子，我是受够了。我做梦都想的是我家那水下养着鱼、水上长满荷的荷塘。我只要坐下来，满耳朵里总有蛙的叫声，鱼儿跳起来又落到水里的扑通声。听不到这些声音，这脑袋瓜里就老想，这脑袋瓜越想，这心里就空得发慌，就爱动气，晓得不？"

疤老二当然晓得，他有些羡慕许老四了，羡慕他有个嫁到邻县乡下的女儿，羡慕他女儿能为他提供一个鱼塘，他说："老四，你去吧，二哥为你高兴哩。"

许老四叹了口气说："高兴啥子？女儿家毕竟不是自己家。"

疤老二重重给许老四一拳说："老封建！得了便宜卖乖不是？我晓得你那心里美着哩，我都能想象得出，你躺在垂柳树下的池塘边，手里摇着蒲扇，嘴里喝着浓茶，耳朵里尽是蛙叫蝉鸣，脸庞上堆满幸福的样子。"

"二哥，你就别拿我开心了，"许老四说，"我走了，麻脸大、陈三爷那里，还得望你吱一声。"

许老四自顾回家去，疤老二看着他有些佝偻的背影，那背影上确实没一丝欢乐，有的是浓重的忧伤。

疤老二在社区的林荫道上徘徊了好长一段时间。他想：如果有人能给自己提供一架水车、一个磨坊，自己会不会也像许老四一样，一点也高兴不起来呢？有些东西，是不是也像岁月，是寻不回来的。

他就这样想着回到家，推门进屋，看到了儿媳宫桂花那张像开过头的花朵一样的笑脸。这让疤老二感到既意外又不知所措，他愣住了。

"爹——"宫桂花甜甜地拖长了声音唤了他一声说，"别傻站着啦，吃饭吧。"

疤老二在餐桌边坐定，拿起筷子，给坐在一旁的上中学的孙子夹了一箸菜，然后才准备给自己盛饭，但宫桂花制止了他，拿出了一瓶新买的酒说："爹，别忙吃饭，儿媳今儿个陪您喝两杯。儿子，给你爷爷拿杯子。"

"捡到金子了还是中了彩头？"疤老二手拿筷子说。

"爹，您这话说得不中听哩，"宫桂花说，"什么好事都没有，就是想跟您老人家说说话。"

宫桂花边说边往杯子里倒酒。疤老二心里暗自嘀咕：今天，这太阳怕是要从西边升起来了！

跟儿媳对饮，疤老二还是头一遭，既新鲜又不习惯，这酒就喝得有些别扭和不是滋味。两杯酒下肚，疤老二说："桂花，你不是有话要跟我说吗？"

宫桂花端起酒杯说："爹，我再敬您一杯。您说早上这公鸡叫，奇怪不？"

疤老二说："奇怪啥？公鸡就是早上叫的嘛。"

"问题是……"宫桂花放下酒杯说，"没有公鸡。"

疤老二说："那是钟汉大叔家头鸡显灵了。"

宫桂花摇了摇头说："那是唯心主义的说法，唯物主义不相信什么显灵的谎话。"

疤老二纳闷了，这过去成天忙着做豆腐的儿媳，咋进了昭女坪社区，就哲学起来了，开始谈主义了。

疤老二自顾端起酒杯，抿了一口酒说："桂花，别跟我这糟老头谈主义，主义我不懂，你不相信显灵，我相信。如果不是头鸡显灵，那你的主义咋个解释？"

宫桂花说："是有人在搞鬼。"

疤老二说："原来你怀疑有人搞鬼？"

宫桂花点点头。

疤老二说："你不会怀疑我吧？"

宫桂花说："我怎么会怀疑您呢？爹，我是想，这事跟您那五人小组，怕是有干系。"

现在疤老二算是明白了，这儿媳今天是给自己摆了个鸿门宴，她怀疑这社区里的公鸡打鸣是五人小组捣的鬼，想从他这里找到证据。疤老二想：这儿媳宫桂花真够阴毒的，要自己的公公干这种事，不是要置自己的公公于一个奸细或告密者的境地吗？

疤老二啪地把筷子扔在桌上说："桂花，你是做豆腐的，不是干特务的！"

他边说边站起身，自个儿进里屋去了。

十

麻脸大来社区管委会，找韩家川还钱。韩家川在自己的办公室接待了他，并收下了他的钱。麻脸大转身欲走的时候，韩家川唤住了他：

"大叔，求您件事，行吗？"

韩家川的语气中带着真诚的口吻。

麻脸大说："韩助理，我这黄泥巴埋脖颈子的糟老头，只怕帮不了你什么忙。"

韩家川说："大叔，这忙还只有您能帮。"

他边说边转身，欲去身后的立柜里取啥东西。这时，传来了敲门声。

韩家川只好先去开门。

敲门的是陈三爷和聋五两位老人。

韩家川将二位老人让进屋来。陈三爷见了麻脸大，就打趣说："麻脸大，给领导汇报思想，咋也不叫上我们？"

麻脸大说："陈三爷，你不也没叫我？再说，你这几天人像吃了炸药似的，谁敢招惹你？"

看两位老人斗嘴，韩家川有些禁不住。他笑着说："什么领导？什么汇报思想？麻大叔是来赔我钱的。"

"赔钱？"陈三爷说，"麻脸大，你赔韩助理啥钱？"

韩家川没等麻脸大开腔，就接陈三爷话说："还有啥钱？斗鸡的钱呗。"

陈三爷走近麻脸大，正色道："麻脸大，这就是你的不对了，要赔钱，轮不到你。五人小组，我是领头的，该我赔。即使我不赔，鸡是聋五打死的，也该聋五赔。刚才聋五来找我，比画着要赔斗鸡钱，我犟不过他，就决定我和聋五各赔一半，你看，人不都来了吗？"

麻脸大说："不该聋五赔，更不该你三爷赔，斗鸡是我咳嗽招来的。"

陈三爷说："你又不是不知聋五的脾气，他说要赔，就一定要赔的。"

韩家川见二位老人争得面红耳赤，就说；"别争了，就麻叔赔吧，钱我都收了。"

陈三爷恼了，他手指韩家川说："哪有你这样当干部的？这钱，不该他赔，糊涂！"

韩家川没理会陈三爷的指责，他转身，打开立柜的门，拿出了麻脸大的那一对唢呐。

麻脸大一脸惊讶地说："我的唢呐咋在你这里？"

韩家川满脸堆笑，将手上的唢呐往上提了提说："它们现在是我的唢呐。麻叔，我要求你的就是，你得帮我带出一支昭女坪的唢呐队来。不日就有一个高级别的考察团来我们社区，你得带领唢呐队，把气氛整热闹喜庆才是。"

"这算你找对人了！"陈三爷竖了大拇指说，"麻脸大，除了脸大，就这唢呐大。"

麻脸大摆摆手说："三爷，你就别寒碜我了，唢呐，我戒了，不吹了。"

"不吹了？"陈三爷说，"为啥？"

"没那心情。"麻脸大说。

陈三爷拍了一下大腿说："麻脸大，你不吹了？没心情了？我问你，你不吹唢呐，你对得住聋五？我的夸奖你不在乎，聋五的你在乎吧？"

陈三爷边数落麻脸大边手指身边木头一样立着的聋五。

陈三爷的话把韩家川整迷糊了，他不解道："三爷，五叔能听见唢呐？"

陈三爷说："他过去的听觉，比谁都好。你看，他长着对招风耳哩。麻脸大的唢呐吹得多好，他都记在本子上的。"

麻脸大冲陈三爷翻了下白眼，抢白说："三爷，说这些有意思吗？"

"当然有。"陈三爷伸手过去，从聋五的挎包里掏出一个起了毛边的旧笔记本说，"麻脸大，你这是马卵沾不得热气，人家韩助理给你脸，你不要？嘚瑟个啥？我今天当着韩助理的面抬举你一回，你可得拿出点认真劲来，别让考察团小瞧了我们白鹤唢呐。"

韩家川笑了笑说："三爷，是昭女坪移民社区唢呐。"

三爷手举旧笔记本说："韩助理，聋五怎样夸麻脸大唢呐吹得好的话，这本子上写的有。你虽然是文化人，怕不一定比得了聋五。"

三爷说完，把笔记本递给了韩家川。

韩家川打开笔记本，认真地看，越看越吃惊。聋五的这本笔记本，记的全是声音。不，说得准确点，是声音的回忆录。不，不！

是声音的墓碑!

韩家川的内心,禁不住感叹了。

这是一本有些年份的笔记本,塑料封套里粗糙的纸张早已泛黄,笔记本上的文字跨度有五十多年,回忆声音的文章很短,有些不过是只言片语。

在这长达半个世纪的对声音的记录和回忆里,断断续续,其中的很多岁月里,没有一个字。有些日子,却记录得很详尽。他记录得最详尽的,是他1960年参军时的声音。他写了白鹤镇上的锣声、鼓声、鞭炮声,他的形容让韩家川很吃惊,他说那天的白鹤镇像浪花样翻卷起来了。但真正让韩家川瞠目结舌的,是他描写麻脸大和他徒弟吹唢呐送他去县城人武部。那唢呐的声音:

> 去当兵那天,我第一次发现唢呐像盛开的花。我骑在毛驴背上,心情就像胸前这朵大红花,不,更像麻脸大鼓着腮帮子吹的金灿灿的唢呐。
>
> 这唢呐的声音在江畔响起,河水就欢快起来,在山间响起,山就分开来。那山上的马缨花,被唢呐一召唤,就齐整整地盛开了。后来的日子里,我感到快乐和幸福,耳朵里就自然会塞满麻脸大的唢呐声。

韩家川看完这段,合上笔记本说:"原来聋五叔当过兵?"

陈三爷说:"聋五不仅当过兵,还打过仗。"

1962 年的中印边境自卫反击战，聋五打的是头阵，敌方一枚炮弹落在他的坑道里，人没炸死，却震聋了他的耳朵。

韩家川晃了晃手中聋五的笔记本说："三爷，你问问聋五叔，他这本笔记本，能借给我看看不？"

陈三爷冲聋五叔比画了一阵，聋五也冲陈三爷比画了一阵。最后，陈三爷对韩家川说："聋五老大地不情愿，但还是同意了。韩助理，这可是聋五的命根子，你可别把它弄丢了"

麻脸大说："三爷，你真啰唆，韩助理又不是三岁娃儿。"

陈三爷瞪了一眼麻脸大说："麻脸大，你不得吹唢呐，就憋得像样，聋五可是半个世纪听不到声音，那笔记本要丢了，聋五就彻彻底底聋了。"

"韩助理，三爷这话倒是在理，"麻脸大对韩家川说："聋五因伤退伍回来，什么也听不见，他在村里走，别人跟他打招呼，他听不见，急得直掉眼泪。起先，他还能吃力地说话。渐渐地，他不能说了，又聋又哑。那时村子叫生产队，队长安排他放羊。他就成天一个人赶羊上山，人也变得孤僻起来。三爷就找我和许老四、疤老二陪聋五喝酒。有一天，三爷从镇上商店买了一个笔记本送他，三爷比画说你聋五在部队学了文化，你把声音写下来。聋五于是就在山上边放羊边写声音。"

韩家川点点头说："麻叔、三爷，我知道了，这笔记本，就是聋五叔的声音回忆录。"

陈三爷不同意韩家川的说法，他摇了摇头说："韩助理，不全是，他聋五除了回忆声音，还写他看到的声音。"

"看到的声音？"

韩家川有点不敢相信自己的耳朵。

陈三爷非常肯定地点了点头说："对，看到的声音！本子在你手上，你回去看了就晓得了。韩助理，我斗胆问你一句，你每天教那些妇女跳广场舞，是不是也是要到时给啥考察团看？"

韩家川说："正是。"

陈三爷说："这唢呐跟广场舞，配不在一起呀！再说，这些农村妇女，对广场舞没啥兴致，跳不在点上，会让考察团笑话的。这迎宾的东西多着呢，非要选广场舞？"

韩家川听了陈三爷的话，就笑了说："三爷这是给我提意见哩。听三爷的意思，还有其他可选？"

陈三爷说："当然有，你可以选花灯呀。白鹤花灯，那气氛，是既喜庆诙谐，又热闹开心。你要让这群老婆子小媳妇跳花灯，一说她们就脚痒，积极性高得不用你张罗。"

"对头，对头，"麻脸大拍了拍手，接陈三爷的话头说，"跳花灯好！能伴上三爷的箫、疤二的笙和许老四的月弦，那就体面了。"

"你瞎说什么呀？"陈三爷说，"我那箫，早不吹了。"

麻脸大说："三爷，我不吹唢呐，你不得行。我举荐你吹箫，为何推托？"

韩家川赶忙打圆场说："二老别争，这次迎接考察团，要仰仗二老支持了。"

十一

不请军乐队，不跳广场舞，欢迎考察团的仪式改为吹唢呐、跳花灯。韩家川在办公室向夏晓峰说出这个想法的时候，遭到了强烈的反对。

"唢呐？花灯？你就用这些个土得掉渣的东西欢迎联合国教科文组织的考察团？"夏晓峰说。

"对！"韩家川说，"夏主任，我正是看中了这个'土'字。土怎么啦？只要是好东西，越土越地道。"

"地道是地道了，"夏晓峰一推双手说，"可它们咋登得了大雅之堂？"

"夏主任，我认为恰恰相反，"韩家川据理力争说，"你一定听过这句话，越是民族的就越是世界的。"

夏晓峰摆摆手说："韩老师，你别听那些移民忽悠你，那是他们不想学广场舞的借口。用唢呐、花灯欢迎考察团不合适的，这方案往市里报，会遭批评的。"

"何以见得？"韩家川没有让步的意思，说，"合不合适，市里会听谁的意见？还不是听文化局的？"

夏晓峰说："没错，听文化局的。难道文化局会同意我们用唢呐、花灯去欢迎这么高级别的考察团？"

韩家川点了点头说："夏主任，改军乐队为唢呐队，这主意正是文化局耿副局长出的。"

"广场舞也是耿副局长要改的？"夏晓峰问。

"那倒不是，"韩家川说，"这是陈三爷给我出的主意。"

"哪个陈三爷？"夏晓峰说，"不会是那啥自救自五人小组的陈三爷吧？"

"正是。"韩家川说。

"韩助理呀韩助理，"夏晓峰将头摇成了拨浪鼓似的说，"领导的吩咐你当耳边风，我早就跟你强调过，这是市里领导的意思。你倒好，偏偏要听一个老农民忽悠。那花灯打情骂俏，扭扭捏捏，一点儿正经都没有。"

夏晓峰这番话，惹火了韩家川。他抢白说："夏主任，你把花灯当二人转了？什么叫一点儿正经都没有？那是乡土气息，懂不懂？我不知道什么领导的意思，但我晓得，昭女坪社区是移民的社区，所以，我就得听老农民的。因为考察团来看的，是他们的生活！"

"我什么时候说考察团来看的不是移民的生活了？"夏晓峰推了推手说，"但我请你韩助理注意的是，我们要让考察团看到的是昭女坪社区的移民生活。移民进了城，就得适应城里的环境，农民变成了城镇居民，就要改变生活方式，这些都需要我们引导。"

"引导，这话没错。"韩家川说，"但我觉得，夏主任，你在把一种生活强加给他们。而这种生活，跟他们过去的生活是割裂的。一个人，他在过去环境里生活了几十年，有了习惯、嗜好、风俗和方式，哪是说改就改，说丢就能丢的？"

"韩助理，我看有些东西就得改，而且非改不可！"夏晓峰的语气斩钉截铁。

韩家川苦笑了一下，说："夏主任，什么东西让你如此咬牙切齿？"

"对了，"夏晓峰想起了什么似的拍了下脑门说，"说到这，我正要安排你做件事。这昭女坪移民社区，是移风易俗的新社区，什么鬼呀神的不准往社区里带。这段时间，有人早上学公鸡叫，整个移民社区议论纷纷，说是钟汉老人的头鸡显灵。啥鸡会显灵？扯淡！我看是有人在捣鬼，在学周扒皮。我想，韩助理，你就学高玉宝，把那周扒皮揪出来。"

韩家川摆摆手说："夏主任，这我办不到，而且我认为也没这个必要。显灵就显灵吧，只要钟汉老人夜里能睡踏实了就好。先前陈三爷他们几个老人去偷声音，不就是要帮钟汉老人吗？这些移民，在白鹤镇生活的时候，就习惯了跟神呀鬼的生活在一起，这是他们生活的一部分，可以说是他们的一种生活方式。"

夏晓峰怎么也没想到韩家川会说出这样的话，他一脸吃惊的神情，瞪了韩家川说："韩助理，你是有文化的人，怎么就这点觉悟？生活方式？这是什么生活方式？这是迷信，封建迷信！你还提什么陈三爷他们！我实话告诉你，我怀疑的就是他们。我看这什么自救自小组，就是个捣乱小组，偷声音，已经够丢人现眼了，难道还不够，还要装神弄鬼？我要真查出是他们，我就要定他们个蛊惑人心的罪名！把他们当反面教材！"

　　韩家川实在不喜欢夏晓峰的武断和上纲上线。他说："夏主任，怀疑别人要有证据。再说，你言重了。我倒是觉得，这老人们的互助，让我感到很温暖，偷声音不丢人！学鸡叫，也不是蛊惑人心，你真的没必要大惊小怪。我们话题越扯越远了，我还是那句话，改广场舞为花灯报上去，由上级领导定。"

　　话不投机，夏晓峰有些不高兴地说："好，好好，我按你说的往上报，上面领导批评我，我就批评你！但你记住了，那学鸡叫的捣蛋分子，你必须把他帮我查出来！"

　　夏晓峰扔下这通话，背了手，转身走了。

　　韩家川呆坐在办公椅上，看着夏晓峰的背影在门口消失，他不明白，这夏晓峰和自己，在一些不是问题的问题上，却全是问题。

　　他拿出了聋五那本发黄的起了毛边的笔记本，认真地看起来。韩家川如果不是面对这本笔记本，是不会相信一个丧失听觉几十年的老人，身体和记忆里却充斥了这么多丰富的声音。在充耳不闻的半个世纪里，聋五这个人，却从来没有停止过回忆声音，也从来没有停止过感觉声音。他的听觉关闭之后，其他的感觉器官却打开了。陈三爷没有说错，聋五在看声音。但陈三爷只说对了一部分，聋五除了看，还在用其他的感觉器官感受声音。他在笔记本上记录了他放羊的山岗上杜鹃花开的声音，他说每朵怒放的花都在尖叫。他还描写了那个秋天的山谷，那群被风撺动的落叶的声音。韩家川很欣赏他的比喻，他说那是被风驱赶着的一群散兵游勇仓皇奔赴死亡的声音。在他的心中，那扑向花蕊的蜜蜂的声音是欢乐的，那被采的花朵的声音是惊恐和轻佻的。为了在这厚厚的笔记本上记录下这些声音，他就像一个掌管词语的元首，调遣了令他捉襟见肘的形容词和动词。正是因为这些形容词和动词，聋五的世界才没有死寂。

韩家川想：有些时候，一个健全的人却是肤浅的，肤浅得轻易地就误会了像聋五这样不健全的人。这种误会带来的伤害，是何等简单而粗暴。真该给望城镇的派出所所长看看这笔记本。

这时，突然想起了唢呐声。韩家川推开窗，发现窗外的景致因了这唢呐声，变得非同寻常，有某种欢乐和蓬勃充盈其间。

韩家川紧绷的脸，顿时松弛下来，笑容在他脸上绽放了。他心里比谁都晓得，那唢呐声，是麻脸大领着的唢呐队吹出的声音。这么快就投入排练了，这麻叔，动作比年轻人还快。

十二

考察团说来就来，一个上了年纪的黄皮肤，领着一群白皮肤和黑皮肤，这就是联合国教科文组织考察团给昭女坪社区移民们的最初印象。社区门口，挤满了看稀奇的人们。麻脸大的老脸上泛着兴奋的油光，系了红绸子的唢呐，响得嘹亮而高亢。这唢呐吹出的仿佛不是声音，而是狂风，它让考察团里唯一的黄皮肤老人浑身颤抖，样子像极了一棵疾风中的瘦树。他身后的金发女郎，上前扶住他，样子体贴而恭敬。夏晓峰带领社区管委会的人鼓掌，看热闹的也跟着鼓掌，气氛顿时升级，不仅是热闹，简直就是火爆了。

考察团往大门里走，看热闹的人也往大门里挤。大门里面，是早已恭候的花灯队。那群原本跳广场舞的大妈大婶，今儿个人人花枝招展、浓妆艳抹，都做好了闪亮登场的准备。考察团一进大门，她们整齐划一地将手中花扇哗的一声打开，一时间，林荫道两旁的管弦细竹就响起来，引领了花扇的节奏。扇舞过后，有人扮了主家，有人扮了灯头，一阵爆竹过后，唱答开来。

主家："花灯花灯你早不来，迟不来，你半夜三更才请来。我前门上起千斤顶，后门堆起万担柴。"

就在灯头要唱答时，考察团里被金发女郎搀扶着的老人，突然挣脱了搀扶，像只鹅一样上前，亮开颤悠悠的喉咙，抢唱道：

"花灯来是来得早，来在半路耽误了。一来给主家开财门，二来给主家理财宝，金银财宝一齐进，荣华富贵同到老。"

这老人竟然会唱花灯，把所有人都惊呆了。

灯头竖了大拇指说："地道的白鹤花灯！"

韩家川这时看见，老人脸上全是得意。

欢迎仪式收到的效果超出了夏晓峰的想象，他对韩家川说："韩助理，有几把刷子哩。"

韩家川说："真正有几刷子的，是考察团那老团长。夏主任，人家竟然会唱地道的白鹤花灯，神奇不？"

夏晓峰说："你怎么知道他唱的是地道白鹤花灯？"

韩家川莞尔一笑说："外行看热闹，内行看门道。今天这考察团，我们遇着内行了。"

韩家川说得没错，这次他们确实碰上内行了。这个叫肖逸庶的团长，对昭女坪移民社区的亮点进行了充分肯定，说了不少溢美之词，听得夏晓峰心花怒放，"但是……"肖逸庶老人说了但是，他望着夏晓峰和韩家川说，"但是，这昭女坪社区，好像缺少了某种东西。"

夏晓峰抓耳挠腮一阵，说："肖团长，肖先生，我们这移民社区，只是一种尝试，不足是难免的，缺的东西会很多的。"

肖逸庶老人摸了摸领带结，点了点头，继而又一脸认真严肃地说："夏主任、韩先生，我直觉，真的是一种直觉，这社区缺少了某种东西，而且是重要的东西。这社区设施齐备，功能配套全面，房屋修建美观，绿化也好，但是，但是……"

老人托腮，思考良久，抬头用询问的口气说：

"乡愁呢？我怎么就看不到乡愁？但听那唢呐，看那花灯，我这心里，却是满满的乡愁。"

夏晓峰欲辩解，韩家川扯了扯他的衣角。

肖逸庶老人冲夏晓峰和韩家川笑了笑，抱歉说："我吹毛求疵了，我们不谈工作上的事了，跟你们打听一个人，一个老人，他也是白鹤镇裤脚村人，名叫陈三娃。"

夏晓峰说："陈三娃？没听说过这名字。"

韩家川说："陈三爷呗，肖老先生，我认识他，你说得没错，他就是白鹤镇裤脚村人。"

肖逸庶老人一听说韩家川认识陈三娃，就伸出手抓住韩家川的手说："那太好了，太好啦！你能带我去见见他吗？"

"你怎么会认识陈三爷？"夏晓峰不可思议地问。

肖逸庶老人放开韩家川，看着夏晓峰说："夏先生，实不相瞒，我就是白鹤镇人。六十七年前，我离开白鹤镇去了香港。后来又从中国香港去了英国，再后来就在联合国教科文组织工作。退休后我在海外一直关心着家乡，搜集关于家乡的信息。家乡修水电站移民到新型社区的报道，我从报纸上看到后，报告了联合国教科文组织。教科文组织请我带考察团，来考察你们社区，看能否将你们社区作为移民的样板进行世界性推介，这算是我此次的公干最主要的，我有个私事，那就是找到六十七年前给我当背脚的陈三娃。"

"背脚？"夏晓峰说，"啥是背脚？"

韩家川说："夏主任，那是老称呼，就是帮人背东西的人。"

"韩先生说得没错，"肖逸庶老人点点头说，"陈三娃当年就是给我们家背东西的长工。"

夏晓峰和韩家川就领着肖逸庶老人去见陈三爷。他们来到陈三爷的住处，见刚才领着唢呐队吹唢呐的麻脸大正跟陈三爷红脸。

麻脸大说："三爷，你鼓励我去吹唢呐，你为啥却躲着不去吹箫呢？你咋说话不算数呢？"

陈三爷说："你麻脸大真是死脑筋，我那箫吹出的都是怨曲，在那种欢迎场合合适吗？"

两个老人见韩家川推门进来，止住了争吵。

麻脸大上前，拉了韩家川的手说："韩助理，你主持一下公道，这三爷不像话。"

韩家川笑了笑说："我来不是主持公道的，我是带客人来找三爷的。"

"客人？"陈三爷有些茫然，指了指自己皱纹密布的额头说，"找我？"

夏晓峰接话说："没错，找的就是三爷你。"

这时肖逸庶老人快步上前，张开双臂，去搂陈三爷，他嘴唇抖动着说："陈三娃，我可找到您了。"

这突如其来的热情，让陈三爷不知所措，他原本就茫然的脸上又添加了更为深重的迷茫。

"我不认识你呀！"三爷说。

肖逸庶老人摇了摇陈三爷的肩说："陈三娃，我是肖家公子呀！"

陈三爷努力睁大眼睛，盯了肖逸庶看。当他确信站在自己眼前的人就是肖财主的那个傲慢的儿子的时候，他用力将他推一边说："你脸皮真厚，比城墙拐角还厚！你还好意思来找我？"

"哎，哎，三爷，怎么说话的？"夏晓峰厉声说，"这是考察团的肖团长肖老先生，三爷，要什么横呢？"

肖逸庶赶紧制止夏晓峰说："夏先生，不关你的事，三娃子想骂，就让他骂。"

　　陈三爷没再骂，径直把头扭向了一边。肖逸庶不生气，赔了笑脸说："三娃子，我的箫呢？"

　　陈三爷依然别了脸说："没长眼？墙上哩。"

　　肖逸庶抬头，环顾了一圈墙上，看到了那支系了红绳的箫。

　　韩家川发现，这肖老先生看到箫的时候，没流露出欣喜，而是失望。

　　极度的失望！

　　韩家川还听见了肖老先生假牙嘚嘚打架的声音。

　　"她没来？她没来是不是？"

　　肖逸庶像是在问陈三爷，又像是喃喃自语。

　　陈三爷听到了肖逸庶的问话，他转过身子，没牙的老嘴瘪得更加厉害，额头两旁太阳穴的青筋凸将起来，他瞬间变成了暴怒的狮子：

　　"你给我滚出去！你他妈的给我滚出去！"

　　他冲肖逸庶咆哮道。

　　肖逸庶吓得往后退了两步，他不明白，这陈三娃为何要生那么大气，发如此大火。他摇摇头说："我走，我走。"

　　但肖逸庶走出门后，又折了回来。他对陈三爷说："三娃子，我可以拿走我的箫吗？"

　　"不！"陈三爷大声地冲肖逸庶说，"这不是你的箫！"

　　肖逸庶摊了摊手，苦笑着说："这怎么不是我的箫？六十七年前，在江边码头，我亲手放你手上的，难道你忘了？"

"我忘了？忘了的是你！"陈三爷像峡谷中的怒涛咆哮说，"这不是你的箫，是我的！"

十三

六十七年前的春天，白鹤镇的木棉花跟任何春天一样，盛开得喧嚣和热闹。金沙江峡谷里，温暖的河水像街上那群撒野的孩子，到处乱窜。在镇上的肖家大院里，春天仿佛没有叩开这深宅大院的门。主人肖财主的心里，到处都是冰凌，他背了手，像只无头苍蝇，在院子里无目的地乱走。

肖财主早已让仆人收拾好能带走的东西，现在焦急地等待儿子肖逸庶回来，举家坐船去宜宾，然后再从宜宾到成都。在成都，他已托人买到了全家去香港的机票。

肖逸庶不明白父亲为何左一封右一封电报催他回家，在省城里念书的他，正沉浸在灯红酒绿的温柔乡中。泡吧、逛戏院、进歌厅，这公子哥对时局的动荡似乎充耳不闻，照例挥金如土，潇洒放任，照例跟他的相好——霓裳歌剧院的歌女那娅缠绵。

"也好，"他这样对那娅说，"我正好这次回去让家父同意我们的婚事。"

"你父亲这么急急地催你回家，不会是催你回家相亲吧？"那娅的话里，肖逸庶嗅到了醋意和忧虑。

"怎么可能呢？"肖逸庶故作轻松地说，"新生活运动都搞了，还包办婚姻？那娅，我前脚走，你后脚跟来。我做通家父工作，就热热闹闹，在白鹤镇敲锣打鼓，唢呐高奏娶你。"

"你说的是真心话？"那娅严肃而认真地问。

"谁说假话谁被江河水淹死！"肖逸庶的语气里全是发誓的味道。

"不准说不吉利的话，"那娅伸出软绵的纤手，去捂肖逸庶的嘴，然后又说，"那我们拉钩。"

于是两人就拉了钩……

外表无精打采、内心极不情愿的肖逸庶坐了汽车又骑了马回到了白鹤镇家中，父亲的话仿佛是晴天霹雳。

父亲肖财主用手指着院子画了一个圈说："从明天开始，这家没啦！孩子，从明天开始，你和爹一样，都是丧家犬！"

父亲肖财主拿出船票和机票后，对愣在一旁的肖逸庶说："去你房间看一看，还有什么你认为值得带走的东西。"

肖逸庶说："爹，能不能缓几天再定？"

肖财主觉得儿子提的这要求既幼稚又无礼，他生气地把手中的船票机票扬得哗哗作响，说："你缓几天干啥？这是能缓的吗？"

"但……"肖逸庶迟疑了一下，说，"但是，爹，我得等一个人。"

肖财主瞪一眼肖逸庶说："你想等谁？"

肖逸庶低了头说："我要等我的未婚妻那娅。"

"你说的是霓裳歌剧院的歌女吧？"肖财主盯着儿子，目光如刺，突然，他嗓门提高了八度说，"不要脸！真不要脸！"

肖财主拍了拍衣袖，仿佛要拍去羞耻，转身自个儿回了自己房里。

第二天一早，背脚陈三娃就来到了肖家大院，进门看见肖家大院里阴风惨惨，乱作一团。

肖财主斥责陈三娃来得太晚，陈三娃只好点头哈腰赔不是。

"你去给公子背行李。"肖财主吩咐陈三娃。

陈三娃就径直去肖逸庶住处。但肖逸庶赖在屋子里不开门，他冲屋外敲门的陈三娃说："急什么？催命呀？"

肖财主过来，站在门口干咳了两声，陈三娃听出了这咳声中的威严和警告，他小心地催促说："肖公子，该走了。要不，老爷生气了。"

肖逸庶拉开门，手里握着一支箫，哭丧着脸，看都不看陈三娃一眼，昂了个公鸡头清冷高傲地大步流星往外走。陈三娃赶忙背上行李，小跑着去追。

离别充满了伤感，屋前响起嘤嘤的女人压抑的哭声，一步三回头的肖家人，让街坊们生怜又叹息，唯有肖家公子肖逸庶，头也没回一个。晨风撩动着他的长发和衣襟，从后面看去，竟有了分飘逸和潇洒了。

到码头的一路上他都这样走，不顾家人，也不看陈三娃。在肖逸庶的心里，现在只有那娅。

他心里不明白，为何提到那娅，父亲就要斥骂他不要脸。在肖逸庶心中，那娅那么美丽、活泼、温柔，美得就像这河边的青青苇草，好得就像这江岸上漾漾的春风。喜欢那么美好的一个人，怎么就不要脸呢？肖逸庶真是恨透了持偏见的父亲，走在这左边是流水右边是高山的肖逸庶，有了一种刻骨的孤独，一种不被理解的孤独。

谁知道我内心的苦楚和痛苦，恐怕就像这高山和流水。

于是，他停住，站在江边，仰望了一下山，端详了一阵水，然后把嘴凑到箫边。

一江都是流动的忧伤，遍山都是静默的哀愁。

箫声停处，有掌声响起。肖逸庶转身，看着身上负重了行李、敞了怀喘着气的陈三娃，站在他身后拍响了巴掌。

"你听懂了？"肖逸庶手握长箫，扬了扬手说。

陈三娃点点头。

"你不懂！"肖逸庶冷冷地说，"白鹤这地方没人懂我。"

"我懂。"陈三娃说。

他继而指了指自己赤裸而汗湿的胸口对肖逸庶说："我晓得你这里面痛得很。"

肖逸庶盯着陈三娃看，陈三娃瞥见，肖逸庶的眼中，渐渐有温暖的亮光了。

肖逸庶冲陈三娃点点头，转过身继续沉默了往前走。陈三娃背着行李，也沉默着跟在后面。

到码头后，陈三娃放下行李，准备离开时，肖逸庶突然唤住了陈三娃。

肖逸庶将手中的箫塞进陈三娃手里说："三娃子，如果有人来镇上找我，请你把这个给她。"

陈三娃说："有要捎的话吗？"

肖逸庶咬了咬嘴唇，看着江水说："那你告诉她，我被江水淹死了。"

这时，江轮上响起了汽笛声。肖逸庶扔下这句话，上了江轮。

汽笛，长一声，短一声。

江涛，高一声，低一声。

在后来的六十七年的光阴里，那长一声短一声的汽笛，那高一声低一声的涛声，总会在他的梦境中响起。那仿佛不是告别的声音，而是一种呼唤。六十七年里，他从这艘汽轮开始，成了断了线的风筝。从宜宾去了成都，又从成都仓皇去往香港，然后从香港去了英国，直到后来进了联合国教科文组织，成为一名工作人员，退休后又回到英国。六十七年里，故乡杳无音信，而他却被这梦境中的汽笛和涛声一次又一次带回到白鹤码头。她来了吗？他想，她如果像自己一样失约，该会让他少一些内疚；但他又希望她如约而至，相信她来过，因为他相信爱情。如果她来了，拿走了那支长箫，她会吹奏出什么样的箫声？

长歌当哭！

肖逸庶想着这些，就像断了肝肠。

肖逸庶不明白陈三爷为何要冲他咆哮，为何不愿意让长箫物归原主，但他终于明白的是，那娅没有来。

站在肖逸庶身旁的夏晓峰，根本搞不清在肖逸庶和陈三爷之间发生了什么。他甚至认为这陈三爷失了礼数，不应该这样对待一个在他心中德高望重、身份显赫的贵宾。

"肖先生，我们走。"夏晓峰说。

肖逸庶向陈三爷鞠了一躬说："打扰了！唉，三娃子，说真心话，如果知道那娅没来，我也不会来打扰您。"

夏晓峰上前，搀扶了肖逸庶，往屋外走。

"谁说她没有来？"陈三爷的话，惊得刚欲出门的肖逸庶被电击了似的颤抖了一下，止步在了门口。

"她来了？"肖逸庶急切地问说，"那娅真的来了？"

"你问的是那妖精吗？"麻脸大插话说，"你肖家人前脚一走，她后脚就来了。你跑了，把我们三爷害惨了。"

"麻脸大！"陈三爷提高嗓门呵斥说，"你瞎说啥？"

肖逸庶挣脱夏晓峰的搀扶，奔到麻脸大面前，握了麻脸大的手说："你说，你说呀！"

麻脸大用征询的目光看着陈三爷。陈三爷翻了一下眼皮，瞅一眼麻脸大："不关你的事，要说，我自己来说。"

十四

"我本来是不想说的，往事嘛，就该烂在肚子里。可今天肖大公子回来了，他曾经又是我主人家少爷，现在又是啥联合国的大官，都到我的门上了，这样的贵人，无事不登三宝殿，何况是我这样的寒舍？对了，今天还来了社区的两位领导，我三爷也不知是哪辈子修来的福分，这般的高朋满座。你们二位是忙人，想听就听，不听自便。

"肖大公子，麻脸大说得没错，你前脚刚走，那娅后脚就来到了白鹤镇上了。她穿了一身红，提了个柳条箱子，一出现在镇上，镇子就炸了锅。说实话，白鹤镇上，从来就没有出现过如此光鲜扎眼的女人。她在镇子上，到处打探你的住处，有好心人就把她引到了你家的大院里。那时你肖家大院人去楼空，院子乱得像个巨大的狗窝。当她明白发生了什么的时候，她站在你家院子门口，呆呆的，像截木桩，在那里立了半个时辰。她没哭，也没叫，连眼泪都没流。最后，她将风吹乱的头发用手理了一下，提着箱子大步走进了院子。

"她把自己关在了你家院子里足足三天。如果不是我去敲门，她不知还会把自己关多久。我敲开门的时候，着实吃了一惊。她已经把一个院子打理得清清爽爽、规规矩矩，就像从前的肖家大院一样。她看见我，有些茫然，但当她看清我手上握着你给我的那支长箫时，我看见她眼眶一下子潮湿了，但她克制住了自己，没让眼泪从眼眶里流出来。'进来吧。'她平静地对我说。

"我进了院子，把箫给她，她没接。我说：'肖少爷让我把它给你。'她说：'你放在石凳上吧。'我听了她的，把箫放在了石凳上。

"我想我也完成了你的托付，该离开了。我就低了头往院门

方向走。但她唤住了我。她说：'我还没感谢你哩。'我转身说：'不用谢的。'她说：'那怎么行？可我什么也没有。'

"我于是又说：'真不用谢的。'

"她将石凳上的长箫拿起来说：'我给你吹个曲儿吧。'

"她竟然吹的是你离开那天在江边吹的同样的曲子，只是，她吹得比你还好，听起来还刺心。

"我是个粗人，一个背脚，自以为是铁石心肠，但她把我的心吹软了。我心中，好像有东西在那柔软处长了出来。我听她吹完，离去时对她说：'今后有啥要帮忙的，你就吩咐一声。'

"'嗯。'她冲我点点头，嘴角露出了一丝笑。

"她笑起来真好看。那天从镇上回到裤脚村，夜里躺着，不怕你们笑话，我满脑子都是她那笑容。

"于是我就成天往镇上去，在街上闲逛，心里巴望着能碰上她。但足足有一周，你家那院子的大门都紧闭着，我连她影子都没看见。我以为她离开了，就回了裤脚村。大概又过了一周，我砍了河滩地上的甘蔗，去镇子上卖。我把甘蔗捆成'人'字形，双肩扛了，在街上边走边吆喝。这时我听见后面有人喊我，我回头，竟然是她。

"看见她，我有些不知所措，人也很不自然了。我把甘蔗放下来立住，努力掩盖内心的慌乱，说：'你要买甘蔗？'

"她冲我摆摆手说：'不买的，啃甘蔗会坏了牙的。我是想请你帮个忙，我这几天烦死啦。'

"她请我帮她赶蜜蜂。自从你们举家走后，你家院子的那棵缅桂花树上，不知什么时候迁来了一群蜜蜂，在树丫处筑了巢。

"'它们成天嗡嗡地叫个不停。'她说。我没有按她的请求把那群蜜蜂赶走，而是找来了一个蜂桶，将树上的蜜蜂引进了蜂桶里。在引蜜蜂的时候，我被蜜蜂在额上刺了一下，额上就鼓起包来了。我泡眉肿眼将蜂桶在后院安顿好，来到前边院子时，她已经给我泡好了茶。看着我被蜜蜂刺得变了形的额头，她有些过意不去。我端茶喝了一口，对她说：'要不了多久，你就能吃上蜂蜜了。这土蜂子的蜜，可是又鲜又甜。'

"她说：'真的？'

"我点了点头。

"她就笑了，不是我见的嘴角露一丝的那种笑，是聋五在日记里写的那种笑，就像花开的那种笑。

"她说：'我拿啥谢你呢？'

"我说：'不用不用。'

"'客气！'她说，'头都肿了，哪能不谢？我再给你吹个曲儿吧。'她于是就端坐在院子里的石凳上，给我吹箫。但这次吹的不是听来让人心碎的曲子，而是那种水在慢慢流、风在轻轻吹的让人舒心的曲子。

"'你吹得真好听。'我听完这样对她说。

"'喜欢听你就常过来。'她说。"

肖逸庶插话："你后来就经常去是不是？"

　　"没有的事！我那天离开的时候，大军就进了白鹤镇，后来就占了你家院子。你家那院子就成了剿匪指挥部。我想去也进不去了。"

　　肖逸庶又插话："那娅呢？那娅去哪里了？"

　　"那娅？那娅没去哪里，她还住在你家院子的厢房里。大军解放了白鹤镇，走了，你家那院子成了土改工作队的队部。土改了，你家院子也就被没收充公了，那娅也就被赶了出来。走投无路的她来裤脚村找我。她说：'那桶蜜蜂不是肖家的，我想把它带走。'

　　"我于是就约了村里的许老四，去你家院子里，把蜂桶背到裤脚村来了。

　　"她根本没能力带走那桶蜜蜂，事实上她也没地方可去，还是许老四有办法，想到了江边废弃的河神庙。我们于是就把她和那桶蜜蜂一起带进了庙里。安顿好她后，我和许老四各自回家。

　　"那已是傍晚，河岸上起了风，呜呜地响，让我总觉得身后面有人在哭，但回转身去，却只有岸边的苇花和野草起起伏伏。

　　"那夜，我睡在床上，耳畔总是响着这呜呜声，我辨不清它到底是风声还是人的哭声，想着她一个女人家住在河神庙里，我就睡不踏实，胸膛里的那颗心总是悬着。于是，我就起床提了马灯，口袋里装了两个煮熟的红薯，往河神庙去。

　　"至今我都后悔，那夜我就不该去河神庙。真的不该去，不该去……"

　　陈三爷说到这里，就打住了。他像一个做错了事的孩子一样把头垂下来，试图掩盖痛苦的表情。

让韩家川和夏晓峰没想到的是，在他们心目中，谈吐优雅、举止得体的肖逸庶，此时竟然鲁莽地起身，扑向了陈三爷。

"三娃子，你后悔啥？你是不是对那娅干了什么见不得人的事？"

他边说边剧烈地摇晃着陈三爷的肩膀。

看着近乎失态的肖逸庶，韩家川和夏晓峰赶忙上前解围。陈三爷厌恶地推开了肖逸庶，痛苦的表情瞬间就被愤怒覆盖了。

"肖家大公子，你心里脏着哩！"一直安坐着的麻脸大鄙夷地看一眼肖逸庶说，"你把三爷当什么人啦？三爷不想往下说，是他不想揭心上的伤疤，他遭的那些罪，我们都亲眼见着的。三爷不想说，我来替他说。"

"麻脸大！"三爷呵斥一声说，"我说过不关你的事，我自己会说。肖家大公子既然想听，我就痛痛快快给他说。"

肖逸庶赶忙弯腰鞠躬说："三娃子，对不起。"

陈三爷说："把你的腰直起来吧，这我可受用不起，你用不着对我这样，小心折了你的骄傲。"

韩家川倒了一杯水递过去说："三爷，消消气，消消气。"

十五

"消消气？这么多年了，我哪还有什么气？肖家公子，你把那箫给我做甚？你不给我那箫，我就不会跟那娅这个女人有瓜葛，就不会这样倒霉。我虽然过去只是一个背脚，辛苦，但并不痛苦。而墙上这支箫，让我痛苦了几十年，而现在你却要把它拿走。我问问你，你能拿走我心中那些痛和苦吗？

"我说这些做啥？像要你同情似的。唉，还是言归正传吧。

"那天夜里，我提着马灯赶到河神庙时，听到了箫声。都说箫声是哀怨的，我听到的却是胆战心惊，这分明是一个孤独的女子，在用箫声驱赶内心的恐惧和害怕。我提着马灯推开庙门的时候，我听到了她的惊叫。在惊叫声中，她手中的箫掉在了地上，人也随即瘫在了地上。我手中的马灯的灯光，映照着一张惊恐的脸，一张面如死灰的脸。我把马灯放在神龛上，拾了箫，然后把她扶了起来。当她确认来人是我时，她身子抽搐了几下，一头扑到我怀里，就号啕开来。

"但她的号啕，马上被一群嘈杂声淹没了。小小的河神庙里，冲进了一大群持刀弄棒的人。这些人都是我裤脚村的乡亲。他们把那娅从我怀里拖拽开，我就听见有人喊，打死这个妖精。于是，就真的有人举起了木棍、竹竿往那娅身上劈头盖脸一通乱打。我听见了那娅的惨叫声，就赶紧冲过去，护住了她。有乡亲试图将我拉开，还开导说：'三娃子，你这是被妖孽蒙了心。你让开，打死了这妖精，你还是从前那个三娃子。'

"但我不听他的开导，依旧死死地护住那娅。

"这时，一个穿中山装、肩挎驳壳枪的干部模样的人在两个民兵护卫下，分开众人来到了神龛前，我借助马灯的亮光看清了他那张刻意板着的脸，知道他就是进驻我们裤脚村的土改工作队队长。

"他看着我说：'陈三娃，你知道你在干什么吗？你这是在庇护阶级敌人。阶级敌人化装成美女蛇，要祸害你这农夫，而你，却要护着她。她要咬你一口，你知道什么后果？'

"我说：'不晓得。'

"他说：'你就会死！'

"我说：'你说的啥？昏说！'

"他说：'真正昏了头的是你！你不要护着她，我要问她话，问她为何要勾引你。'

"我说：'她没勾引我。'

"他说：'她没勾引你？那你半夜三更跑这河神庙来干什么？'

"我被他这样一问，顿时哑了火，不知道该如何回答。我急得满脸通红，突然蹦出了一句让我自己也吓了一跳的话：

"'是我勾引的她。'

"我也不晓得我怎么会说出这么一句话，也许只想为她开脱，但这句话招来的后果，却是我怎么也没想到的。

"我和那娅被当成道德败坏的典型被连夜五花大绑押到了裤脚村里，被连批了三天三夜。我的父亲，在批斗会的第二天跳上台子，扬手就给了我两个脆脆的耳光，他打完我就跪在地上一顿哭天恸地：

　　"'我前世作了啥子孽呀！三娃子，你这狗日的三娃子，你这天打雷轰的三娃子，你羞死先人了呀！你看看这骚货，腰是腰腿是腿的，一看就是狐狸精，你狗日眼瞎了，咋还要去招惹呢？'

　　"批斗了三天，批斗的人累了，做看客的人也累了，土改工作队队长自作主张把那娅和我放了。那娅回了河神庙，我在村子外的江边坐了两个时辰，厚着脸皮回家。但我刚迈进屋，就被我妈泼了一身脏水。那是洗菜的水，几片黄菜叶沾在了我的脸上和衣服上。我从脸上揭下一片菜叶，皱了眉瞪着我妈。我妈厌恶地瞅了我两眼，突然将洗菜盆一丢，就大放悲声：'你羞死个先人呀！'

　　"我知道这个家不能待了，我已让它蒙羞。我爹妈虽然一生贫贱，但一生都恪守着做人的本分，内心有着一份正直人的骄傲，但这骄傲也被我这做儿子的给毁了。我深知自己也没脸再待在家中，我将手中那片发黄的脏菜叶往地上一扔，转身走了。

　　"我去找许老四，托他傍晚给那娅送点吃的。许老四没有接受我的请托。他说：'他们抓我来斗咋办？我可是有老婆的人。'

　　"我看许老四不情愿，也不好强人所难，就只好转身离开。许老四也许是看着我这只丧家之犬动了恻隐之心，也许是拒绝了我不够朋友让他心里纠结。于是，他在身后唤了我一声说：'都这样了，你还不如娶了她。'

　　"我站住了，说真的，许老四的话吓住了我。

　　"娶那娅，这想法大胆得离谱，我从来没动过这样的心思。

"'许老四！'我重重地叫了他一声说，'成心拿我寻开心呀？人家啥？我啥？'

"许老四走近我，把手按在我肩上说：'什么啥不啥的？落草的凤凰不如鸡！你娶她，是救她。'

"我得说实话，许老四的话诱惑了我，我心中，就像江水一样变得澎湃起来了。我向许老四要了两个红薯面窝头，就大步流星奔向河神庙。

"河神庙里，那娅面无表情呆坐在旧长凳上。

"看见我，她说，你还来干啥？

"我说，我来娶你。

"我的话让她没有表情的脸，呈现出了惊异。

"我愣在她面前，不知所措。

"她咬了一下嘴唇，脸上的惊异退去，从长凳上站起来，突然就张开双臂说：'你还愣着干什么？有这样对新娘子的吗？'

"我张开双手，将她紧紧抱住。我伸头过去亲她时，才发现她一脸泪水。我说：'你咋啦？'

"她说：'我高兴哩。'

"我晓得她说的是假话，但我宁愿假话当真。

"没有仪式，没有庆典，那娅成了我的妻，我成了她的郎。

"我在长满了苇草的河滩上放了一把火，烧出了几亩荒地，将多年没人祭拜的河神泥塑搬出了河神庙，将河神庙变成了我们的家。

　　"河滩地下面少的是泥，多的是沙，肥力弱。

　　"种的庄稼像没有饱饭吃的孩子，枯而瘦。但就这几亩薄地，还是让那娅欢喜不已。她对我说，她记事以来就没家园，没故乡，像浮萍，像断线风筝。现在她有了家园，心里也踏实了。

　　"但我知道她心里不踏实，常常会看着身旁的江水发呆。夜里，我醒来，看见她半卧的身子靠了墙，手中握着箫，在黑夜里叹息。我晓得她在想你，想你肖家公子。这让我心里很不满。那娅试图改变我，她教我吹箫，有时还教我识字。但我装木讷，成心对抗她对我的改变。我不改变，她却想改变。大夏天，在金沙江干热的河谷里，她连笠帽都不戴，想把自己晒得跟裤脚村的妇女一样黑。但奇怪的是，任阳光如何灼她，她还是那个那娅。

　　"她总是乘我夜里睡熟了，一个人出去，在江边独坐。后来有一天我跟踪了她，看着她独自坐在岸边的巨石上，就冲她粗脖大嗓说：'你是人还是鬼？半夜三更发什么疯呀？'

　　"她没有理会我的愤怒，而是回过头来，借着月光，我看见了她脸上若隐若现的笑容。

　　"'过来，'她冲我勾勾手说，'过来一起听风。'

　　"'听风？半夜三更听风？发什么神经呀？'我心里嘀咕着，阴沉了脸坐在她身边。

　　"'三娃子，'她叫我，'把耳朵竖起来，你左边的沙丘在唱歌哩。'

　　"我还就真听到了像音乐一样的沙子的响声。是的，音乐，你甚至可以和着它的音调唱歌。

"这些在风中流动的沙子太奇妙了，我说：'我听到了，沙子在唱歌。'

"她笑了说：'这风好听吧？不只是沙子会唱歌，那岸边山上的山毛榉和白蜡树也会唱歌。山毛榉的响声像捶沙，白蜡树的响声像口哨。'

"我竖了耳朵再听，冲她点了点头。

"我把她从石头上扶起来说：'那娅，你说得没错，这夜里的河谷，所有的东西都在风中唱歌。'

"'我们回去吧，月亮都要睡觉了。'

"她抬头看了看天上，用手捶了一下我的胸膛说：'你骗人，月亮精神着哩。'

"我说：'回去吧，那娅。'

"她说：'我偏不。'

"'我晓得你睡不着'，我正色说，'我晓得你在想肖家公子。'

"我的话说到了要害，她低下了头，沉默了好一阵后说：'三娃子，对不起，我确实想他了。我总想不明白，他怎么能说走就走了，他怎么说忘约定就忘了。'

"我说：'谁说他走了？'

"她说：'他没走？那你告诉我他在哪。'

"我说：'他死了。'

"她说：'死了？怎么死的？'

　　"我犹豫了一下，说投江了，被江水淹死了。

　　"'三娃子！'她突然冲我咆哮起来，'你这挨千刀的，你为何早不告诉我？'

　　"肖家公子，你给我做了个局，你为何要告诉我，如果她问我，就让我告诉她，说你死了，被江水淹死了？你好阴险，你分明是不想承认自己是个背叛者，不想让那娅把你当成感情的背叛者。

　　"肖家公子，你让我帮你说出了谎言，但你想过没有，谎言是有代价的。谎言掩盖了你的背叛，那娅就成了背叛者。这是她无法接受的。"

　　肖逸庶老人的额头上沁出了细密的汗珠，陈三爷的话，像刀刃一样扎得他内心生疼。他感到胸腔里闷得慌，呼吸急促而困难，人不自觉地昏厥了过去。

　　这可吓坏了夏晓峰和韩家川，他们赶忙上前，将肖逸庶老人架起来，送社区的医务室。

　　没走出陈三爷屋外多远，肖逸庶老人苏醒了过来，他挣扎着要夏晓峰和韩家川放开他。夏晓峰说："肖老先生，你必须去看医生。"

　　肖逸庶说："陈三娃还没告诉我，那娅后来怎么样了。"夏晓峰说："肖老先生，我让韩助理去问陈三爷，你必须去看医生。"

　　夏晓峰边说边示意韩家川，让他回去找陈三爷。

　　"夏主任，"韩家川说，"要不你去问三爷，我送肖老先生？"

　　"你怎么那么多废话？"着急的夏晓峰带了火气说，"我去三爷会告诉我？还不快把肖老先生扶到我背上。"

夏晓峰背了肖逸庶老人，急急地赶往医务室。韩家川送他们走远，就扭头回去找陈三爷。

在陈三爷家里，麻脸大老人正在数落陈三爷。见韩家川又赶回来，麻脸大老人摊了摊手说："三爷，你今天咋啦？嘴像关不上闸门的水似的，你的话要淹死肖家公子。那不是给天捅个大窟窿，看看，社区的领导杀回马枪兴师问罪来了。

"不是兴师问罪。"韩家川喘着气说三爷，"请你告诉我，那娅后来怎么了？"

陈三爷低垂了头坐着，没回答韩家川的问话。

"还能怎样？"麻脸大说，"你没看三爷现在老光棍一个？那娅后来失踪了，也有人说，她跳了江。三爷当年带着我和许老四，沿江找了七天七夜，活不见人，死不见尸。她离开之前，将蜂桶里的蜜取了出来，将一个桶的蜜蜂放走了，唯一给三爷留下的就是这个。"

麻脸大用手指了指挂在墙上系了红绳的箫。

麻脸大接着对韩家川说："从那以后，三爷就一直住在河神庙里。我们劝他搬回村子来，可他谁的话也不听。他夜夜坐在江边的石头上吹箫，听风，这一听一吹，一晃就一个多甲子的光阴过去了。"

"麻脸大！"陈三爷站起身来说，"你废话真多！"

麻脸大有些尴尬，说："三爷，你不说，我才帮你说的。"

　　三爷走到墙边，将系了红绳的长箫取了下来，伸手递给韩家川说："请将它还给肖家公子。"

十六

　　联合国教科文组织考察团的人走了，但给夏晓峰主任留下了建设样板移民社区的信心。不过让他不满意的是，交给韩家川查的那学公鸡叫的人迟迟未查出来。社区里的人，背地里还在议论着钟汉老人那只会显灵的头鸡。

　　他决定亲自出马。

　　夏晓峰主任蹲守了三天，只在第一天碰上过韩家川。他说："韩助理，你那么早来社区做甚？不是不用教跳广场舞了吗？"

　　韩家川说："夏主任，你不是要我来查那会显灵的公鸡吗？"

　　夏晓峰说："我是要你把那鸡叫的人给找出来，什么公鸡显灵？唯物主义者还信那样的鬼话？"

　　夏晓峰蹲守了三天，那三天，社区的人没听见公鸡的打鸣声。

　　夏晓峰不能天天蹲守下去。他知道，要逮住那个学鸡叫的人，破除这社区甚嚣尘上的迷信，还得发动群众。

　　于是他找了豆腐西施宫桂花。

　　宫桂花深信那是钟汉老人死去的头鸡打的鸣，她告诉夏晓峰，这三天公鸡没打鸣，钟汉老人失眠了三天，人变得烦躁不安，在家里摔碗扔盆，搞得连住在楼下的她家也不得安宁。

　　但夏晓峰还是坚持认为，破除迷信比钟汉老人睡好觉要重要得多。

宫桂花说："夏主任，我倒是有个让那只报恩的头鸡现原形的办法。"

夏晓峰说："什么原形？原形就是那学鸡叫的人。"

宫桂花告诉夏晓峰，这魂灵最怕脏物，她在娘家时，听她娘说过，只要弄些妇女洗身子的脏水，再加一些屎尿，就能让魂灵现出原形。

夏晓峰当然不信，但他同意宫桂花试试看。

宫桂花回到家，首先洗身子，把洗身子的水用塑料盆装好。然后，她要公公疤老二上卫生间时别把尿撒在马桶里，要他撒在盆里。疤老二问清缘由后，气得指了宫桂花骂：

"你会遭雷劈的！"

宫桂花只好亲自为之。

一切准备就绪。第二天凌晨，宫桂花没等天边放亮就起了床，将塑料盆端到阳台上，竖了双耳，静候鸡鸣。晨风将塑料盆里的难闻的味道送进她的鼻孔，搞得她多次直犯恶心，但她强忍着恶劣气息的骚扰，想着让一只报恩的头鸡现原形，她就控制不住心中那份激动。

她的一对肥硕的耳朵早已竖起来，像雷达一样，要准确捕捉鸡鸣声的方位。

站在阳台上的她看见了东边天空中出现一抹亮色。就在此时，公鸡的叫声响了起来——

噶——歌——噶——

宫桂花的左耳率先捕捉到这声音，她敏捷地弯腰端起塑料盆，将一盆的脏水从阳台的左边泼了下去——

现形的不是一只鸡，而是像落汤鸡一样的一个人。

那人竟然是社区的主任助理韩家川。

这最后一声鸡叫，钟汉老人并没有听见，他永远睡去了。但他家的人认为，老人是听见了那声鸡叫的。因为，长眠的钟汉老人的表情显得幸福而满足。

最早赶到钟汉老人家的是楼下的疤老二老人，接着是陈三爷、聋五和麻脸大。后来，许老四老人也来了。

陈三爷见了许老四说："许老四，你不是去给你邻县乡下的姑娘家守鱼塘了吗？钟汉老人家寿终正寝，你有心灵感应，提前赶回来了？"

许老四摇头说："三爷，什么心灵感应？我是去守了几天鱼塘，但说句真心的不爱听的话，乡下那日子，再去过，就不习惯了。特别是在这社区坐惯了马桶，现在蹲那蹲坑，不仅脚受不了，鼻子也受不了，梛臭！"

要在平日，几位老人听了这话，说不定会笑上一阵子的。但在今天，几位老人心里，也不是滋味了。

水镇蝴蝶飞舞

/// 张庆国

一

青丝在水镇开了一家纸花店，专卖花圈一类给故世者送行的物品，一个二十七岁的女人开这种店是令人不安的，更令人不安的是青丝的生意有时非常好，这种情况出现在雨季。雨季每降暴雨，金沙江里肯定出事，水镇的船工和去四川做生意走亲戚的居民，常常成为水中亡魂。雨季过后，青丝的生意才复归清淡。生意清淡的季节里青丝就另想办法挣钱，她收购小乌龟等活物供人放生。放生者买活物不计较价钱，她可以多有赚头。

我去水镇的时候，住在镇政府招待所，那个地方距离青丝的纸花店不远。水镇镇政府招待所单纯得令我感到滑稽。砖瓦结构的两层楼建筑外墙上，除了一条有关计划生育的标语外，干净得莫名其妙。光光的，有白色的阳光向四面空洞地反射，有蝴蝶很小心地停到墙上，又很紧张地快速飞走。走廊里没有人，却摆满了在假花盆中怒放的塑料花和许多散发出廉价花露水气味的洁白痰盂，每个房间都置了四张木床，好像随时准备迎接大批远方来客，其实，服务员告诉我这里只偶尔有一两个无法买到船票的四川人住。我问，来检查工作的上级不是要住吗？服务员得意地笑了，说，我们水镇的工作一直做得很好，上级从来不检查，所以这个招待所一直是空的，空的不是很好吗？对的，我说，这是一种无声的奖励。上级都很忙，为什么要来水镇浪费时间呢？她笑了，这是我爸爸的功劳。招待所的这个女服务员，是我的朋友潘老师的妻子，她的父亲是水镇镇长。

不过，我说，一个人住在如此空荡荡的招待所里，未免太寂寞了。

你不要勾引女人，会出事的。

我为什么要勾引女人？

招待所女服务员愣了一霎，娇嗔地瞪我一眼，回身走了。

我游走四方的时候是很规矩的，只在回到故乡的城市才变得风流，我在异乡的爱好是探听当地的隐秘，这常常给我无穷的快乐。

在水镇政府招待所的房间面壁而坐真是寂寞，夜晚无聊之际，我走到江边去玩。这样便轻而易举地发现了那只木船和青丝可疑的行踪。

四川来客悄悄停在江边的船是一只老式木船，发黑的厚重木板、粗笨的缆绳、临风抖颤的布篷、无烟的小火炉，它给我一种时光倒流旧梦复苏的惊觉。我去江边的时候是夜晚，木船在月光之下随江水的轻微摇动而发出呻吟。看不清船上的物品，我只见一方抹了银光的黑影在远处的江边静卧。从招待所往江边走，要下一段长长的土坡，土坡上密密麻麻长满了叶子肥大的芭蕉树，树丛好像故意与我为难，把我的视线全挡住了，我得不断拨开树叶，才可以看到江边的动静。我有一种预感，觉得今夜会有意外发现。我在游历异乡时身子里会神奇地产生预见未来的才能。

我在芭蕉树丛中艰难地前进时，身体里有一股无法抑制的灼流，像小蛇一样缓缓游动，这是某种秘密要向我泄漏的前兆。果然我很快就听到了土坡下方传来的奇异响动。我一阵心惊肉跳。我看到了青丝。我敢肯定那就是青丝，我闻到了她的气味。她在离我不远的一棵芭蕉树下坐着，白日里盘在脑后的长发散开了，夜风吹拂下她的头发飘了起来。我的脸在发烧，全身滚烫，我知道一个秘密将会被我揭穿。

我看到江边的木船上有人出现，月光模糊，我猜想来者是一个男人。我听到了呼喊，果然是男人的声音，粗涩而沙哑，充满急不可耐的冲动。我又听到女人的哭声，青丝哭了。我脚底一空跌倒在土坡上。

青丝在与人幽会。

忽然疾风狂起，土坡上漫漫一片芭蕉树林集体发出喧嚣，好像都市的广场万人奔走，在举行暴动，肥硕茂密的芭蕉树叶沉重地击打着我的身子，就像警棒不断地敲打，我在芭蕉树丛中像一个可怜的被捕获的案犯，四面是训练有素的职业打手，处境十分凄凉。远处的江中，浪涛呼啸，两岸山壁有巨石轰然落下，接着就下雨了。真是可怕的水镇暴雨，雨点像子弹一样射来，我听到芭蕉树叶在雨点的射击下号哭，许多藏在树叶背面的蝴蝶也被击落，与树叶碎片一道纷纷化为泥水泻入江中洪流。我遍身泥浆地在土坡上挣扎，雨声风声石落江中的轰响声中，我发现江边的木船不在了，青丝和那个男人去向不明，他们不在了，船也消失了，他们都死了吗？随风而逝了吗？

是夜我逃回水镇招待所，暴雨很快止息，江水又静如处子，刚才惊心动魄的一幕，好像是电影里的虚假画面。我在江边经历的危险似乎根本就没有发生过，在房间里换下湿衣服后，我坐在床边发呆。

二

青丝是一个素女。

初到水镇那天，我在龙王庙门口往下看，江水罩在一抹灰色的雾气之中，有女人隐约在飘摇的雾气中走动，宛然几只硕大的蝴蝶在漫不经心地飞行。雾气之下卧着一堆堆卵石和从上游冲来的巨大圆木。在我观看的那段时间中，几个女人一直在江岸的卵石和圆木之间忽高忽低地出现，远处有小孩在沙堆上打闹。后来那些小孩的尖叫穿过雾气传来，放生啰，放生啰！朋友站到我身后冷冷地说，她们是水镇的素女。这样我才知道素女在江边的水镇是指那种终身不嫁的女人。

放生是江边素女每月一次的功课，就像来月经一样。她们买一些小乌龟和活鱼，拴上红线，在江边烧纸念经，制造出一片肃穆气氛，香烟缭绕之中，那些活物游进水里，回到了它们生长的世界。据说有的小乌龟长大了，会趴在江边的石头上唱歌，赞美素女们的慈悲心肠，有的会不辞辛劳地爬到某个素女的家中，嘴里含着鱼，双目注满了深情。这类流言在江边水镇实在太多。

水镇是一个灵气弥漫的机密之地，各种流言蝴蝶一样四处飞扬。在有关水镇的流言中，大盗江逸风的传说很有意思。那是五十年前的故事。江逸风既杀人越货又风流成性，嗜色如命。据说水镇一带的美女在他活着的年代都与他有染。江逸风后来被枪毙，他的尸体被当年的执刑者一脚踢下江中。两年前有身份不明者从城里来，在山坡上为他修了一座新坟，新坟的四周正巧埋了几个下葬不久的女人。水镇人说，江逸风是做鬼也风流。

江逸风的故事我在去水镇之前就听说了，素女青丝则在到了水镇才认识。游历水镇的某日，我在街边的茶馆里与朋友下棋，忽然听人低语，青丝来了，这样我就知道了青丝。她非常美丽，她的皮肤头发和缓缓行走的步态，均让人想入非非。她从茶馆门口的石板路上低头走过时，我看到许多男人的表情中有邪念吱吱作响地钻出，在空气中翻滚。后来我又闻到一股小青鱼的腥气，我知道那是青丝身上散发出来的味道，根据我游走四方的经验，散发特殊气味的女人是藏有私情的。

那股小青鱼的气味，后来一直在我的身边萦绕不散。

三

次日清晨我找到青丝的纸花店。我想知道她是否死在了那场神秘的鬼雨之中。隔着灰色的晨雾，我看到青丝坐在小店门口的一把竹椅上，安安静静地看着对岸褐色的山壁和从小街上散漫走过的行人，她还是那么美丽。

我走到纸花店前，青丝站起来很客气地问，要买什么东西吗？我这个店里只有纸花，我做的纸花是最好的。

什么叫最好的纸花？我问。

第一是做工好，花扎得讲究；第二是用料好，耐久，在坟上可以好几个月不烂。

第三呢？我问。

她微微一笑，没有第三，也许你们大城市的纸花要好得多。

你怎么知道我是大城市来的？

水镇这么小，炸一盘花生全镇的人都闻得到香味，来了你这么一个大活人，会有人不知道？

我住什么地方你也知道吗？

招待所呀，怎么不知道！

你对我的了解真多啊！能帮一个忙吗？

帮忙？

帮我找一间房子好吗？

一间房子？

比如说，住你的小店，你住楼上，我住楼下，我不会打扰你的，我不想在招待所住。

她笑了，住我的店里？你死了吗？纸花店里只住死人。

你呢？我说，你不是也住在店里？

我是素女，她收回了笑容。

素女是什么意思？

她有所警觉，低下头，不再说话。

傍晚，我从招待所的窗口往江边看，又见到了那只木船，它无声无息地出现在我的视域之中，好像阳光照出来的影子。我看到船板上隐隐约约有人在走动。

四

我带着满腹狐疑去走访我的朋友。

我的朋友在水镇中学教物理，以修电视机水平高超而闻名水镇。其实这是小把戏，物理教师会修电视，与木匠会做小凳一样正常。他与我大学同班。当年好多同学昏天黑地谈恋爱，他也是其中之一，可是直到大学毕业，他经历的五场恋爱无一成功。没有人知道为什么。他在情场上是很勇敢的，只是失败太多。大学毕业后，他带着在情场上摔打留下的遍体鳞伤，回到了故乡水镇。两年后，顺利地与镇长的女儿结婚。他现在是一个心平气和的丈夫、称职的教师和乐于助人的好公民。

水镇的那个叫青丝的素女，在江边与人幽会，我看见了。你认为那个男人是谁？我急切地问。

他笑了，平静地说，这个问题有意思吗？

很有意思，你想想，她是一个素女。你知道我这人很好奇。

是川剧团的琴师柳生宝，他说。

五

琴师柳生宝是水镇的才子。

水镇居民对川剧爱之若狂，这与水镇靠近四川有关，也与水镇人对艺术和戏中人生的痴迷有关。水镇人对川剧的爱好十余年前曾发展到史上最辉煌的时期，那时镇上有四十九个川剧班子，可谓人人唱戏，户户鼓瑟。柳生宝是水镇有戏史以来最天才的艺术家。传说他能一把胡琴奏出锣之铿铮鼓之沉重以及旦角尖细飘扬的说白。柳生宝的天才不仅在于琴技惊人，真正惊人的是他才有二十八岁。他在五年前突然得道，一夜成名，从此进入出神入化之境，可惜那时水镇人唱戏热情已经低落，因为电视机进入了水镇。柳生宝不以为意，依然每日练琴，与尚存水镇的最后一个川剧团相依为命。我去水镇的时候，茶馆里已无人唱戏，水镇民间的四十九个川剧班子全部解散。不过柳生宝还是水镇的神话人物。

我很容易地收集到一些零散的有关琴师柳生宝的逸闻。人们还说他常在江边的卵石或圆木上坐着，独自拉琴到月上中天。

　　我想那样一幅动人的景致，怎么就没有看到呢？

　　后来我才知道，水镇川剧团小楼在镇西角，在方位上，它与招待所恰巧被整个水镇隔开了。我找到水镇川剧团的那幢小楼，小楼孤零零地站在一片土坡上，正午的阳光在小楼顶部的灰色瓦片上炽烈燃烧，楼前的一畦菜地里有大群金黄的蝴蝶在雪亮光线中飞舞，在阳光的装扮下，那些蝴蝶宛如一群来自外星的闪闪发亮的金属昆虫，它们在阳光里快速飞起飞落，画出一些类似乐谱的零散线条。我真的听到了琴声，琴声像大地的呼吸，宽阔而轻柔，若有若无，仿佛是一缕缕从小楼墙缝或楼外泥地裂罅里渗出的烟雾，我没有贸然走进小楼。我想一个素昧平生的有窥视癖的外乡人，不可能走进琴师柳生宝的内心。我期待着一个富于戏剧性的事件出现，那个事件如果把我和柳生宝一道裹挟其中，情况就会好得多，那会使我的调查有突破性进展。

　　我选择清晨正午和傍晚这样几个时刻在川剧团小楼外的土坡上无所事事地徘徊，希望富于戏剧性的事件尽快出现。我的做法肯定是愚笨而可笑的，但是简单的手法常常会带来极大收获，这是我的观点。几天后的一个下午，我的这个观点得到了证实。那是黄昏将临的时刻，灰色的暮气正从江边缓缓移来，有两只黑色的水鸟掠过我的头顶，匆匆飞向远处的山林，一阵轻弱的响动随风飘进我的耳朵。那响动最初没有引起我的注意，我以为是鸟的翅膀在空气中扇动的响声或风从江中某片水花表面滑过的声音，后来一声咳嗽引起了我的警觉，我急忙回头，这样就看到了青丝。

她已经走得很远了，我不知道她是否发现了我。我手中有一只相机，那是我的道具。一个在蝴蝶飞舞的菜地边无所事事转悠的外乡人，无疑会使人警惕，我得有道具做掩护。我在剧团外面的土坡上走来走去，偶尔把手中的相机抬起来，做出取景的样子。

当时我马上把相机对准青丝的背影，那样做一是为了掩饰，二是拍照片做资料，收藏类似资料也是我的爱好。可是已经晚了，青丝的背影在落日照不到的土坡尽头微微一晃，很快逃出我的取景框，不见了。我放下相机，急步赶去，我敢肯定她是从川剧团的小楼里溜出来的。

我一直追到黄昏时刻飘满了油炸辣椒味、酱菜味、葱味以及米饭的带水汽香味的水镇街上，才看到青丝低着头在我前面的不远处匆匆行走。黄昏的暮色把水镇小街完全笼罩了，许多幽暗狭窄的小店门前有妇人大声呼唤丈夫或孩子。水镇妇人的呼唤声十分奇特，像唱歌一样悠扬，我想这与她们大都受过唱戏的训练有关。进入小街后我不敢莽撞，放慢步子，做出散漫的样子。青丝在小街上紧走几步，晃入一户人家不见了。我慢慢过去，在那户人家门前漫不经心地停了一下，一个巨大的红色葫芦挂在那户人家门口，葫芦上书了一个笔法怪异的医字，旁边画了一只蝴蝶。那是一家民间诊所。

六

经过简单走访，我弄清那家民间私人诊所是由一个叫牛医生的草医主持。草医与中医的区别在于正统与非正统。牛医生在十余年前的某日进入水镇，摆地摊卖药为生，因为医道高明，治好几个水镇妇人的顽症，名气渐渐大了，钱也赚得多起来，便租了房，正经开起诊所。我使用草医这个词没有要贬低他的意思，仅为了表达准确。因为他在诊断和用药方面实在怪异，与众不同，有相当明显的江湖色彩。他从来不号脉，靠朝病人耳中吹气来了解病情，通常他的药都是一些昆虫，比如金龟子、蚕蛹、蚂蚱、二十一星瓢虫等等，偶尔他也用草本植物做药，那种情况极少，药引也很奇特，几乎全是蝴蝶。我找他看病时，他给我的药引就是一包黑蝴蝶。这种情况在中医诊所一般不会出现。

摸清牛医生的大概背景后，我便去找他看病。我确实有病要治，不久前的那个夜晚在江边窥视青丝的隐秘时，我曾经因为激动跌倒在土坡，把脚扭伤了。当时我不在意，坚持一瘸一拐地在水镇街上行走，我的瘸腿行走的姿势引起一些水镇居民的好奇或猜疑，长时间这样对于我在水镇做有关人间隐秘的调查很不利。可是我不想看医生，我想水镇会有什么高明的医生呢？我担心水镇的庸医把我真的治成瘸子。现在不怕了，找牛医生看病，变成一个两全其美的行动。

有趣的是我去牛医生的诊所看病那天，恰好碰上他在与女人偷情。当时店里没有人，我掀开竹帘走进去，坐在一条木凳上，刚坐下，就听到了女人的笑声。那笑声从药柜旁的一条洗得发白的蓝布帘后传出来，叽叽咕咕，忽高忽低，好像不断被什么闷住，然后我清楚地听到了男人粗重的喘息，接着是一声清脆的手掌拍打在什么光滑部位的声音。我幡然猛醒，从木凳上跳起来。我的笨拙动作把木凳踢翻了，啪嗒一声巨响，惊天动地。翻倒的木凳砸到了我的脚，我吸一口冷气，捂住脚掌，懊丧不已。

布帘后有男人问，谁呀？

我屏声息气，不回答。

布帘后的女人说，怕是风把东西刮倒了，这两天的风怪大。

布帘后的男人说，肯定来了人。

怎么不出气呢？女人笑了。

听声音，那女人不像青丝，我在几天前与青丝交谈过，对她的声音有些印象。

布帘掀开了，牛医生一手系着裤子一手揩着头上的汗走出来。

我说，我的脚扭伤了，我是来看病的。

牛医生头也不抬地说，你算找对人了，在水镇，如果要治腿伤，你只能找我。牛医生替我搓揉脚掌的时候，布帘后的女人穿戴整齐地出来了。她的两颊还留有洋溢着欢乐情调的桃花色。她从桌上提起一个鼓鼓囊囊的药包，朝我点点头，牛医生叫住她说，还有药引子，这一包青蝶拿去。女人接过牛医生递来的一个土黄色小纸袋，摇着身子走了。

这女人不是青丝。

牛医生对我说，青蝶很难捕到，有香气的更难找，只有我才找得到这些东西。我的药非要这些蝴蝶做引子才行。

我说，用蝴蝶做药引，我倒是第一次听说。我这脚也要用蝴蝶来治吗？

你早该来找我，你这脚误了时间，怕是得三天才会好了。本来治腿伤可以不用蝴蝶，但是你的脚不行，因为伤得不轻。

三天够快了，不必用蝴蝶。

只是做药引，他说，这几天你不能与女人同床，不然会破气，破了气会留下病根，刮风下雨疼得冒烟。

冒烟？

牛医生眯起眼快活地笑，他在拿我逗乐。

我是外地人，在水镇无亲无故，哪有什么女人！

真的？牛医生盯住我的脸仔细看一阵说，好像真是没有。

牛医生这里常有女人来是吗？

我是最好的医生。最好的医生总是要与很多女人打交道，你知道这是为什么？

不知道。

牛医生笑了，因为女人爱生病。

有一个叫青丝的女人，也到你这里看病吗？

青丝是谁？

一个素女，开纸花店的。

没有。她长得漂亮吗？

很漂亮。

你要小心，朋友，我说过你要小心女人。不然会坏事的。你的腿伤还没有好。

我说，我不认识她，只是随便问问。

我倒是很认真的，那个叫青丝的什么素女我不认识，我只是要把你的腿治好。

我没有再问。

牛医生的药果然灵验，在患处敷了一日，脚疼就大为减轻。他的治法确实奇特，药要每日一换。做药引的一包灰色蝴蝶原封不动地装在一只土黄色小纸袋里，悬挂在床头。那东西是玄物，会散发出浓重的如江边大雾的腥味，浓烈气味无处不在无孔不入。我住的招待所房间，因为多了那么一个小纸袋，每日腥气袭人，熏得我头皮手脚，全身骨头酥麻，昏昏沉沉，在招待所房间里大睡特睡。

在昏昏沉沉的日子里，我心灰意懒，四肢无力，调查工作一时中断了。

我与水镇川剧团的琴师柳生宝的友谊，开始于一星期后的某个下午，那天下午我突然从招待所房间的床上惊醒，意识到自己的糊涂。我的昏睡已经持续一星期，这是相当可怕的事实。一星期时间中，会有很多意外事件发生。青丝还在水镇吗？柳生宝还活着吗？那个举止怪异的民间草医又与什么女人在光天化日下鬼混？他真的不认识青丝吗？我那天不是亲眼看到青丝走进他的诊所，他为什么不承认呢？他在隐瞒什么？

我从床上一跃而起，匆匆穿好衣服，走出房间。

我穿过整条水镇街道，来到川剧团小楼外的那片空空的土坡。我又听到了琴声，这一次琴声相当清晰，好像疾风刮过我的耳边。我看到了柳生宝。他坐在江边的一棵圆木上拉琴，他的身边站了一个女人，那是青丝。我大喜过望，朝江边跑去。

青丝被我的脚步声惊动了，回过头来。我看到她脸上满是泪痕。我悄悄站到了她的身边。柳生宝无动于衷，继续拉琴。琴弓在他的手中忽急忽缓地游走，弦上的五指灵巧地起落，这使我想起阳光下飞舞的蝴蝶。一曲奏完，我轻轻鼓掌，柳生宝抬起头来，问道，你是谁？

我是一个游客。打扰你了吗？你拉得真是太好了！

他指着青丝问，你认识这个女人吗？

不认识，我说。

可是她认识你。你想知道什么？

我目瞪口呆。

你愿意到我的房间里坐一坐吗？柳生宝说，我会告诉你一个冗长的故事。

这时我吃惊地发现，琴师柳生宝竟然一头白发。他看上去似乎有八十岁。

青丝站在江边的泥地里一动不动。

我跟在柳生宝身后走出很远了，青丝还在江边站着。我困惑莫解。

那天晚上我在川剧团小楼里度过了很长的时光，琴师柳生宝把我带进他的房间后泡了两杯酽茶，坦然地向我透露了他与青丝的曲折爱情经历。

柳生宝告诉我，他与青丝的爱情在十年前发生，那时他们是少不更事的幼稚男女，常去同一个戏班子里学戏，柳生宝拉琴，青丝唱戏。十七岁的青丝不是以嗓音扮相或演技迷人，是以美貌令戏班子里的男人疯狂，当时至少有七个男人向她发起了进攻，她快活极了。成年男人廉价且心怀叵测的恭维使她欣喜若狂，她很快便操练出了在一群男人中巧妙周旋的技术，在情欲浓烈的水镇，青丝的行为并不为人惊奇，令人惊奇的是，她情场技艺娴熟，能在一小时中把三个男人约到江边的不同石头上坐着，跟他们打闹和说笑。

柳生宝接着说，有一天我上了小楼，坐在走廊的一把椅子上，拉起了《蝴蝶》，以为一曲响起，会把青丝从某个男人的面前唤来。哪知道《蝴蝶》拉了二十遍，却不见青丝的踪影。困惑之中，我发现院子里有五个戏班子里的男人在心事重重地走动，每人的手中都捧着一包月饼，他们不时把目光投向文化馆杂物室的一扇紧闭的褐色木门，然后轻轻摇头。我心中生疑，提着胡琴朝那间屋子走去。距离褐色木门五步远的地方，我听到了青丝清脆的笑声，那笑声从木门的一条宽大裂罅中轻快飞出，融入了中秋之夜明亮的月光。

我趴在木门上，从那条裂罅中看到的青丝脱光了身子，与戏班子里唱刘备的四十岁演员老陈在房间中追逐。青丝在一堆高高矮矮的道具箱之间嬉笑着灵巧跑动，躲避着老陈的进攻。老陈哧哧喘气，口中发出尖厉的鸡叫声似的哨音。老陈的打扮十分古怪，他穿了全套笨重的戏装，看上去就像一个戏台上的古人。杂物间里窗户洞开，月光像一群美丽的蝴蝶在青丝身边纵情飞舞。

他喝一口茶平静地说，后来我还是得到了青丝的身子，我们是在江边的一条旧船上干的，那个夜晚之后，我的头发便全白了。

你知道为什么？柳生宝问我。

我不可能知道。

她告诉我，她要嫁人了。

嫁给谁？

水镇中学的潘老师，你的朋友。

我的朋友？

他那时刚从大学毕业，回到水镇。当然那也是一段死亡的姻缘。

我大惊失色。

可是你还在爱她，我知道你与她在江边有过约会，那是前几天的事，后来下起了雨。

那是另一个男人，一个四川人，柳生宝继续说，青丝要嫁人了，这一次她要嫁给一个四川船老板。

柳生宝说完，急促地喘气，面色惨白，好像身患重病。他的额头密密地排满了硕大的闪闪发亮的汗珠，双目灰暗。房间里不知何时飞进了一只黄蝴蝶，蝴蝶在灯光下飞来飞去，然后停在他的手指上，他毫无所知。蝴蝶缓缓爬到他的指尖，一抖翅膀又飞起来，在灯光下扇出一片片零碎的晃动不停的黑影。我看到柳生宝额头的汗珠像无数不会眨动的迷茫怅惘的鱼眼。

我糊涂了。

琴师柳生宝的坦率令我惊讶，我不完全相信他讲述的故事。为了弄清更多真相，我又去找牛医生，每日与他天南地北地瞎吹，用各种随心所欲的方式与牛医生交谈，可是并无重大发现。牛医生仅向我透露一些自己真真假假线索繁杂的情史，水镇的其他隐秘，他不太关心，总是说得东拉西扯。我从他脸上深深的黑色皱纹里，看到许多美丽的水镇女人生动地展翅飞出，像一队密集的蚊子，她们无忧无虑，飞行在一些从街上投进来的阳光里，渐渐升高，很快化为尘埃。我的眼前一片模糊。

深夜躺在招待所的床上反省，我头疼得厉害。

不要被江面的白雾模糊了眼睛。我在黑暗中对自己说。

七

我听到招待所房间外面漆黑狭长的走廊里传来匆忙而轻巧的女人脚步声时，并没有料到会是青丝来访。那天晚上青丝第一次贸然来水镇镇政府招待所找我。招待所的那个女服务员把青丝领进了我的房间。

柳生宝，青丝说，他病了，发烧，说胡话。

青丝的喘息有些急促，大概走得急了。她的眼睛盯住我，没有回避的意思，她的气色有些苍黄。那正是我在水镇的明察暗访陷入困境的夜晚，我对于青丝的意外来访目的不明。不过看样子她说的似乎是真话。

你来找我太好了，我可以知道更多的事。

我盯住她。她的目光从我的脸上一闪移开。我发现她还在微微喘息，显然没有听出我的言外之意。

坐下说，坐下说。

你赶快去吧，他病得有些重。

他在水镇没有另外的朋友吗？我要是不来水镇玩，他就只能病死？

你赶快去，少说闲话了，你来了就该你管。招待所女服务员说话了，她说话倒是不客气。她的目光老是在青丝的身上胡乱爬动。她对青丝的出现不悦。

我和青丝匆匆离开了招待所。夜色之中的水镇小街格外绵长，远处江边水声涛声如咽如诉，街是一条条黑影悄然升起，小儿的惊泣和妇人的吟唱从地下冒出，矮楼墙上隐隐约约的昏黄灯光像秘密信号，似乎有大群埋伏在暗中的窥视者伺机杀出，我有些兴奋。某些隐情就是在这种时刻真相大白的。

你来得正好。我对青丝说。你怎么会知道他病了？

我看他一头大汗。

一头大汗是什么意思？

发烧人就会出很多汗。她试图告诉我一个小常识。

出汗是什么意思？

出汗……

她不知道我正在竭力设置陷阱，转头看我，我感觉到有一口气吹到了脸上，我几乎要晕倒了，那是水镇美人的馨香气息啊！

在匆匆赶路之间，我愕然发现青丝并不是领我去川剧团小楼，她骗不了我。夜色浓重，我依然能清楚地辨识方位，我走访过中国的大部分城市和乡村，在黑暗中搜寻是我的天赋绝招。我知道她在带我去纸花店。

我们去哪里？路好像走错了。

他在我店里。青丝在黑暗中说。我看不清她的脸色。

在你的纸花店里？

他下午就来了，一直没有走开。

你爱他是吧？可是你伤透了他的心。你为什么这样做？

她不说话，站住不动，我猜想她脸上一定布满了惶惑。她的喘息粗哑起来。我在心中冷笑。

你把他害苦了。我说。

你要干什么？

我问你呢，美人。你在干什么？你为什么与很多男人纠缠？

我快活地笑了。

她慢慢朝我走过来，这一次我看清了她的表情，我看见她的眼睛在黑暗中瞪得好大，黑白分明，那是要作案的母猫的眼睛。母猫的眼睛里飞出了锋利的短刀，那短刀把在我和青丝之间飘游不定的黑暗哧哧划开了。

你是个疯子。

我在搞调查，为了弄清楚一些小秘密。

滚开！

她一掌把我推倒在冰冷的泥地里。

我趴在地上不敢动。

我自己去！我以为你们是朋友，才来找你。他可能会死的。你却尽在这里说不三不四的骚话！

她在黑暗中怪声大叫。

她的狂怒把我吓蒙了，连连告饶。

我想拉她的手，用抚摸或什么亲密的动作来表示歉意，在城里与女人交往时我常这样做，一般来说都有效果。可是手伸到半路又缩了回来，我想起自己身处异乡水镇，而且她是一个素女，至少她的身份是素女。素女是一种化装也好打扮也好，总之是一种警告，包含有不为人知的禁忌，我畏惧了。我想她看到了我的手在空中尴尬地停住的那个可笑的动作。我真是太急躁太自以为是了。我怎么能如此草率行动？在水镇的夜路里向一个初识的素女提出那么尖锐的问题，会有什么后果？何况我们是去出售专供亡灵使用物件的纸花店啊！在通向纸花店的路上什么事件都可能发生。

我害怕暗夜之中再枝节横生，冒出什么给我带来灾难的意外事件。那不是我的愿望。洞察人间隐秘是我的小嗜好而已，我可以因此得到快乐，我不想客死异乡。

对不起，我太冒失了，我这人爱开玩笑，尤其在晚上，又是与女人在一起。我向你道歉。我明天请你吃饭好吗？我们赶快去看人，如果真的他病死了，我会一辈子良心不安的。我不希望你做的花圈摆到他的坟头。他还没结婚，他连女人的滋味也没有尝过，真是太可怜了呀！我用唠叨和一些拙劣的夸饰言词来进攻她，想制造某种快乐，让她转怒为喜。

她哭了。她慢慢地蹲下去，在公路边的黑暗中抽泣。

我不知所措。

我慢慢蹲下去，蹲到她的身边，谨慎地探出手，悄悄抚摸她微微抖动的肩膀。青丝，我说，你骂我好吗？我是一个疯子，你说得对极了，黑夜会使人生得古怪，可是我不想伤害你。我也是你的朋友，要不你再推我一掌，也许这样你会好过些。

她放声大哭了。

漫漫夜色之中，她的悲泣随风远去，在江岸的山壁上摩擦出尖厉的声响，我听得心惊胆战。

我记不清她是怎么站起来的。那场由我挑起的争吵怎么化解，以及我们重新急匆匆赶路时的情景，我后来都记不起来了。困惑歉疚恐慌以及对美女的爱怜之情种种一拥而上，把我搞糊涂了。我的脑袋里有疾风刮过，那段时间里的记忆被一扫而光了。

我和青丝赶到纸花店，开了灯，昏黄的灯光下，我果然看到琴师柳生宝面色蜡黄地躺在地上。他的身旁是高高的一码花圈。

店门敞开后，风从我们的身后挤进来，四处乱钻，在土墙上撞出一串串灼目的令人眩晕的火球，火球在花圈堆里蹿动，不断噗噗爆炸，有烟气般的纸花碎屑溅到我的脸上。

柳生宝一动不动地躺着，他的衣服污秽不堪，上面糊满呕吐物，小店里有很重的酒酸味。

他气息奄奄。我一摸他的手，吓一跳，手掌冰凉，好像是一截假肢。我试图把他扶起来，便对青丝说，帮一把，我把他弄到身上来背着。青丝急忙蹲下去，我用力一提，差点把他从我的头顶甩得飞起。他的身子轻得像一具纸糊的躯壳。青丝也用力过度，她踉跄扑到我的背上。我的手从青丝的脸颊和乳房上擦过，那真是无比快意的瞬间，我连忙捕捉青丝的目光，发现她的目光快速晃一下，躲开了。

我们拍开了牛医生的家门。那天我才知道牛医生是一个水镇的单身汉。他有一院房子，院子里栽了一棵梨树一棵柑橘树一株葡萄和很多颜色浮艳的杂花。黑夜里那些花散发出熏得人头晕眼花的浓重香气。我觉得那浓重香气是水镇的多情女人们留下的声音。一团萦回不散的莺声燕语。

我对于有机会在深夜与青丝同时拜访牛医生感到高兴，我想牛医生如果与青丝相识，将会对我们的出现表现出惊奇。如果那样，情况就很好。哪知道他对我与青丝均毫无兴趣，一双眼只盯住患病的柳生宝，他头也不抬，一步跨上，扒开我和青丝的手，小心翼翼地把柳生宝扶到床上，眯着眼睛，轻轻抚摸他的额头，蹲下去朝他的耳朵里轻轻吹气，立即进入工作状态。

不要慌，他直起身来说，病是相当重，但是可以治好。

青丝说，他先发烧，现在又身子冷冰冰的。

他今晚不能回去了。

我可以守着他。我说，这没有关系。

牛医生抬起头来。你守他？病人到我家，我就活该倒霉。你守出事怎么办？尽管放心，年轻人，回去好好睡的啦。

我守他，我不回去了。青丝说。

青丝的脸上露出焦虑。

我说，不过如果真要人守，还是我来好些。

为什么？牛医生抬起头来，你们不放心吗？你们是在拐弯抹角地骂我是吗？

牛医生不容分说地把我和青丝推出了门。

八

那天晚上牛医生的仗义之举看上去更像是一个恶作剧。我和青丝在水镇的街上相对无言，时走时停，好像一对被捕获的行为不端的男女。小街前后的黑暗里站满了身穿黑色伪装服的押送者，他们躲在墙角和其他隐蔽物后面，用无声的猥亵而坚硬的目光抵住我的背脊。柳生宝身患暴疾濒于死亡，青丝突然来访，牛医生固执地把我和青丝推到空无一人的夜晚的街头，还有我的那个在教书的朋友，他为什么告诉我柳生宝这个名字？他躲在暗中看什么？一切好像早有串通和预谋。在青丝的小店里我曾经在忙乱中触摸到青丝身体的柔软部位，一时邪念蹿起，我发现青丝的眼中霎时间也涌出意味深长的表情。可是此时走在黑夜中的水镇街头，我的情欲消失了。青丝的举动同我一样别扭，她走得很慢，屏声息气，好像误入四面受敌的危险开阔地。这样别扭地走出一段路，我憋得胸闷气短，呼吸困难，眼前火星乱飞。

我先送你回去。我借机吐出一口气。

青丝说，不用你送。

算啦，出事我可不好向水镇人民交代。你还是一个素女。

我的玩笑话立即产生奇效，青丝笑了。

就这样定了，我说，经研究同意，由我送你回去。

我可以自己回去的，不一定要你来送。

你不是害怕吗？不然为什么来找我？

我怕你，她轻声说，我现在最怕的是你。

我可是你的朋友啊！

你是一个怪人。

我是一个对美女兴趣很浓的怪人，我喜欢美女。

我不是美女。

你是一个很怪的美女。

我很怪吗？

是的。女人都认为自己很美，美女就更不用说了，她们像蝴蝶一样在男人的眼前飞来飞去，为的是展示自己迷人的翅膀和饱满顾长的身体。可是你却说自己不美。你真的认为自己不美吗？

她轻轻推了我一把。

情况很好。我心花怒放。

我小心地探出手，悄悄抚摸她的肩膀。

或者你就跟我到招待所。

我不去。

招待所有好多空房间的，我不会对你下毒手。

我迅速抓住她的手。她后退一步，双眼抬起，目光穿过我的肩膀，惊恐地投向前方的黑暗之中。我诧异地回头看，愣住了。小街中央立了一条人影。那条人影仿佛是倏然之间从地下升起的烟气，有些飘摇不定。我的身子发烧了，一股无法抑制的灼流又像小蛇一样在身体里缓缓游动。那日深夜在江边的芭蕉林中窥视青丝的隐情时，我的心中就这样有灼流通过。我说过这是某种秘密要泄露的前兆。

他是谁？我问。

青丝抓住了我的臂。

我轻轻抚摸青丝的手。

黑影慢慢晃过来。他朝我的脚边丢来一件东西，我听到了鸟的垂死呻吟和翅膀扇动的声音。他朝我丢来了一只死鸟。我知道柳生宝的话是对的，那天晚上他确实在江边与青丝见面，他玩死鸟干什么？吓人吗？这是多么陈旧的手法！我笑了。

你应该戴个面罩一类的东西。那样会像真的强盗，杀人以后也好逃脱。

让开！

你是那个船老板吧？我问。

她是我的女人，兄弟你还是走开为好，我们要结婚了。船老板说话的语气有些走调。

你的女人怎么会夜里跟我出来？

我会杀人的。快走开！

听好啦，青丝现在是我的女人。她喜欢我，你不觉得我们很相配吗？

我的饶舌没有结束，他就扑上来，我抱住青丝一滚闪开。

我看到一把刀子在空气中划过，赶紧一把推开青丝。我是练过几天功夫的，在最早决定游历四方，遍查人间隐情时，我就有意识地在故乡拜过几个武林高手。四处都有险恶，不练几手功夫防身是愚蠢的。我把青丝推开，轻轻一跳，在街边拿好桩子。他扑空了，摔倒在地上，手中的刀子咣啷清脆地响着脱手飞出。他在漆黑的地上翘着屁股摸索一阵，焦虑地站起来，又向我发动进攻。我看出他拳脚不灵，就轻轻跳起，有意与他多玩一下。他踉踉跄跄地再次跌倒。我听到地上有金属的声音。他找到了丢失的刀子，在黑暗中怪笑一声，持刀刺来。我低头飞起一脚，踢中他的下巴，他的刀再次脱手飞出，嗖地扎入街边一家小店的门板。我不想恋战，跃过去踩住他的胸口。

我也有刀子，我说。

我亮出一把厚重的藏刀。

你不要杀我。

我把地上的死鸟拾起来，丢到他的身上。

青丝紧靠一家小店的店门，目瞪口呆地看着。

后来我把青丝带进了水镇镇政府招待所。我得申明那天晚上她没有跟我上床。这种误会是很容易产生的。她跟在我身后走进招待所时，我看到那个女服务员的眼睛紧贴在值班室的窗玻璃上张望。她没有开灯，我知道那是为了隐蔽和窥视得更清楚。那天晚上女服务员首先就误会了。没有那么快捷的行动。水镇再风流，情况也不会那么简单。经历了黑夜中突如其来的生死搏杀，我心中充满戒备，情欲之火早就熄灭了。

我忘了自己并没有开房门的钥匙，去叫服务员。服务员的眼睛还在窗玻璃上贴着，她看得太认真太入迷了。我隔着窗子在她的眼睛处用指头戳了一下，她被吓得小嘴张开。我听到值班室里传出服务员从床上跌下的笨重的声音。

我出钱又开了一个房间。

那个女服务员打开外客房门，怒气冲冲地瞪了我一眼，摇着钥匙慢慢回去。我听到她在走廊里嘟哝道：天知道你们是不是睡在一起。

我对青丝说，服务员有意见啦，你用我的毛巾洗脸，然后去隔壁房间睡。我们应该让她失望。

失望？

她以为我是一个色鬼，其实我不是。我们谈谈好吗？讲讲你的故事。

我不是坏女人，她说，所有的事都被搞乱了，我不知道为什么。我要去隔壁房间睡觉了。

九

那天晚上我与青丝进入招待所房间不久，窗外突然传来雷雨之声，我房间的窗户和门在漫天席卷而来的巨大响声中受难似的怪叫，大约半小时后，雷雨之声悄然消失，窗外的水镇之夜复归宁静。青丝骇然地挤着我，一动不敢动。后来她凄切地说，就是这种雨把柳生宝吓傻的，他疯了。

窗外风雨消失之后，她便回隔壁房间去了。

次日清晨，我正在梦中沉睡，忽然有人敲门。窗外天色灰白，有鸟鸣声从树梢稀稀落落地传来，我迷迷糊糊地打开门，见是青丝在门外，一时发愣，忘了昨夜她留宿水镇招待所的事。

我要走了，她说，我要回店里去。

我想起她昨夜就睡在隔壁的房间。你要走了？我们才认识，一个美好的夜晚白白浪费了，什么事也没有发生。你不想再玩一会儿吗？

昨天晚上又下鬼雨了，可能今天会有人来买花圈。

昨晚有人死了？

她飘然而去。

十

死人的事确实发生了。那四川人那天晚上在江边被鬼雨杀死。这是一个奇巧的事件。我闻讯赶到江边，看到五个荷枪实弹的水镇警察在现场走动，他们用绳子把卧在地上的尸体围住，在江边的石堆上面拨拨弄弄，好像想寻找到什么可疑的线索。一些好奇的水镇居民站在江边的土坡上观看，我也挤在人群之中。围观者议论纷纷，神情亢奋，脸色通红。小孩在人堆里钻来钻去，不断把警察的话支离破碎地传来。警察说人不是淹死的，是杀死，被人杀死。一个小孩这样告诉他的朋友。我听后惶恐不安。那天晚上唯有我与这四川人接触，不仅于此，我们做过一番生死搏杀，他的死似乎与我有关，我知道明智的举动是立即从水镇逃走。

我赶回招待所房间，听到走廊上响起脚步声，警察出现了。

警察敲开我的房门，走进来，他们的友好态度使我受到感动。你可以跟我们去一趟局里吗？他们说。

我正想去警察局，我说，只是找不到地方。

那太好啦，我们有车，你不必自己走路。我把手伸出去问，要戴手铐吗？

警察们笑了，你这人真是太认真，我们只是想与你交个朋友。

警车从水镇的街上驶过，我看到有人在街边指指点点。路过牛医生的店门口时，我看到店门紧闭，门口高悬的那只红葫芦不见了，非常吃惊，后来我又看到一条黑影从街边低头走过，那是我的教书朋友。他提着一条猪肉，一副好丈夫的模样。我把脸贴在警车窗口，希望在水镇街头找到青丝的背影，人在这种时刻是很容易伤感的，这是一种渴望爱抚的情绪。那天下午我心中就有这种柔软的情绪涌出。可是我没有看到青丝。她到哪里去了？我恐慌了。没有青丝作证，我会屈死在水镇的。

水镇警察局藏在一幢精巧的红砖小院之中。院子里十分清静，一株粗大的柏树高高地刺破了小院上方的天空，鸟在树梢鸣叫不停，浓荫泻下，凉爽无比。警察带着我穿过小院的浓荫，进入一间办公室。我对水镇的警察局印象很好，它没有我想象中的那种森严的气氛，倒像一户与世无争的平常人家。坐下后，警察开始向我提问。

你杀了人，是吧？

没有啊！

你与死者有过接触，有人看见你们一起吃饭。

那只能说明我们是朋友。我为什么要杀一个朋友？

你们之间有某种关系，这种关系与昨夜的凶杀案有关。

昨晚下了鬼雨，你们不认为他是淹死的吗？

一个船老板被水淹死？

如果是鬼雨作怪，就有这种可能。

可是他的身上有刀伤，你想看一看凶器吗？

警察取出了一把刀子，我几乎晕过去了。那是我的藏刀。

我全身冰凉，从椅子上一跃而起，连声叫嚷，这是我的刀子，可是它怎么会在这里？这是陷害，有人要陷害我，他是谁？他为什么这样做？

是啊，坐在我对面的警察笑了，你说得有道理，他是谁呢？他为什么要这样做？请你给我们一个满意的回答，好吗？

我是外乡人，一个游客，我不会杀人。

很多杀人事件都是外乡人干的。

我为什么要那样做？请问我的动机是什么？

一个警察哈哈大笑了。外乡人，这正是我们要问你的问题，你为什么杀他？

我没有杀人。

我们还可以给你看另外一件东西。一个警察又说。

什么东西？我的心悬起来了。

一只鞋子。警察递给我一个包，我完全不相信自己的眼睛，这竟是我的一只皮鞋。它是怎么落入警察之手的呢？

警察说，我们在作案现场发现了这只有趣的鞋子。你大概认识它吧？

是我的鞋，我低下了头，可是我没有杀人。

那天的审讯持续了很长时间，直至深夜。天黑以后，警察们把一只雪亮灼热的聚光灯转向我。我眼前一片迷茫，看到万千银色的小虫在房间里飞舞，小虫的透明翅膀闪闪发亮，像一把把锋利的快刀。聚光灯喷出的热流裹住了我的全身，我大汗淋漓，浑身透湿，口舌苦涩，人像在火中炙烤。后来我终于昏过去了，人事不省。醒来时，知道自己已被关押。我躺在一间阴冷的小屋里，四壁漆黑潮湿，悄无声息。地上有虫子爬动的窸窣之声。一方小小的窗户被铁栏围死，窗外透进模糊的月光，远处有水声传来，如泣如诉。

这是我游历水镇的结局吗？

第二天，警察们继续对我进行提问，他们还是那么亲切友好，面带微笑，不慌不忙。他们一次次把我的那把藏刀和那只鞋子拿出来，放到我的面前，希望我放弃抵抗，承认自己杀了那个可怜的四川人。提问又一次持续到深夜，我又一次被聚光灯烤得晕晕乎乎，几乎窒息。有好几次我已经想认罪了，以尽快结束这可怕的折磨。但是话到嘴边，我又从恍惚中惊醒，没有松口。我不想在水镇这个遥远的小城不明不白地死去，我知道有人会来把我从冤屈中救出去的。我希望能见到青丝或牛医生以及我那个教书的朋友。只有他们能证明我无罪。

他们到哪里去了呢？

没有人来看我。我好像被关在了与世隔绝的孤岛。水镇好像不存在了。有时候我会想，我是在地狱吗？我已经死了吗？

五天之后的一个傍晚，警察突然把我的房间打开了，我有一种将赴刑场的紧张。警察面带微笑地说，出来吧，这是一场误会。

我可以回去吗？

警察说，我们在死者的身上找到了子弹。事实证明人不是你杀的。

离开警察局的当天下午，我去找牛医生，他是水镇的聪明人，我希望他能提供什么解释。

有人那天晚上跟在你们的后面，牛医生说，当然他不是那个四川人。

他看到了一切？我很吃惊，他看到我和四川人打架，又看到四川人被杀，然后他悄悄进入招待所，偷了我的东西？

你不要这样看我，牛医生笑了，那个人不会是我。

是青丝吗？

牛医生笑了，那天晚上你们没有睡在一起？

你的意思是没有睡在一起就可能是她？

我没有说是她。

柳生宝呢？那天晚上你们肯定不会睡在一起，他可不是女人。会是他干的吗？他恨那个四川人。

这种话不能乱说，牛医生连连摆手。你气色不好，言语混乱，闹不好也要病倒的，看来我得给你也治一下。

十一

我的气功是不传人的，牛医生对我说，我朝病人耳朵里吹气并不是发功，那只是一种表演，花架子而已。一般情况我不用气功来治病。我的祖上在元朝时曾经做过宫廷御医，各种奇病手到病除，尤其善治心亏气虚的绝症。治这种病就要用气功。我把身子里的元气从口中吹出，朝病人的手心慢慢吹，就能把病人身子里的寒气驱出。

后来他便闭目提气，双手托在腹部，摆出了架势。我把一只手掌伸出，只见他缓缓低下头，眼未睁开，便吐气了。一股微微发热的气流轻抚我的手心，渐渐地，我听到有风声雨声由远而近在耳边升起，那声音愈来愈响，我恍然看到江中恶浪滔滔，江面有木船在浪里虫子一样跳动，然后我听到了漫天滚来的悲泣。我的手心真的灼热无比。

鬼雨！我叫道，鬼雨是你搞出来的。

鬼雨？

他吃惊地睁开了眼。

那天晚上你也用气功给柳生宝治病是吧？难怪我在招待所听到风雨大作。你一发功，江边就会下鬼雨！

牛医生笑了，你怎么还在说胡话？

我去水镇中学看那个教书的朋友。我的朋友默默地坐在教师宿舍楼外面的草地上，一动不动。水镇早晨的太阳已经爬高，阳光投进方方的鲜花盛开的幽静草地，照出一片悦人的斑驳光影，我的朋友在光影中向我招了招手。你好，他说，在警察局吃苦了吧？是我把你救出来的，知道吗？我听说你被抓走了，就去找镇长，我对镇长说你是清白的。

有人要杀我，我说。

谁？

一个影子。

晒太阳吧，他说，你要好好休息，我知道你被吓坏了。我每天都要在草地上晒太阳。

我真的太累了，我说，我能在你的宿舍里睡一下吗？

可以呀！他说，你先去吧，我还要在草地上坐一阵。

我在他的宿舍里找到了一把手枪。

我完全没有在水镇中学的教师宿舍里查找与江边的凶杀案有关的线索的想法，手枪的出现令我惊讶。它就藏在枕下，我当时非常困倦，想睡觉。走进朋友的宿舍，我马上倒在了床上。最初我靠在被子上睡，为了睡得更痛快，我把头挪到了枕上。这时我感到不舒服了，枕下有一个硬东西，我翻开枕头，一把套在皮套中的黑色手枪出现在我眼前。我在枕下还看到一片紫色的蝴蝶翅膀。

我把手枪拿在手中，门被推开，我的朋友走了进来。

你杀了他。我说。

谁？你怎么了？他是谁？

那个四川人，船老板。是你杀了他。

我为什么杀他？

你爱青丝。

你真不错，把我的陈年老账也查出来了，那不过是一段人生的小插曲。我现在生活得很好，为什么要去杀人？

人总是活在杀人或被杀的困境中。

你是一个最笨的侦探，他笑了，你想想，如果我杀了人，会把凶器藏在枕下，让你来找到吗？

也许你才笨，你是一个最笨的凶手。

告诉你，这是镇长的枪，我借来玩的，明天要去山上打猎。你想去吗？你应该散散心才对，我看你真是有问题了。

每个人都会有问题，要害的是暴露。你现在暴露了。

你去找青丝吧，她才是问题的要害，她要是暴露了，一切就真相大白，你就可以心满意足地离开水镇，到另外一个地方去继续调查。

我只是好奇而已，你放心，我不会说的。你知道所谓调查仅是我的业余爱好。

可是你的水平真是不怎么样，你知道凶手是用什么枪作的案吗？猎枪，老式猎枪。我的这支枪是新式手枪。这点常识你应该具备。

什么枪都可以杀人，我说。

我与水镇美人青丝后来有了床笫之乐。这是调查工作中出现的插曲。那天离开水镇中学，我有些神思恍惚。我知道朋友的话是对的，问题的要害是青丝。

一日清晨，我早早起床，来到水镇街上。空气里有薄雾飘动，很多店铺还未卸下门板，早晨的阳光从远处江边的褐色山壁顶部无力地投射下来，软软的，宛然是一只心事重重的女人的手，这只手在水镇的空气中缓缓爬动。一切都是温和而散漫的，没有任何异样的迹象。

我去找青丝。决定勾引她。

　　远远地，我看到青丝静静地坐在店门口。

　　看到我，青丝微微一笑。

　　那个四川人死了，我说。

　　我知道了。

　　你跟我走吧，我带你逃出水镇。我喜欢你。

　　她怔怔地看我。

　　柳生宝是疯子，那个姓潘的也是怪人，我说，你一个美女在这里迟早要出事，水镇有鬼。

　　你心中才有鬼。

　　是的，我心怀鬼胎，不过我就要走了，我们朋友一场，总该告别一下，你不想再来招待所跟我玩玩吗？

　　我看到她的眉毛跳了一下，像一条小鱼。

　　我独自回到招待所，大约在中午，有人敲门。

　　那是很轻很轻的敲门声，声音真的很轻，就像微风刮过，门那么一动。或者就像幻觉，宛然气泡破裂的声音。

　　青丝真的来了吗？

　　打开房门，门口果然站着面色潮红双目痴迷的水镇美女青丝。

　　青丝穿了一件水红的毛衣，在水镇，毛衣是女人最骄傲的时装，如果毛衣再是水红色，那就更妙了。我知道水镇的女人只在隆重的节日或有某种愿望时穿水红色毛衣。可是时间已经是夏季，地点又是炎热的江边，穿毛衣实在有些夸张。我注意到她的下身穿了一条裙子，一条黑色的纱裙。

你怎么这样打扮？

你叫我来的。

你打扮得太隆重了。

红毛衣不好看吗？

你是一个素女。

水镇的女人都喜欢红毛衣。

她轻轻推开我的身子，走进房间里了。

好热啊！她在床边坐下后，用力揩了一把额上的汗说。

你把毛衣脱下吧，这种天气穿毛衣会起火的。

她笑了，起火就先把你烧死。

她说话太大胆了，我既吃惊又狂喜，我的情欲一下子被煽了起来。跟女人调情我可是老手。

那就有麻烦了，你想想，我们两人烧死在同一个房间，水镇的人会怎么说呢？说不定还是光着身子。

她尖叫一声扑到了我的身上，用一张柔软湿润的嘴在我的脸上狂吻，把我的惊喜叫声堵在了嘴里。她的毛衣已经脱掉，远远地甩在门边的地上，里面只穿一件小褂。我轻轻一扯，很容易地就把她扒了个精光。在水镇这种充满情欲的地方，与美人青丝在一幢空荡荡的大楼里秘处一室，我无法矜持和克制。

前面说过我曾经为自己制定过游历异乡不得风流的规矩，我恪守那种规矩已经有两年之久，霎时之间我的条款严密的规矩全面崩溃。我嗷嗷叫着，紧紧抱住了她。她说，你也脱吧，你为什么还穿着衣服？我喜欢这样干，我说。她生气地噘起了嘴，从我的身下挣出来，跪在床上，手忙脚乱地替我解扣子。下午的阳光从窗户斜射进来，她的身子在明亮的阳光中生动无比，我用手捧住她跳动的丰腴沉重的双乳，感慨万端。她真是一个美人！

我忘记了一切危险。

她慢慢闭上眼，不再说话，任我沉迷地搓揉和忙碌。

我在水镇镇政府招待所度过了一个销魂荡魄纵情狂欢的下午。那个小美人真像是江边的水妖，她的床上功夫好极了，腰肢柔软灵活，臀部有力热情似火，双臂像滑腻的条状长鱼在我的胸前和背部不停地亲切游动。她的呻吟就像唱歌一样婉转动听。她从始到终都在我的身下歌唱，我在她甜美深情持续不断的歌声中一次次飞临水镇的天空。我看到许多水镇居民仰着脸，在阳光炽烈的小街上惊慌失措地跑来跑去。

后来我们汗水涔涔安安静静地躺着，我轻轻地抚摸她的脸。

事情是怎么搞乱的？我说，你能告诉我吗？

不要说这个好吗？青丝搂住了我的脖子，轻声说，我还要，我还要你。

这时门被推开了。

有人走进了房间。

十二

一年之后，我回到故乡马城。我的额头上有一个明显的浅褐色印记，那是一个伤疤，它的形状与一只蝴蝶的翅膀有几分相似，很别致。它是我的水镇之行的见证。

　　水镇之行在我的记忆中已经有所模糊，很多事件及其细节得由我录在一个硬皮笔记本中的文字来叙述。我游历四方时，包里总是带了一个本子，里面录有在各地搜集到的故事。那些故事有的非常完整，有的支离破碎，有的矛盾重重充满了诡异色彩。一般来说，我还会在本子里附带夹上一些原始物品作补充材料，它们通常是照片、烟壳、剪下来的衬衣一角、残破的纽扣贴面、车票、盖有公章的介绍信、通知、一绺头发等。这些记录在案的文字材料和生动的实物，无疑是没有用的，它们将来会伴随我一道离开人世。我有探听隐秘的爱好，却不喜欢传播。我搜集它们只是为了回忆的方便，在重新回忆亲历的事件或经过千辛万苦获得的秘密时，我会非常快乐。我常常整日沉浸在对那些材料的分析与推理之中，以使故事的线索更加清晰。线索理清了，我就有一种心安理得的平静。

　　我在北方某城市的一家私人旅馆居留时，好几次把那个本子打开，看着贴在最后一页的一片紫色蝴蝶翅膀发呆。那是我离开水镇时最后获得的实物。一件可疑的材料。我不敢相信它是一件真实的东西，因为它与我的那个在水镇中学教书的朋友有关，我曾经在他的枕下发现过这样一片蝴蝶翅膀。

　　我在被人击昏，从水镇招待所里抬出时，获得那片东西。我的手在迷糊中悄悄抬起，朝一个人的衣服上轻轻一抹，那片东西便到了我的手中。那日下午在水镇招待所里与青丝寻欢作乐时，我是从青丝的脸上看出疑问的。我发现她的眼睛突然睁开了。在这以前，她一直闭着眼睛，沉迷于床上的快乐之中。她的眼睛突然睁开，眼中飞出闪亮的光芒，我急忙回头，这样我就看到一个人影。我没有看清他的模样，就被一棍击昏。我在昏沉中感到身子下面突然空了。青丝逃走了。是那么回事吗？我不太清楚。我的眼前飞起铺天盖地的一片金色蝴蝶，它们围绕着我的身子纵情飞舞，蝴蝶翅膀扇落的带强烈腥味的金色粉末，宛然是一团浓重的大雾。我在昏睡中被抬起，有人把我的身子翻来翻去地弄，好像在替我穿衣服。

醒来时，我发现自己被作案者抛到距离水镇大约八十公里的另一个城市。我躺在那个陌生城市的一家火锅店门口，有几个人站在我身边好奇地低声说话。我的提包被胡乱地挎在胸前。我的模样肯定是很可笑的，我醒来时，那几个围观者齐声笑了，然后摇头走开。有幸的是我包里的本子和钱物一样都不少，作案者的行为实在奇怪，令人不可思议。

我并不气恼，游历四方和调查某些秘密仅是我的爱好而已，我的目的不是要真的寻根探底，我说过我只是喜欢调查。那是一种病态嗜好，一种窥视癖。窥视者不在乎是否真的看清了物体，他在做窥视的动作时已经有了快乐。

我找一家旅馆住下，休息几天。我只在腹中饥饿难忍时上街，五天以后，我开始在那个陌生的城市转悠。那个城市很快引起我的兴趣，狭窄的街道、灰暗的天空、永远湿湿淋淋的长满兰草的屋顶、居民说话的口音又快又急、女人长得小巧男人长得矮胖、遍布所有街道的大大小小火锅店，给人万分新奇之感。我申明那个城市不在四川，人们说话的口音很难听懂。四川人的口音是很好懂的。而且，那个城市在海边。水似乎总与我有缘，这很有趣。

我在那个城市住下，开始了新的调查，在那个城市我没有任何朋友，这反而给我带来了方便。没有人认识我。我在水镇的调查之所以失败，就因为有朋友，那个朋友还是镇长的女婿。镇长女婿肯定是一个镇的某些重要事件中的关键人物，而我调查的隐秘，很容易涉及一个地区的问题要害。所以我的失败是必然的。我不可能在面对强大势力的秘密调查中取胜。我能保住生命已是万幸。当然，一般情况下，杀人事件总是在万不得已时才发生，我的调查不会伤害任何人，所以作案者没有杀我。我想是这样。他们只是要把我这个多事的人赶走。

我在那个城市的调查相当顺利，很快收集到与一桩重大贪污案、一桩政治冤案和一桩荒唐爱情有关的线索，在我将要查清事件真相时，一场百年不遇的台风登陆了，那个城市陷入空前混乱。我仓皇出逃，调查又一次中断。

十个月以后的某日，我在北方的另一个城市迎来了中秋节，明月当空，我忽然有了思乡之情。我还有些想女人。这样我就想起水镇来了。我的腿伤开始发作，额上的疤隐隐作痛。月饼水果和板栗一类中秋食物的香气，在北方那个城市的上空弥漫，我在月光之中看到大群蝴蝶在飞舞，听到优美的胡琴曲《蝴蝶》从黑暗中游来，好像蛇在水面上蜿蜒游走。当天晚上，我搭乘一辆空荡荡的夜行列车，又一次踏上漫长旅途。北方那个城市的居民都在家中的窗前安静地坐着赏月，只有我在晃荡不停的车厢中似睡非睡地躺着。我的眼前总是出现水镇的街景，耳中断断续续有大鱼穿过激流的响声滑过。我要去重访水镇。我承认自己曾经又一次潜入了水镇。

潜入水镇是半个月后的事，从北方的那个城市去水镇，路途太遥远了。大约有一千五百公里。

我非常谨慎，化了装，在化装方面我是天才。走在水镇的小街上，没有任何人对我产生好奇。我还是住在水镇镇政府招待所里，那个女服务员一点儿也没有认出我，我也几乎认不出她。她完全变了，变得看上去好像有六十岁，步履迟缓、声音低哑，脸上挂满悲伤的皱纹，她的背甚至有些驼。她变成了一个老女人，对我的出现一点儿不关心。我想她对任何事物的出现都无动于衷了，大概是这样。她坐在值班室里打瞌睡，我连叫几声，才慢吞吞地站起来，头也不抬地拎起钥匙，为我开了一个房间的门。

我知道是她，镇长的女儿虽然变化很大，我还是从她脸上找到了某些痕迹。这是我的特殊才能。查找被时光和某些事件抹去的痕迹，是我的才能，没有这种才能，我的任何调查就无法展开。

青丝逃走了，去向不明，知道这个情况后，我立即去找青丝的纸花店。

我找到青丝的纸花店。只见店门敞开，里面黑乎乎的，悄无声息，空无一人。我从店门没有被蛛网封住，门板也没有糊满积尘等迹象分析，认为这个纸花店至今还有人光顾，至少有人常来。店里的墙边有一堆整齐的花圈，看上去出售亡灵纪念物的生意还在进行。这个发现非常有意思。后来的三天中，我每日去纸花店，终于有了收获。我在店中看到了我的朋友，那个在水镇中学教书的潘老师。他在纸花店狭小的房间里撕心裂肺地喊叫，把整齐的架在墙角的一堆花圈扒倒，在上面跳跃践踏，弄出一阵阵难听的纸花和竹条折断的短促响声。折腾累了以后，他慢慢跪在满地的纸花碎屑中，把那些纸花碎屑细心地捡起来，笑着放入口中咀嚼，吞食到肚里。

我卸了装，现出本来面目，走进店里。他抬头看我一眼，呆板地一笑说，你好，你怎么又来了？

我来看你，我们是朋友。

我本来可以杀了你，他说，但是已经杀一个人了，我不想把事情搞得太复杂。我原来是胆小的人，是爱情使我变得疯狂。

那个四川人是你杀的。

你知道青丝跟谁跑了？她跟那个草医，那个牛医生。那个人是水镇最大的色鬼啊！

他趴在地上放声号哭。

为什么会这样？我问，为什么闹出了那么多事？

他继续号哭。他疯了吗？

　　我还知道水镇川剧团的天才琴师柳生宝死了。他在我离开水镇不久的某日自杀。他选择了一种最符合琴师的死亡方式，用一把琴弦割开自己的喉管。人们在川剧团楼上的房间中发现他的尸体，同时发现大群异彩纷呈的蝴蝶在他的房间里飞来飞去。柳生宝是水镇历史上的那个大盗江逸风的后裔，这是我又得到的资料。

　　我在水镇镇政府招待所耐心住了半个月，闭门不出，用一些小石子和纸片作道具，在桌上演绎整个故事。我把政治、江湖黑道、民间巫术、宗教、家族世仇、艺术、生理缺陷、民俗、地理环境及历史根源种种问题全部做了考虑，我认为水镇的事件是包罗万象的。可是没有答案，我找不到合理的精彩答案。一日下午，招待所的那个女服务员敲开我的房门，慢慢走进来，她还是头也不抬，老态龙钟。她慢慢吞吞地坐在我的床上，看着窗外的风景自言自语地说，你就是那个爱打听事情的人吧？我记得你。

　　我没有表现出吃惊。只是笑了一笑。

　　我已经不会吃惊了。什么事情都会发生。山会崩裂，大水会一夜间淹没一个美丽城市，哑巴会在深夜的街上歌唱，梦境会在第二天的真实生活中丝毫不变地重演，失恋的人会突然收到大量情书，大群蝴蝶会从海水深处结队飞出。

　　总是要有一些事件发生，总是会有一些秘密将永远被隐瞒。

　　我是从那天下午起对所谓的调查产生厌倦的。

　　女服务员继续说，完了，我的家被毁了。男人总是三心二意，总是爱干蠢事，我的男人爱青丝，青丝爱柳生宝，然后就乱套了。

就是这么回事。

青丝不是坏女人，她是有一些问题，她的最大问题是生得太美丽，美丽制造了种种错误。她去招待所找我，无非是一个小计谋，夹杂一点点小冲动而已。我的这番话是在回到故乡的城市之后对朋友说的。故乡的朋友说，你还是想找到解释，你看了昨天的报纸吗？上面登载了七桩疑案，都与钱有关，水镇的事件如果从钱的问题上分析，恐怕又是一个冗长的故事。你说的水镇根本就不存在。如果水镇根本就不存在，问题就更麻烦了。我回答说，我只是偶尔想想罢了。

是的，有时我会偶尔这样想：我的教书的朋友，美人青丝，神医牛医生，他们是一个个真人吗？水镇是一个充满了太多爱情隐秘的江边小城吗？我到过水镇那么一个地方吗？后来的许多日子里，我一直为那趟水镇之行苦思冥想，记忆之谷里大雾弥漫。我说过自己已经厌倦了一切与调查有关的工作。但是把水镇完全从记忆中抹去，确实是困难的。回忆起水镇之行的时候，我会感到空气中湿气浓重，听到大鱼穿过激流的热烈响声，看到蝴蝶漫天飞舞，仅此而已。我发誓后来我真的再没有离开过故乡马城。

一九九六年

猪嗷嗷叫

/// 李司平

一

猪走路的时候一点都不好看，尤其下坡的时候，像醉汉划拳。

身负重任，猪从北方的养殖场一路扭着屁股来到了南方高原的村庄。为什么我要说它扭着屁股呢？因为它是头母猪，托付终身于村民发顺，负责繁衍。这里的繁衍包含着另外一层意思，坚决杜绝好吃懒做之人在脱贫和返贫二者之间不停的循环。这是一个修补短板难以突破的怪圈，一贯如此的事在人为，无论好事与坏事。

年久失修的土坯墙上搭着同样岌岌可危的房梁和破瓦，房檐之下是发顺乱糟糟的家。客台的一侧拢着火塘，火塘中杵着几根尚未干透的柴火棒子，不见明火，冒着浓烟熏着吊在火塘上面无物可装的几个编织袋。每个可视的角落结着蜘蛛网，蜘蛛网一层层堆积起来，挂满了火塘升起的烟尘以及蚊虫的尸体。这是一个破败的农家，或者它就不曾兴盛过。

自古破檐之下鲜有自视清洁之人，所以刚从宿醉中挺过来的发顺以及他邀来的酒友惺忪着眼，老岩打着哈欠，二黑朝着院子远远啐出一口痰，被狗吃掉。三人乃臭味相投、同病相怜从而惺惺相惜的好友，唯一不同的是发顺在前些年忽悠回来一个少言寡语的媳妇，叫玉旺。少言寡语在一定程度上我们习惯将其归类为痴傻，发顺喊："憨婆娘！"别人也跟着喊："发顺家的！"一样的后缀："憨婆娘！"

至少发顺还有一个女人可供他呼来喝去，所以发顺更加神气一些。有理的、无理的，他都要呼来喝去。甚至于，昨夜三人大醉之后，发顺揪醒睡梦中的玉旺，为老岩和二黑表演打婆娘这个节目。绝非周瑜与黄盖，玉旺的一贯示弱和一贯隐忍，不断加重着发顺的这股男子本位的戾气。

"我婆娘！水腌菜好了没有？"发顺在客台上喝着，前一句喝给二黑和老岩听，是炫耀。后一句喝给村里人听，所以声音很大，因为村子很小。发顺的唯一长处，贫穷得善于自欺欺人并苦中作乐。基于一无所有，这算是一种乐观。

"好！"玉旺的声音从偏房传出来。玉旺的眼角还余留着昨夜发顺"表演节目"的青痕，此时玉旺正伸手朝着一个缺边少角的坛子深处抠。劣质的坛子里盛着大部分发霉的腌菜，所以希望在深处。

当然，今天发顺家有点人样的还有被请来杀猪的黑顺。黑顺是个小老头，焦瘦，干巴。因为没有一处是大的，黑顺在火塘边咕噜噜抽水烟筒的时候，三分之二的脸皮要用来蒙住烟筒口。普遍公认的，黑顺是个没有原则的杀猪匠，将杀猪视作为他的一种复仇。黑顺号称方圆十里唯一的也是最精巧的杀猪匠。

以村庄为中心的方圆十里，都是山。

二

猪还小，长了架子还没开始结膘。

猪圈失修漏雨，猪圈在雨季积蓄的泥塘入冬还未干涸。猪喜群居，落单的猪娃不好喂养。简易而又枯腐的猪圈栏才打开过半，里头的单猪便迫不及待冲出，从人的胯下钻入，从另外一个人的胯下钻出。还未结膘的猪最灵活，紧实的皮子下没有多余的脂肪累赘。前蹄短粗有力，后腿细长有力。这是起初自然给予猪觅食和逃生的造化，这只落单还未肥化的猪最大程度保持了本能，这是优势。

磨刀霍霍，还要猪活着，这是故事安排。

当然，为了敬神，准备了香纸，茶米，充满了仪式感地宰杀一头猪。这里，是万物有灵的南高原。另外，还准备了茶叶，糯米和酒水。玉旺寡言但不呆巴，不忘习俗，要为一头猪超度亡魂。杀猪的人要下地，死了的猪要升天。

虎视眈眈，这里的虎视眈眈是相对的。发顺一干人虎视眈眈盯着出圈的猪，院里的猪也虎视眈眈盯着围着它的一干人。人与猪的对峙，人为了吃肉，以便下酒，猪也察觉到不怀好意的人。人走近，猪后退。猪屁股擦到墙根的时候已退无可退，所以猪哼哼，从低沉转向慌张的激昂。单枪匹马的猪，人多势众的人，局势足够明朗。

杀心已定的糙汉眼中的猪，只不过是暂时会挣扎几下的肉。

发顺张着蛇皮袋，准备套住猪头。

二黑备着结好扣子的绳索。

老岩在大醉中夸下海口，从黑顺手中夺权。持着尖刀，今天他做凶手。

被夺权之后的黑顺站在一边，口授着杀猪的经验。不过，似乎现在没人听他的。

所以猪哼哼，有时候猪哼哼比人哼哼好听。比如现在，猪哼哼得就比较有内涵。说明一个重要的问题，此猪非彼猪，因为它还未见刀眼却先红。红眼之兽类并非善类，绝非漫不经心听天由命之辈。当然，这句话是从人那儿得来的经验，人本兽类，人如此，猪尤如此。

所以猪哼哼，低着头寻着地，两只前蹄刨着光滑的水泥地。发顺张好蛇皮口袋顺势往猪头套去，猪一惊，后撤两步，发顺首套猪头的动作落空，收不住力的发顺往地面上摔了个嘴啃泥："奶奶个嘴！"顺便吮了吮嘴唇擦破流出的血，往墙角远远地啐出一口带血的痰，爬起来往掌心啐两口唾沫，搓了搓，拍拍屁股。后退两步的猪摇摇晃晃的屁股抵近二黑，二黑顺势一把揪住猪的尾巴，往上提。猪尾巴往上提，后腿悬空使不上力气。所以猪嗷嗷，前蹄往前刨，二黑跟着猪屁股后边提着猪尾巴跑："快点来帮忙，别看猪小，特别有力道！"

老岩放下尖刀，揪住猪耳朵。

发顺作势捉住猪的右前蹄，想用绳索将右蹄和左蹄捆牢。

黑顺站在案桌上吆喝："推过来，推猪过来，我抓住猪鬃把它提上来！"黑顺口中所谓的"提"不过是基于他半生屠猪所积攒下来的一刀毙命人人皆知的口风。也正因为这样，没人质疑，包括揪耳和提尾巴往上拽的。

这是一场人多势众的必胜之仗，所以猪嗷嗷，声音有些嘶哑和绝望。人往案桌攘，猪往案桌边上靠。

推至案桌下的猪嗷嗷，众人齐心协力："一……二……"

绝不是黑顺的功劳，猪被抬上一米多高的案桌之上侧躺着，二黑放下紧揪的猪尾，双手钳住猪朝上的右腿，用力别着。黑大爹向下一压，用身子按住猪的腹背："老岩，你掐准猪大腿的酸筋，让它使不上力气。发顺，你别提猪耳朵了，快去拿绳子来捆住猪嘴。"被众人控制在案板上的猪还在案板上嗷嗷乱叫，悬空在案板之外的激烈地摇头晃脑，咧着沾满腥气白沫子的猪嘴嘶嚎。每一声悠长嘶嚎声的起来到落下，都伴着以身压猪的黑大爹在猪腹背处上下起伏："老岩你快拿刀……发顺赶紧捆住猪嘴，然后提着猪耳朵！"

所以猪的嘶嚎持续不了多长时间就变成了憋而不通畅的呜呜

声，因为它的嘴很快就被发顺捆牢扎紧。

完全受制待宰的猪此时唯一能用作防卫的部位只剩下眼睛，它侧躺着。朝上的眼睛恶狠狠地看着朝它身上忙得团团转的人。从猪的视角里，最先看见捆嘴巴的发顺这会儿紧紧扯着它的耳朵，手指紧紧地扣着耳朵上钉着的蓝色号牌，余光向后方扫见俯在它身上焦瘦的黑顺。它还感觉到后腿受制，无奈猪脖子上只有一条筋，无法大幅度转过头来看见别住猪后腿的二黑。

你见过绝望吗？关于一头猪。

案桌上的猪突然停止了激烈的挣扎，鼻子出声，呜呜着。

黑顺："都好好摁紧啰！这畜生开始蓄力了！"

黑顺："尖刀已经够锋利了，老岩你快点……"

如果这会儿再从猪的视角看，那个持着尖刀走近的猥琐男人就是老岩。老岩终得偿所愿，昨夜醉酒之后夸下杀猪的海口今日得以实现。没酒作胆，酒醒的老岩可没有那么勇敢，颤颤巍巍持着尖刀，无从下手。

黑顺："狗鸡巴日呢！愣着干嘛！快点过来捅，我们摁不住了。"

老岩："要从哪里杀进去嘛？没杀过。"

随着案桌上的猪又开始发力，别着猪后腿的二黑有些别不住了："没有杀过猪，昨晚上灌了几口麻栗果① 你吹什么牛逼！快点来杀进去！"

---

① 麻栗果：自烤酒。

老岩："……"

趴在猪腹背的黑顺在猪的喘息声中起伏："从脖子往左下方深深地戳进去，干穿它的心。狗鸡巴日呢，干穿它的心！"

战战兢兢持着尖刀的老岩右手放低刀尖，伸出左手试探性地指了指猪脖子的部位："要从这里扎进去？"

"是咧！是咧！猪嗓进，扎猪心。要扎猪心，要从猪嗓进！"

"使点大劲，千万杀准一点，不然血喷你一脸。"黑顺匍匐在猪身上传授着有关杀猪的经验，猪又开始挣扎，他有些不耐烦。

找准了一刀致命的部位，老岩右手握紧刀把，蓄力准备往里面捅。发顺揪紧耳朵好让老岩的左手端起猪头。发顺媳妇也端着接猪血的盆，盆里放了少许的水和盐巴。尖刀在猪脖子处比画寻找最佳的下刀口，最终抵在猪正嗓处。"那我就杀进去了！"老岩在地上搓了搓破拖鞋的底，双脚踩实，握紧刀把，抵进。

猪也感受到了尖刀一点点地正往肉里扎，它开始奋命挣扎。呜呜呜，嘴被捆牢，头端在老岩左手上。"那我杀进去了！"托在手上的猪头挣扎得越来越厉害。

"废话多！你倒是快杀呀，按不住了！"二黑别住猪后腿的手有些疲软。猪在发力做最后的奋命一搏。

发顺："杀准点，我家没存款。"[①]

"等等等，先用刀背敲三下前蹄再杀进去。"黑顺急忙阻止着，

①南高原的传统，有经验的杀猪匠能一次性放空猪心室的血。如果心室的血不放空，按吉利的说法，腹心血越多，主人的存款越多。

还有工序没做完。

蓄力待杀的老岩收回力气，照做。黑顺的话是不可违抗的权威，至少在杀猪上，是这样的。案桌上的猪挣扎得越来越激烈，这是垂死的挣扎。焦瘦的黑顺几乎全身的重量都压在猪的身上。

老岩第一敲，猪看见尖利的屠刀，挣扎。

老岩第二敲，猪看见老岩紧握的刀把，是放血槽，全力挣扎。

老岩的第三敲，还没来得及落下，猪还在奋命挣扎。

是的，最终第三下没落下，因为腐朽失修的案桌率先散架。案板和猪，以及伏在猪上的黑顺的重量率先落在二黑的脚背上。

的确有些意料之外。"嘭……啊……"这是案板落在二黑脚背上以及二黑吃痛的声音，前者带着腐气，后者带着劣气。

二黑受痛而放开别住的猪后腿。这是猪的机会，猪健壮有力的后腿接地从而受力弹地而起："嗷嗷嗷！啊啊啊！"猪在"嗷"，人在"啊"，惊慌失措，人比猪还要惊慌。因为压在猪背上的黑顺跟着案板落下，又被惊慌的猪驮起。黑顺在猪背上，越惊慌，他反而越抓紧猪鬃。因身载负荷，猪急切想要甩脱，所以猪嗷嗷，挣断了前蹄的捆绑，弹地而起后又跃身疾行。疾行的距离很短，止于院墙。猪急停，黑顺这把老骨头在惯性和重力的双重作用下，摔在地上。嘭！尘土飞扬，像极了一口痰落在尘土上。

猪嗷嗷，红着眼，在院墙下杠着脖子，呼呼喘气刨着蹄。

"哎哟哟，哎哟哟！"蜷在地上的黑顺揉搓着纤细干巴的小脚杆："哎哟哟，手疼！"转而又拍了拍头顶上的尘土，"哎哟哟，好像是屁股疼，不，腰杆也疼。"

黑顺的这种疼法多少有些不够具体，锈迹斑斑的老部件坠落而抖落下来的些许锈渍，只不过锈渍之中包裹的是一副老骨头。或者这种疼法在于一个精于一刀毙命的老屠夫在案桌上放跑了一头猪，这种疼法叫作失魄，也可以叫作一个屠夫的晚节不保。

"哎哟哟，哎哟哟！"黑顺仍旧蜷在地上，想等人来将他搀扶起来。他将这个视作台阶，杀猪匠最后的稻草。尽管他完全可以自己起来，尽管不会有人去扶他。

受伤最严重的是二黑，百斤的重量砸在脚背上。不过他的疼痛不像黑顺那样广泛，就是单纯的脚受伤了，脚疼。抱着开始发肿的脚一点点挪坐在客台上，两只手紧紧捏住脚杆子，不让血液往患处淌。这种砸伤，起初的疼痛在于麻木，疼过极限以后的一种自我保护。发顺一言不发，咬着牙。发顺媳妇想去管他，又不敢。

自家杀猪，不但猪没杀死，还伤了人。发顺自然火冒三丈："妈咧个逼！老子今天一斧头劈死你个畜生！"疾步进屋寻找斧头。可是家里没有斧头，转而找榔头，可是也没有榔头。匹夫之怒是最为廉价的，发顺即匹夫，对现实最无力的那种，所以他掀翻了屋内的桌子。

发顺媳妇走进去收拾残局，发顺骂骂咧咧又走出屋来。

"黑顺大爹你有经验，接下来咋整嘛，猪都放脱了。"发顺阿谀。

此时的猪在院墙角，喘息着红着眼瞪着人，一并还有鸡飞，狗吠。是在跟人示威，或者这头猪在想亡命之法，反正红眼的猪即是兽类，不再是家畜。

"现在可不好办了，案桌散了，按猪的人也受伤了。"被玉旺搀扶起来的黑顺坐在客台上咕噜噜。

"都怪老岩，都说要用刀背敲三下猪蹄才可以杀进去。年轻的后生啊，气盛！"这是黑顺即时总结出来的失败原因，第一是推卸，第二还是推卸。他是方圆十里最好的杀猪匠。

老岩蹲着一言不发，双手捏着受伤的脚，痛而且失神。他没想到一头猪求生的时候所爆发出来的力量是那么猛烈。一言不发，蹲着，像个过失杀人的悔罪者。尽管他杀的是猪，尽管他杀的猪现在还活蹦乱跳的。

发顺急速升起的怒气也急速地退去，显然，他不具备积蓄怒气转化为勇气的能力，不得不再走到黑顺跟前阿谀："黑顺大爹，你经验丰富，你肯定有办法把这畜生杀掉！"

"办法也不是没有，就是腰杆有些疼！"黑顺唏嘘着，用有点疼的手掌扶着全无大碍的瘦腰杆。

"黑顺大爹，这样吧！先把猪杀了，你提着猪腰子回去补一补腰杆。"发顺赔着笑脸。

"杀是可以杀，就是没人按猪。匹子猪架子大，瘦肉多，力气最大。"黑顺关于猪腰子的目的达成，但是还另有盘算。

"猪下水你提着回去吧！我家不吃那臭玩意！"发顺再说。

"要不，在村里再请几个人帮忙按猪吧？"玉旺怯怯说道。

"边去，男人的事女人别插嘴。"发顺瞪了玉旺一眼，"多请一个人来按猪，就得多一张嘴。"唯有玉旺还悸于发顺的余威，退去。发顺的盘算丝毫不顾及一旁的二黑和老岩这两张他盘算在内的嘴。二黑和老岩心不在焉，反正认了真理，今天待在发顺家有肉吃。

"要不直接用榔头砸吧！就像杀牛一样，先砸晕了再杀。"老岩回过神来。

"或者，干脆在猪身上泼水，然后拉电线电死它。"坐在客台上的二黑稍有恢复，"对，用电，直接电死这狗日的畜生。"二黑欲报砸脚之仇。

虽然同样的要猪的命，不过现在讨论出来的方式已变成了几个人对一头猪的行刑。一旁默不作声的玉旺悄悄收起准备好的香纸和茶米。

"那就直接电吧！省事。"黑顺决定。

"那就直接电吧！电死它。"发顺附和着黑顺。实际上，发顺家也找不出一把斧头或者榔头。

杀猪的过程中途歇了半个小时，现在又继续。二黑的脚受伤了，没法参加杀猪了。疼得没有人样，因而没有坐相地瘫在客台上。脚背发肿，不过没有伤及骨头，在玉旺打来半盏劣质白酒之后，自顾自地开始揉脚。老岩打趣："二黑，不杀猪你还待在这干吗？回去吧！"

二黑咧着嘴："我要等着吃肉。"

这次是黑顺拿刀，老岩提溜着水桶握着瓢准备往猪身上浇水。发顺扯来电线，零火分开各自拴在长竿子上。

院墙角的猪继续与人对峙，从案板上侥幸逃生的猪草木皆兵。三人走近，猪先是后退，然后向前冲向三人。猪向前冲，人往一侧避让。老岩瓢里的水泼过来，猪向前一跃。水再泼来，猪嗷嗷着再次朝着人这边冲过来。一桶水泼完，战意十足的猪也被全身浇湿。

"发顺，快电它，快电死狗日的！"挥着空瓢的老岩喊。

老岩喊，发顺电。发顺持着两根拴了电线的竿子朝满是防备的猪身边试探："那我电了！黑顺大爹准备杀！"

左手零线，右手火线，竿子朝着湿漉漉的猪身上一次一次地试探。猪还在跃跑，最终被三人围在角落。接下来就是零线和火线相碰产生的电流在猪的身上贯穿，猪就晕了。黑顺的尖刀再杀进去，猪就彻底死透了。当然，这只是预想。

即使猪再一次身处绝境，但猪还得活着。这也是故事的安排。据村子的扶贫干部李发康回忆，这一年的村子杀猪，真的有一头猪在零线火线之下顺利完成逃亡。所以，我讲的，还真的是真事。

零线和火线即将在湿漉漉的猪身上相碰的时候，门口来人了。来人正是扶贫驻村干部李发康，发顺家是他的重点挂钩对象。"砰砰砰！"李发康的敲门声急促，一边敲门还一边叫喊。不过猪嗷嗷，听不清李发康的叫喊。

"玉旺你聋了？还不快去开门！憨婆娘！"发顺举起长竿对

玉旺喊，然后又放低竿子往猪身上伸。零线碰到猪的时候猪又冲向人，火线放空。

玉旺打开大门的时候，三人还继续在狭小的院子里赶着饱含斗志的猪。大门彻底打开的时候，三人还没能把猪电翻。不过大门打开倒是一个亡命的大好时机，猪又开始奋命冲锋。首先朝着黑顺的方向，这次猪奔得更快，黑顺来不及避让，疾奔的猪钻胯而过。黑顺这把老骨头再次驮在猪背上，再次被带出，砰！又摔下。

人咿咿呀呀，猪嗷嗷哇哇，冲过黑顺的猪往敞开的大门冲去。猪来势汹汹，李发康还在门中。"书记吆住它！"话还没说全，猪便从李发康的胯下钻过，跑出发顺家。李发康个子高大，所以猪没有将他带翻。猪从李发康的背后跑出，李发康继续往发顺家院子里走："发顺你这是干啥呢？这猪还杀不得啊！杀不得。"李发康来的本意就是阻止发顺杀猪的，此时猪已跑远。

"我的年猪啊！跑了。"发顺一怔，将手中拴着电线的竿子撂在湿漉漉的地上，往门口跑，追猪。冷下准备对他严厉说教的李发康在院子里黑着脸。发顺撂下竿子跑没问题，可是穿着一双破拖鞋在泼水的老岩却中了招。噼噼啪啪在湿漉漉的地上触电战栗，晕厥。所幸电路短路电闸自动关闭，捡回一命。老岩触电晕厥的过程很短，在李发康回过神之前就已经结束。李发康愕然，发顺家的院子乱作一团。这里的乱包括瘫在客台上抱脚的二黑，被猪掀翻在地还没爬起来的黑顺，在地上触电昏厥的老岩和一地弯曲打结的电线，以及早些时候散落一地的案板和桌子腿。这里比乱还乱的场景，已经上升了一个程度，是一种心境。

以辣居多的五味杂陈在此刻被打翻一地，火从即刻起，李发康却也无处发："狗日的发顺，发顺！"这是李发康参加扶贫工作首次对贫困户骂狗日的，虽然也可以将这个狗日的看作无实意的语气词。不过李发康有这个权利骂发顺，李发康是发顺的堂家亲哥。

"发顺，发顺，狗日的发顺！"李发康在找狗日的发顺，可是发顺此时不在院子里。无人回应。此乱的始作俑者和助推者——发顺和他的猪，已经跑出家去。猪在嗷嗷亡命，发顺突突跟在后边追。

三

村子很小，猪跑起来的样子一点都不好看。

可两种情形加在一起，就成了全村的一道风景。像是一场闹剧，哦！不，是一场啼笑皆非的喜剧。

"看，奔跑中的猪和发顺是多么滑稽可笑。"作为观众的村民中有人道出实情。

可不会有人向发顺伸出援手，绝不会有。发顺十几岁开始至今，不知从何处学来的好吃懒做以及小偷小摸早已耗尽了村里人乡情的最后的耐性。偷东家的鸡鸭，摸西家的鱼塘，欺负北家的孩子，放火烧南家的菜园子，药死这家的狗，掐死那家的猫。勿以恶小而为之，发顺用了三十多年时间将这种小恶做绝，做到极致，所以发顺是将众怒惹犯到极致的人。帮他很容易，不帮他也很容易，人之常情。村子很小，村民也很少，这种团结一致的一致对外。很显然，发顺被见外了。

猪跑起来的时候，四只三寸金莲的蹄子前跃后刨，其间伴随着一个抖动的过程。肥猪抖膘，而瘦猪抖着松垮垮的肚皮和耳朵。从发顺家死里逃生的猪贯穿村庄土道，嗷嗷嗷向西亡命，发顺跟着后边气喘吁吁地追。亡命的路径途经村庄绝大部分人家的门口，村民纷纷掩住大门，顺着门缝往外瞧。猪在前面跑，跟在后面的发顺有些跌跌撞撞，边追边喷着唾沫星子："杂种，杂种！"

骂猪，也像在骂人。可是猪不回头，嗷嗷嗷向前跑。

发顺力不从心地追，边爬边嚷："杂种，憨杂种！"

村民的门缝中有人奚笑："哈哈，发顺家的猪疯了！"不过发顺听不到。此时这条村庄土道中充斥着猪的嗷嗷叫，发顺的叫骂，以及猪亡命的过程所卷起的尘土，还有少量的猪粪。

不一会儿，猪亡命奔西的路跑到了尽头。村西边是个截断的土崖，懂得逃生的猪不笨，所以它掉头往回跑，可往回跑的路被朝后追来的发顺截住。

人与猪在土道上对峙。"哟哟哟！你倒是再跑啊！你个杂种。"截住猪的发顺嚷嚷着，灰头土脸，气喘吁吁。猪嗷嗷，向着土道的侧边往回冲，被发顺一脚蹬在拱嘴上堵回。猪嗷嗷，后退一截与发顺保持安全距离，前蹄刨地："嗷嗷嗷！"挑战发顺最后一点耐性。还是唾沫星子飞溅着，发顺臭骂的语言和唾沫星子一样散乱以及不卫生。发顺沉不住气了，弯腰抓起路边的石头和土块朝着猪所在的方向砸："杂种，老子今天把你砸死在这里！"大石头搬不动，小石头砸不准，土块一扔就碎，发顺徒劳无功累得够呛。作为一个人，在一头猪这儿屡屡挫败，用气急败坏形容发顺的现状再好不过。现在的情形似乎比自家院里还要糟糕，一人一猪的狭路相逢，猪是无畏的勇者。"莫非，这猪成精了？还是疯了？"发顺打量，胆怯起来的时候，发顺想求得支援。

"老岩、二黑、玉旺，都死哪儿去了！还不快来跟我一起把这杂种撵回去！"村子不大，但是发顺的叫喊声很大，往外喷着沫子。即使发顺不叫，玉旺、黑顺以及李发康也正在赶来的路上。

"这几个杂种怎么还不来帮我！"发顺再一次叫骂，在叫骂声传出的同时，发顺手中的一块石头冲向猪。叫骂声传进了猪耳，石头在猪的一侧空空落下。事与愿违，这反而又使得原本紧张的猪再次受到了惊吓。所以猪再次杠起头来朝着发顺截住的方向冲锋，受惊的猪此时多了一股子莽撞，像炮弹一样向着发顺射过来，无谓于前方有什么阻挡。

"啊！"吃痛声先于叫骂声脱口而出。发顺被射过来的猪愣头一撞，再被猪拱嘴向上一挑。砰！没有任何悬念，发顺被掀翻在地上。

"猪真的疯了，疯了！"发顺痛喊。撞翻发顺的猪没有停留，径直往回跑。发顺也迅速爬起顾不上拍一拍身上的尘土，竭力跟在猪后边追。得快点结束这一场人与猪的追逐啦，这场闹剧吸引

了几乎全村的人成为观众。隔岸观火的快感在于能看到发顺这块
灰头土脸。

"猪疯了！肯定是。"人们议论。"还没有见过猪疯了呢！""那
你今天好好看看。"人们议论。猪还在前头嗷嗷疯跑，发顺跟着追。

"猪疯了？不会吧！"正在赶来的玉旺、黑顺和李发康一行
人听到发顺的叫喊，加快脚步。

嗷嗷亡命的猪再次奔回村中央，这里是个十字路口，猪停了
片刻。南边路玉旺一行人已经赶来堵上，西边有气急败坏的发顺
追上来。猪要立即做出逃亡方向的决断，因为李发康和黑顺正悄
悄往另外两个放空的路口上堵过去。

南边路口只剩玉旺一人，玉旺结结巴巴吆猪："哟哟，啰啰，
来来！啰啰，哟哟，来来来！"这种百试百灵的吆猪号子在今天
宣布失效。地上无食，人慌张，这头猪在生死边沿安装了逃亡之心。

猪扭头，朝着北边的路口又开始奔袭。

堵向北边路口的人正是已经被猪掀翻两次的黑顺，黑顺自然
清楚此猪的厉害，不敢再靠近像炮弹般射过来的猪。李发康喊：
"堵住它，堵住它！"黑顺战战兢兢靠在一侧的墙上："让它跑，
让它跑，跑死它！"追猪的发顺也赶到这里："喂！狗日的黑顺，
堵住他！"再次强力补充，"喂！狗日的堵住它，那边是林子，
猪蹿进去了就难撵了。"

形势所迫，黑顺无奈，伸手追向刚擦肩而过向北奔出两三米
的猪。之后，是黑顺揪住了猪尾巴，然后猪再次将干巴的黑顺在

地上拖行。尾巴负载黑顺的猪奔跑受限，停了下来。猪掉过头来看向揪着尾巴的黑顺，黑顺也看着猪。又是人与猪的对峙，黑顺率先败下阵来，黑顺松开手里揪住的尾巴，双腿微软向下曲："这猪的眼神怎么那么像一个红眼愤怒的人？"黑顺这么想的时候，猪嗷嗷张大拱嘴向着黑顺扑过来。"啊啊啊，妈咿呀！"黑顺即将成为历史上第一个葬身猪口之人，而且黑顺是个杀猪匠。可是没这样，扑上来的猪嘴并没有在黑顺身上咬合。嗷嗷扑过来的猪喷了黑顺一头一脸的腥臭沫子，黑顺蔫了，猪继续向北亡命。

李发康赶来，拉起黑顺："猪，猪呢？"

黑顺心有余悸："成精了，跑了。"

李发康紧追上去。

发顺也到达："狗日的，我的猪呢？"

黑顺拉了个呻吟的长调——"成精了！"

发顺紧跟着李发康追了上去。心有余悸的黑顺继续留在路口，两条干巴纤细的小腿打着颤，瘫坐着嘟囔："再也不碰这猪了！给十副腰子也不干。"玉旺欲要扶起瘫坐地上的黑顺，黑顺有气无力："让我缓一缓！"

"你家那猪成精了，你信吗？"黑顺自言自语或者问玉旺。

"信！"玉旺回答。

"听过牛马成灵，麂子马鹿成仙，大象狗熊成圣，猫狗成神，就从没听过猪也成精的！"黑顺疑惑或者自言自语。

"猪仙人！"玉旺自言自语。

村子北边是森林，森林的最外围是退耕还林后村民栽下的松树林，往深处走，就是自然林。植被茂盛的自然林在缴枪禁猎禁伐之后，村民也只有在雨季采集山野的时候才会涉及这里。此时猪已经逃出村子蹿进了树林。李发康这个不擅运动的干部在松林里跑岔了气，又着腰呼呼大喘。发顺很快就在松树林中追上李发康，发顺丧气，灰头土脸，二人在林中呼呼大喘。喘得差不多了，憋着的话从嘴里涌出来。发顺："书记，你说这叫花子猪咋这么能跑啊？太野了，杀都杀不了，按不住。"

李发康仍大口喘着："匹子猪嘛！架子又大，皮肉又紧。"

李发康回过神来："不是，你要杀猪？狗日的，你要杀猪？谁给你的胆子，你要杀猪？"

李发康厉声，发顺即软，怯懦唯唯："这不是马上就要过年了嘛！杀头猪吃肉解馋，下酒。"

李发康怒："什么？狗日的，我问你为什么要杀猪？你为什么要杀了它当年猪？"

李发康再怒："狗日的发顺，老子辛辛苦苦申请来的扶贫项目，给你们建档立卡户发母猪种，是让你们养母猪生猪崽过好日子的！狗日的，还想杀年猪，母猪种什么价格你没个逼数吗？"

"公猪母猪还有什么种猪都还不是一样，都是猪嘛！"发顺唯唯诺诺地辩驳。

李发康有些怒不可遏，将发顺一把推倒，又毫无间隙地揪着发顺脏兮兮的衣领提起来，口对着口，喷着唾沫："狗日的，不要说话，听我说。"李发康叫停发顺的反驳，喘息还没有缓过来。

林外有人言："发顺今天给李发康吃火药了。"林外有人，可谁也不敢进林中，林中是一摊浑水。

谁也记不清林中传出多少句狗日的，而狗日的均出自于李发康之口。当狗日的不再传出来，就无趣，林外的人各自散去。林中，在怒火三丈的李发康臭骂之下的发顺本来就灰头土脸，而现在灰溜溜地夹着尾巴，待到二人差不多都平息下来之后："李书记，那要咋办啊！猪都进林子了。"李发康在发顺一激之下，火又起来："咋办，凉拌啊！趁这几天杀年猪，把你狗日的油炸了！"

"进林子去把猪找到，撵回来！"李发康平复怒气后。他好像又习惯了发顺这种无赖式的漫不经心。

猪穿过松林的痕迹还在，二人顺着痕迹穿过松林，往更加茂密的自然林深处钻。植被茂密的自然林里，二人很快就失去了猪亡命的痕迹。南方高原的原始森林里，头上是遮天蔽日的巨大树冠，底下是低矮而茂盛的灌木。无迹可寻后，找猪的二人自然也无处可找，无计可施。

起伏的群山和茂密的森林，二人此时所在的位置是山谷，山谷擅回音。

发顺耳朵最尖："李书记你听，有猪嗷嗷叫！"李发康细听，果然有猪在嗷嗷叫。

"猪在哪里嗷嗷叫？"

"我也不知道，猪在哪里嗷嗷叫！"

"猪真的在嗷嗷叫。"

"我也知道猪在嗷嗷叫！"

闻其声，而不见其影，这是一个有方向而没有去向的僵局。

猪确定是在嗷嗷叫，可是二人不知道往哪个方向去找。猪真
的在嗷嗷叫，回声良好的山谷，猪嗷嗷的叫声来自四面八方。

四

猪嗷嗷叫的声音真的一点都不好听。尤其在无人迹的寂静山
中，你能听到自己的心怦怦跳，嗷嗷的猪叫仿佛在为你的心跳敲
着锣打着鼓。

找猪的二人在林中漫无目标地游走，听得见猪叫，但二人都
知道觅音寻猪这个办法不可靠。二人很少话，无从下手无计可施
的李发康在前面走，此时灰溜溜的发顺是他的随从。不断传来的
嗷嗷叫声加重着二人各自的烦躁，就丢猪这一事件而言，二人各
有烦恼。发顺短浅，但也知道自家丢了一头猪，不是死了，是跑
丢了。李发康深远，他更加知道此猪对于扶贫攻坚工作的重要，
丢猪事小，领导下来视察的时候没有猪，事大。他早有听闻，县
里的领导过不了多久就要下来实地考察验收扶贫工作的进展和
成果。

李发康看看身后灰溜溜的发顺，心中存疑，是不是有些揠苗
助长了？想了想，即刻否定。发顺是短板，短得像一艘随时可以
沉没的破船，不过终还是要将其补回来。顿生同情，李发康觉得

自己和发顺同病相怜。一个是破船，一个是补船的，二者兼备，破船也要扬帆。

山里的天黑得早，找猪的二人决定返回村庄，再从长计议。

"唉！"二人长叹。从林中往回赶。

返程，发顺和李发康相互确认不是虚幻，林子深处嗷嗷的猪叫声又传来，不过二人已经听得厌烦。他们并不指望从声音中分析出什么，比如，蹿进森林深处的猪，上半天还是案板上待宰的家畜，下半天就在林中率领着一整个野猪群嗷嗷叫。

暮色在山中笼罩迅速，基本上等同于太阳从山尖埋头山根的速度。势单力薄的人们不敢在山中逗留，那些昼伏夜出的生物的任何响动都会被人误以为鬼在风中叫。

入夜，发顺家中，火塘旁。虽猪已亡命山野，肉荤也没能碰上，老岩和二黑依然赖在发顺家中不肯走。这里的赖，指的是老岩和二黑这两个一人吃饱全家不饿的孤家寡人，要把晚饭的希望寄托在玉旺这个善良无二的女人身上。一天中被同一个猪掀翻三次的杀猪匠黑顺也没走，本着出门不走空的原则，他等着吃顿饭。一张瘦小干巴的老脸蒙在水烟筒口咕噜噜地抽着。

发顺心中有火，但也得强压着。李发康和他一并坐在火塘边上，相互冷着脸。25瓦的白炽灯昏黄，沾满了黑乎乎的苍蝇粪便更加昏黄，灯头以上的电线挂满了残破的蜘蛛网。火塘里偶尔冒出的浓烟熏得睁不开眼。灯黄火亮，每一个人的脸都很黑。来者即是客，况且还有李发康。发顺理所应当表现出主人的热情与担当，冷冷地有气无力："婆娘，整点饭吃嘛！都干巴巴地坐着，饿着。"

李发康冷着脸，不过仍故作客套："不用了，不用了！我坐会儿，回家吃去。"在山中追了半天猪，李发康饿了。

黑黢黢的铁锅架在同样黑黢黢的铁三角架上，玉旺往锅里加水。发顺抱着二郎腿组织着希望对答如流的语言，因为他知道今晚必有一顿李发康的所谓说服与教育。尽管李发康数次的说服与教育都没能将他说服。发顺不是顽固分子，只不过是劣质的狗皮膏药，越扯越黏，发不出任何功效。不过一旁的李发康却组织不出来任何用来教育发顺的语言，苦口婆心的说服嘱咐是吆猪的号子。脱贫攻坚的口号喊大了，发顺听腻了。政策讲细了，又有些繁琐晦涩了。发顺这个重点扶贫挂钩对象早已耗尽了李发康的耐心。爱谁谁了！烂泥糊不上墙，但要扶的对象是个人，烂泥一样散漫的人。说不扶，但不可不扶，他是共产党领导下的人民中的一员。只希望发顺这块狗皮膏药在越扯越黏的时候，再给他一股劲，粘在墙上。

"发顺，猪跑了，咋办啊？你说说你怎么打算的？"李发康放下紧绷着的脸。

发顺："不知道！发康哥，我也不知道咋办！"

李发康："停停停，别叫我哥。我担待不起。"

发顺："跑了，就跑了罢！那畜生没准过几天就死在山上了！"

发顺绝对是李发康的冤家，再一次精准地激到李发康，李发康强压怒火："去找找吧！明天去山上找找吧！找到了就撵回来继续养。"

发顺："书记，说真的，别找了！丢了就丢了，我不心疼。"

李发康又怒了："狗日的，你不心疼，我心疼，老子千辛万苦找来的扶贫项目，你们说杀就杀？谁给的胆子？"

发顺："猪是国家的，哥……不……书记，你别生气，气大伤身。"

李发康大怒，前呼后仰，差点没一头栽火塘上，右手高高抬起，却无桌子可拍，往下啪一声拍在左手上："狗日的发顺，明天去把猪给我找回来，过些天县委领导要下来检查工作，别给老子出岔子。"

发顺蔫了下去不敢再搭话，李发康把矛头对准了黑顺、老岩和二黑："你们仨明天也跟着去找。"

黑顺一听便不干了，水烟筒里伸出嘴巴："凭啥呀？他家的猪跑了凭啥我也要去找啊！我只是个杀猪的。"

"你不来杀，猪会跑了吗？明天去找猪，不然明年的低保别想要了！"李发康严词驳斥，加以低保这个并不存在的威胁。低保是黑顺的命根。

老岩和二黑倒是漫不经心的，他们此时只关心锅里已经滚开的面条，不断往火塘里添柴火。今天院里杀猪，明天山上找猪，日子对于二人而言今天和明天只不过是换种方式虚度。老岩和二黑也是建档立卡户，只不过考虑二人都是孤家寡人，所以没给他俩发母猪。

有人统计，在这个世上，坏消息的传播速度和广度是好消息的一百倍。议论纷纷是一种乐趣，隔岸观火也是。丢猪的次日，那只亡命于山野之猪被重新定义名字——"建档立卡猪"。猪只是一个广泛的概念，而加了"建档立卡"这个前缀后，一头猪的身份就有了精确的辨识。方圆十里朝着方圆十里之外集体讶然："昨天有胆大的人杀建档立卡猪啦！""发顺家把建档立卡猪杀了！"以讹传讹："建档立卡猪把人杀了。"关于这只建档立卡猪的新闻被众人议论纷纷的时候，发顺和李发康一行找猪的人已经在山中。他们还不知道乡野之间从芝麻到西瓜的议论，在山中寻摸着到达猪最后失去踪迹的位置。

"这么大的山里找一头猪，怎么找啊！"才走了小半天的山路，黑顺这个小老头累得不行。

"怎么找？用眼睛、鼻子、耳朵、嘴巴找！"喘得最厉害的李发康上气不接下气驳道，尽管他也没有任何办法。上山之前又接到县委的电话，县委领导下来检查工作的日子提前了很多天，绝不能出任何岔子，这是死命令。

"你去这边，你去那边，他去那边。"气喘吁吁的李发康不耐烦地挥手随意指点了几个方向，几人分头行动。

还是那千篇一律百试百灵的吆猪号子："哟哟，啰啰，来来！啰啰，哟哟，来来来！"尽管这号子已对此猪不奏效，几人仍旧噘着嘴撇着声朝着各个方向走开。

一天下来还是寻不见猪的踪迹，几人累得够呛。第一天潦草返程，路上，身后的丛林深处又传出嗷嗷的猪叫。

发顺："你们听见猪叫了吗？"

李发康："记下位置，明天再找。"

黑顺："不对，你们听，不止一头猪在叫。"

接下来的几日，几人顺着声音继续往深处找。唯一的发现就是在路上不停地发现地上有猪遗留下来的粪便，可以肯定，不止一头猪。不过仍没有寻见猪的身影。

黑顺有扰乱军心之嫌："别找啦！都是野猪的粪，可能那头家猪已经被野猪咬死了！"李发康狠瞪了他一眼，黑顺不敢再言，尽管李发康也这么认为。

几人已经受够了找猪的生活，生活绝不止找猪这件事，可是目前找猪是重中之重的大事。李发康的烦恼是其他人不能理解的，这是他的认为。领导下来的日子越来越近，可是这猪迟迟不见踪影。这时李发康又接到县委的电话通知："县委领导以及部分市委领导将于三天后到该村实地检查扶贫攻坚工作的进展和成果。"放下电话的李发康心急火燎，领导要来了，可是重点挂钩扶贫对象的猪却跑了。对于他这种扎根基层的干部而言，这绝对是一件大事。事关他在领导眼中的形象，而这猪，就是他的工作态度。可再看看几个一同找猪的人，发顺倚在树根上没个正形，黑顺瘫坐在地上抽烟。老岩和二黑略好，在前头开路，不过心不在焉。

气不打一处来，虽然李发康也毫无办法。李发康再次把火撒向几人："你们四个狗日的，如果你们不杀猪，今天老子也不会在这里找猪！狗日的！"李发康真不该骂狗日的，他是干部。不过自从建档立卡猪亡命山野后，狗日的就成了他的口头禅。发顺、老岩、二黑和黑顺真是狗日的，所以李发康骂狗日的，目的在于将自己和他们区别开来。

越找，几人越垂头丧气。越是垂头丧气的时候，林中就有嗷嗷的猪叫声传出来。这是对于几个将败之人的挑衅，李发康骂着狗日的，指挥："顺着声音分头找，找到以后包抄。"这是既定的一成不变的战术，每听到猪嗷嗷叫，几人就循着声音往林中深处奔跑，每一次都徒劳放空。如此这般，打了鸡血奔跑的人，被失望之棒当头一喝。重复性徒劳无功的劳动掏空的是心力。闻其声不见其影，是心力的煎熬。宁信山中有鬼，不信山中有猪，终耗尽几人找猪的最后一丝愿望。累死啦！包括李发康在内。

歇一会儿吧！都找了这几天了。几人没有坐姿，没有睡姿，瘫在地上。李发康也这样，找猪的几人都一样，一样的愁眉不展，一样的气喘吁吁，一样的灰头土脸。

黑顺这个小老头最先受不住了："李书记！我真的受不了了！再折腾的话，我这把老骨头就要扔在山上了。"黑顺说的是实话，老，是经不住消耗的："书记，低保我不要了，猪我也不找了！"这是黑顺最后的妥协。

李发康气喘吁吁，不想搭话。

老岩和二黑异口同声："不找了，不找了，爱怎样就怎样吧！"

二人也受不了，宣布罢工不干。

李发康长叹："其实最不想找的是我，只是这建档立卡猪丢不得啊！过几天领导就要下来检查工作了，猪丢了应付不了！"李发康对几人讲出心声。

几人讶然，沉默。

三分钟后，发顺："书记，原来是这样啊！不找猪了，应付检查的事情重新想办法……"发顺在李发康耳边私语。

似乎有了台阶，李发康妥协："那好吧！你负责这事，我回去取钱给你！"

李发康："不找了，不找了，猪都丢了好几天了，没准饿死在山上了！"

再返程，身后的林子深处仍然有嗷嗷的猪叫声传出来。几人累了，烦了，恼了，他们就听不见。

五

猪是没有表情的，千篇一律的耳朵和拱嘴，熟悉到陌生的老嘴老脸，使得普遍人的观念里所有的猪都只有一个共同的名字——还是猪。

物竞天择是一种富有进步性的规律。人于猪而言，人的能动性略强于猪，所以猪就成了被人驯养的家畜。一贯如此的漫不经心和自我满足的怡然自得是一种要命的毛病。猪嗷嗷叫的原因不外乎饿了、发情了、又饿了、要死了这几种。因而，不到饭点村庄响起来的嗷嗷猪叫声属于外来户。发顺赶着一头猪回来的时候，距离他上次追着猪贯穿村庄已经过去数日。

再次回到最开始对猪的描述：猪不大，长了架子还没有结膘。猪走路的时候一点都不好看，尤其下坡的时候，像醉汉划拳……猪在前面走，发顺挥着一根紫茎藤兰的秆秆跟在后面，嫁鸡随鸡的玉旺跟在发顺后面。像鬼子进村，前头的猪是太君。更像溃军过境，发顺家两口子一次比一次更加灰头土脸。此猪显然已经被驯服过度，和后边跟着的人一样，气喘咻咻。

穿村而过的土道上，发顺欲弄出一些响动出来，所以他挥下一鞭抽在猪屁股上。

猪嗷嗷，向前一段小跑。发顺再抽，猪嗷嗷。

"够啦！"玉旺阻止。发顺再抽，猪再嗷嗷。

显然，让猪嗷嗷叫着穿过村子是发顺想要达到的效果，因为李发康骑着摩托车在后边跟着，这也是李发康想要的效果。

村子中央，老岩、二黑和黑顺三人在懒洋洋晒着太阳。远远看到发顺赶着猪回来，三人远远地就想撤走。几日前发顺的猪对于三人而言是肉荤，现在就是祸水。对发顺和他的猪敬而远之，是最明智之举，也才像三人应有的做法。

远远地："你们仨别走，给老子站着！"发顺喊住三人，赶着嗷嗷叫的猪过来。

黑顺："回家收衣服，要下雨了！"晴空万里，构不成逃开的理由，发顺和他的猪已经来到跟前。

发顺："猪已经找到了！"找到猪的声音并不是讲给三人听的，所以发顺大声阔嗓地将消息在村中炸开。

老岩和二黑异口同声："哇呀呀！在哪里找到这畜生的？"

发顺："在后山的野芭蕉林里面找到这畜生的！"声音继续炸。

老岩："过几天再杀的时候，一定要多请几个人来。"

发顺拍了一下老岩的头："杀个屁！建档立卡猪是留着怀崽下猪的，建档立卡猪是国家为了扶持建档立卡户脱贫的重要举措……"发顺的声音继续在村中炸开，像复读机，不，像村中宣扬政策的高音喇叭。是发顺突然觉悟了吗？李发康跟在后头。

黑顺："莫扯卵子！白猪进了一趟山就变成花腰猪了？"黑顺看出端倪，黑顺是杀猪的。

发顺："莫废话！老子撵猪过去再掀翻你！"黑顺不会质疑发顺真会这么做，欲言又止，闭口逃开。

亡命山野的猪找回来的消息传达完毕，发顺和玉旺赶着猪回家。留下三人懒洋洋地继续晒太阳继续懒洋洋地侃："黑顺，这猪真的不是跑进林子里的那只？""肯定不是嘛！品种都不同！""那发顺哪来的钱买猪？他这是要干啥？"

李发康骑着摩托从三人身边疾驰而过，给三人扑了一脸尘土，三人议论止于中途，低声谩骂："妈的！骑个摩托了不起！"李发康骑着摩托车拐了个弯进了发顺家。

发顺家再传出猪嗷嗷叫声，发顺揪着猪耳朵，李发康拿着打孔器，二人在院子里又跟猪搅作一团。此猪换彼猪的主意出自发顺，而落实自李发康，假戏做成真戏。借来的打孔器要在赶回来的猪耳朵上打孔戴上建档立卡猪特有的标识耳牌。而这标识耳牌是杀建档立卡猪的时候发顺从猪耳朵上扯下来扔在院子里的。打孔戴牌比杀猪容易，二人很快就在猪耳朵叶上装上标识牌，把猪放回猪圈里。

李发康嘱咐："明天领导下来检查工作你知道怎么说的，不要大口马牙地乱嚼。"

李发康威逼或是利诱："这次检查应付了，这猪你继续养，给你了。出了岔子谁都不好受！"

失而复得的发顺自然高兴，龇着嘴咧着牙："李书记你放心吧！你交代的话我都快背得了！""支持扶贫干部工作是贫困户的义务和责任，坚决摘掉贫困帽子是每个建档立卡户应持有的想法和态度……"

"莫要在这给我耍贫嘴，明天去领导面前耍去。"说完，李发康夹上摩托车离开，为明天迎检做其他准备。此猪换彼猪的确是个好办法，李发康悬着的心得以放下。

绝无鸠占鹊巢之嫌，此猪本就是为了填补空窝而来。猪圈里刚进新家的猪卸下一路奔走的躁动后，在猪圈一角挪了一个窝躺下。耳朵叶子上刚打下的孔流血不止，耳朵叶没过多的神经，微疼。只不过耳朵叶上带了一块身份标识牌，扑棱扇乎着耳朵。猪有灵敏的嗅觉，毕竟标识牌是别猪的，还有别猪的气味。

看着李发康走远，发顺把视线转向玉旺身上来。猪失而复得确实能让发顺欣喜。发顺拉过玉旺的手，久违地，玉旺猛地缩回，发顺继续拉过来："媳妇啊！特困户的帽子好啊！上头照顾咱照顾得这么周到。"发顺点了根烟叼着，摇晃着小脑袋盘算着："这顶帽子可千万别被摘掉。"

玉旺并不懂发顺口中所谓的帽子，咿呀着从发顺手中挣逃。又有猪可喂了，玉旺要去砍芭蕉、喂猪。

六

大概很少有人会观察，猪最优美的举止是进食。

拱嘴寻着地，呼哧呼哧大口进食。无论是在猪食槽中还是就地而食，猪都能保证吃个精光。灵活有力的舌头伸出，舌苔上众多的凸起不放过任何食物的残渣，一一舔舐干净。这里的美，指一点都不浪费，也指猪圆滚滚的肚皮是一种美。

迎检当天清晨，发顺想起李发康的嘱咐："多喂猪一些芭蕉，少喂谷糠！"最大程度地呈现猪圆滚滚的肚皮，也是一种政绩。

发顺向喂猪的玉旺歧义转达："多喂些芭蕉，多喂些谷糠。"

玉旺弱弱地嘟囔："谷糠吃多了撑！"不过嘟囔不是话。

发顺无暇细听："废话多，破事多！李书记叫怎么做，我们就怎么做！"

玉旺低下头继续咔咔剁芭蕉。

村子远，山路弯。零落不整的石块和星罗棋布的坑坑洼洼，以及大面积积蓄的尘土。轿车行驶在山路上的样子像猪走路，犹犹豫豫，前呼后仰，左摇右摆。前一辆车卷起尘土，后一辆钻进尘土，最后一辆被覆满尘土。

可算是即将抵达，车在山路上蹦跶。蹦跶最高的李发康，他骑摩托车在前头带路。跟在后边蹦跶的是轿车，村民没有级别概念，车上坐着的都是大官。

随着咣当一声后，首车停在村口，咣当两声后，两辆跟车停在路边。路面上同一块凸起的石头三车无一幸免。村子，已经到达。先头赶到的李发康把摩托车停在路边，挥手示意停车。车子所到扬起的尘土，有的已经落下，有的正在落下，路面是一层厚厚的尘土。车门打开，几双油光锃亮的皮鞋插进尘土中。走一步吧！尘土即覆住皮鞋的光泽。

李发康和村民小组长刘四咧着嘴挥手相迎，一旁散落着的还有老岩、二黑、黑顺和发顺，五个人的迎接队伍是李发康能组织和拿得出手的最高迎接礼遇。尽管政令一再重申不搞排场，不过这也算不上排场，顶多是人气。

三辆车共下来六人，不包括车上的司机。走在最前面黑瘦干练的干部是县委书记唐松，唐松两侧各拥一人，左边的是副县长王冬，右边的是乡党委书记兰正义。王冬挺着肚子背着手，兰正义鞠着身子跟唐松介绍情况。还有其余三人，李发康没见过。县里的？市里的？管他哪里的！

兰正义："书记，到了，这个村子就是我县我乡最偏远的贫困村了！"

唐松有着从任何角度切入工作的本领："一路上见识了！挺远挺偏的。不过越是这样的村庄越是不能放松我们的工作。"

"是是是，书记说得对！"通常而言，这是书记每一句话结束之后异口同声的回音。

兰正义引荐一旁随从的李发康："唐书记，这就是这个村子的扶贫驻村干部李发康。"

唐松伸手向李发康，李发康欣喜相迎，结结巴巴："书记好，书记好！"

唐松点点头表示会意："辛苦你了！小李。"

李发康阿谀："不辛苦，不辛苦，都是在为老百姓做事情，服务。书记比我们更辛苦！"

阿谀的话唐松很受用，仔细再瞅李发康几眼："我想起来了，五月份有一批用来给贫困户脱贫的母猪种就是你找我签发的！"

"对对对！书记那么忙还记得这种小事。"李发康继续阿谀，激动万分。

唐松："母猪种都给贫困户发下去了没？今天咱们就去看看这些猪的长势如何！"

李发康："发下去了，长得挺好的，贫困户们也很高兴。"

"那个什么，王县长你带着兰正义到村子里四处转转，记得访问各个农户都缺什么，需要什么，我们党和政府能做什么。让小李给我们四个介绍情况就行。"唐松亲自点将。

唐松："小李，你今天就带着我和这三位市里的专家四处看看！"

"好好好！"李发康回应着。原来其余三位李发康不认识的人是市里来的专家，李发康心里一个激灵。善于糊弄的是专家，善于不被糊弄的也是专家，这是一次带着照妖镜的检查。

村子很小，很适合检查工作。有什么突出的工作成果很容易看见，有什么工作中的不足和缺憾也会暴露无遗。为了避免后者情况的出现，李发康还在临检之前跟各家各户打过招呼，甚至给发顺家重新买了猪来顶替。现在还把发顺、老岩、黑顺几个扶贫工作的重难点作为随从带在身边，一方面为了防止几人乱说话，第二方面就是几人始终还是李发康心头的重中之患。走访各家各户是工作方式，进村入户访问谈心是工作方法。李发康的准备工作做得充实，所以一路上带着唐松入户调查之时，唐松看到的是他想看到的，听到的是他想听到的。看到的和听到的都是唐松希望李发康交上的令他满意的答卷。

唐松勉励："小李，做得很好！党和政府就需要你这样能吃苦能做事的干部，很好，给你一个口头表扬，继续努力。"

李发康官套："唐书记过奖了，我只是做了自己应该做的！"

唐松："刚刚还说到五月份我给你签发过一批母猪种的，转悠了一圈都没看到。你带着我们去看看。"

李发康继续阿谀和官套："书记真的有心了，心系下属和老百姓，我就带你去看看。这批猪分给了八户困难户，都养得挺好的，老百姓用心，猪长势都不错，再过几个月就发情可以配种怀崽了。"
村中共八户发母猪种的农户，七户集中在村东边，和发顺家隔得
远远的。李发康引着唐松一行往村东边走，尽最大可能避开发顺
家这个隐患。发顺、老岩和二黑几人蓬头垢面地跟在一行的最后
边。唐松疑惑，指了指几人："小李，这几个老乡不必跟着，让
他们回去吧！"李发康自有官套好听的解释："书记，这是发顺，
这是老岩，他们都是村里脱贫攻坚的重点挂钩对象，让他们跟着
学习学习，接受教育。"

　　发顺收到李发康的眼色："是的，是的，我们是跟着学习的。"

　　唐松拍了拍李发康的肩膀以示器重："哈哈！这村有你这样
的驻村干部是福分，我县有你这样的干部我放心。"李发康激动
万分："还得跟唐书记学习，看齐！"唐松："相互学习，我多
向你学习！"

　　见此，发顺揪了揪一旁的二黑和老岩的衣角："向领导们学
习！"几个参差不齐的口号在李发康又一个眼色中响起。排场有
些激动，唐松挥手叫停："不搞形式主义，不搞这些虚的。相互
学习，领导干部多向人民群众学习，为人民服务。"

　　用精致华丽的面子包装里子，中国人自古就擅这样，因为很
少有人具备向事物内部剖析的勇气。即使唐松一眼即明这是李发
康为迎检而提前准备的花哨，不过唐松秘而不宣。知而不言也是
一种鼓励。

　　继续走，到农户家中去，各家各户都提前做好了热烈欢迎的

准备，糖果瓜子和茶水："领导您到家里坐会儿！"同时也准备好了对答如流的台词："米饭管饱，不存在饥荒。猪肉吃腻，偶尔杀鸡。屋子修整，不漏雨也不进风。"再汇报猪的长势："母猪种好养，不挑食，长肉快。"最后是感谢："感谢党和国家的政策，市上县上乡上，然后是李发康……"如此对答如流而大同小异的客套寒暄，首先让市里三位畜牧专家听腻了："那就带着我们去看看猪吧！""再把猪拉出来，遛一遛，看一看。"

　　好吧，猪被从猪圈里放了出来，在院子里嗷嗷叫。三位畜牧专家掏出手机："猪耳朵揪过来，扫一扫。"建档立卡猪耳朵上戴着的标识牌上有条码，扫一扫，猪源，品种，用途一应俱全。

　　先后进了七户农户家，重复的访问和重复性地得到大同小异的回答，这绝对不是此行想要的，不过是想要听到的。也重复性地扫了七头猪耳朵上的条码，数据规范记录上表。三位专家也及时做出反馈："养得好，喂得也好，不过要注意配种受孕的时候不能喂得太胖。"见专家都连连称好，唐松再拍拍李发康的肩连连称赞："好，好，小李干得不错。"顺便给予鼓励性质的暗示："等扶贫工作结束，人事不再冻结，县里会考虑给你换一个大舞台！""谢谢书记，谢谢！"李发康心中狂喜。唐松幽默："别谢我，你要谢就谢这些猪，养得多好啊！"

　　李发康见检查总算是比较圆满地对付过去了，暗自庆幸。可三位畜牧专家："那个书记，记录上显示这村有八头建档立卡猪，再看完最后一头，今天的工作圆满结束了！"

唐松："哦，还有一头。那小李再带我们去看看。"

提起最后一头猪，暗自庆幸中的李发康汗毛又起，此猪已亡命山野。带着三个畜牧专家去看一头赝品，李发康心发慌，底气全无，想法拖延："书记，那个，那个现在都快到饭点了，要不咱们先吃饭吧！"

唐松："饭就不在村里吃了，有规定。看完最后一头猪我们就回乡上吃工作餐。"

李发康仍在想方设法："哦！是啊！都到饭点了，你们都还饿着。要不我把那家的户主给你喊来当面汇报。"慌乱中故作镇定："来来，发顺！你来跟书记说说你家猪的长势咋样。"

又该发顺表演了，结结巴巴地把台词背上："我家的猪吃得好，睡得好，长得……也好，关键是党和政府发的猪品种好。感谢政府，感谢政策……感谢书记！"

唐松打断："那个小李，你再带我们去他家看看，大家都辛苦了。再辛苦也要把工作落到实处。"

发顺还在背，虽然没人听。李发康揪了揪发顺的衣角："快别汇报了，去你家。"李发康冷了发顺一眼，心又悬了起来，希望可以糊弄过去吧！除非专家眼瞎了。

唐松看出李发康不对劲："怎么，小李，有什么困难吗？"

李发康现在已是惊弓之鸟："没没没，只是发顺家有些远。"

一行人往发顺家赶，这次是发顺在前，他是户主，在前带路，村道中穿行。还未到发顺家，先听到有哭声，一行人脚步加快。

一贯没心没肺的老岩和二黑赶上前头的发顺："怎么了？你婆娘哭哇哇的，你家死人了？"发顺黑着脸驳："你家才死人了，你全家都死了！"

李发康也冷着脸："别废话，回去就知道了。"转回头冷脸转热："唐书记，就到了，就到。"

发顺家，为了迎检而拾掇一番后，破败之中能见一丝整洁。院子里悬晒着床黑黢黢的棉絮，棉絮下边是一农家妇女抱头瘫地而悲泣，呜呜然，咿咿呀，此人正是发顺婆娘玉旺。有客登门，而家中有人在哭号，发顺自然不开心。发顺黑着脸上前伸出脚尖碰了碰瘫在地上哭号的玉旺："咋个了嘛？你哭什么？"发顺语气加重，喝令："咋个了嘛？不准哭！"弯腰钳起玉旺。

玉旺露出哭脸，抽噎着："猪，猪……那猪……不动了……死了……"

"啊！死婆娘，好好的猪怎么就死了。"发顺气愤，用力摇晃着抽泣的玉旺。

玉旺继续抽噎，有些颤抖："不动了……就……死了……"

发顺愤而挥手欲打："死婆娘，喂个猪都干不好。"手挥在半空被李发康制住："发顺，你要干什么？再犯浑。"

作为旁观的唐松几人在边上看着院里搅作一团，唐松厉声："小李，怎么回事？"

李发康吞吞吐吐："她说，她家的猪……死了？"

唐松的脸转黑："什么时候？怎么死的？猪在哪？让专家看

看怎么死的！"唐松示意一旁的专家去看看情况。

几人径直走向猪圈，留着发顺和玉旺两口子坐在客台上，发顺挠着头，玉旺继续抽噎。比房屋还要破败的猪圈里，猪躺在角落里。畜牧专家进猪圈当机立断："这猪还没死嘛！"专家用手捅了捅猪，猪哼哼："猪还没死嘛！"躺在地上的猪无视一旁的人，顶着圆滚滚的肚皮，睡着，不动，像死了。专家转身看向猪圈内的猪食槽干干净净："今天都给猪喂了什么？"发顺在院子里有气无力地回答："就是芭蕉和谷糠嘛！""那应该没事，就是这猪吃撑了！""早上喂了多少猪食？"发顺回答："喂了不少呢，这猪能吃得很。"

猪没死，只是吃撑了不想动。猪圈外的李发康长舒一口气，教育发顺："以后一定要注意了，引以为戒，科学饲养。"

畜牧专家继续在猪身上比画打量："不对，这猪有问题。"

李发康："有什么不对的，你扫一扫耳朵上的标识牌嘛，会有什么问题嘛！"

猪圈里的畜牧专家被李发康一驳："标识牌是对的，可这猪不对。品种不对，而且这头小母猪被劁过，根本不是母猪种。"

李发康勉力装出一副宁死不屈的模样："怎么可能嘛！会不会是……搞错了？"

专家依据有理："劁猪的刀口都还在，况且这猪是小耳种，跟建档立卡猪不是一个品种。"

被专家当场戳穿，李发康支支吾吾，无语应答。一直在旁观的唐松感觉被糊弄了，而且是不能罔视的糊弄，厉声喝道："李发康，你给我过来。"

"怎么回事？"

"就是这猪，不是那个猪。"前言不接后语。

"到底这猪是什么猪？"

"唐书记，就是这猪，它不是原来的猪。"

"那原来的猪呢？"

"原来的猪原来也在这圈里……后来不在了……这猪才来了。"

"原来的猪哪儿去了？"

"原来的猪丢了，找不到了！"助攻，发顺瘫在客台上说。

"好好的猪怎么就丢了呢！"

"就是我们杀猪，猪挣逃，猪跑我们追，我们追猪跑，然后就丢了。"再助攻，发顺瘫在客台上。

"啊，你们杀猪，你们竟敢杀这猪？"唐松吃惊，"那猪呢，猪在哪里？"

"猪在山上。"

"猪怎么会在山上呢？"

"因为猪跑到了山上。"

唐松和李发康院中的对话，再加之发顺的助攻，一场杀猪、追猪、此猪换彼猪的闹剧呈现在人们面前。此时另一行人马，副县长王冬和乡长兰正义闻声赶来。进门，唐松对李发康的批评教育立即转向了一脸疑惑的乡长兰正义身上："小兰，这种弄虚作假的面子工程一定要严厉批评及时处理，该处分的处分，不能手软。"一脸疑惑的乡长兰正义受到迎头呵责更加疑惑："唐书记，怎么了？出什么问题了吗？"唐松冷着脸厉声："怎么回事？你问问这个好干部李发康吧！"李发康在一旁低着头。

唐松转身对低着头灰溜溜的李发康拍拍肩："李发康同志，好自为之。"

"王县长，看来这个脱贫攻坚的工作形势严峻得很啊！走，回县里。"

村口的车子再次启动，在山路上蹦跶而回。乡长兰正义的车还留守，兰正义还要留在这处理问题，问题即指李发康。

还是发顺家中的院子，发顺冷着脸，李发康黑着脸，兰正义的脸更黑。玉旺不再抽泣，因为所有的人都黑着脸。老岩和二黑潜伏在门外，对于他们而言，门内任何事都是热闹。

兰正义："发康，说说吧！怎么回事？"

李发康："乡长，我也没办法啊！建档立卡猪丢了，为了迎检我才换猪的。"

兰正义："好端端的猪怎么就丢了呢？"

李发康："发顺他们杀猪，猪挣脱了跑进了山里。"

发顺抬起头："这个我可以证明，猪是我们杀的，跟发康没有关系。"

兰正义勃然大怒："闭嘴，没问你！"

发顺吃瘪，低下头继续挠头发，灰溜溜夹着尾巴。

兰正义："发康，那说说接下来你打算怎么办啊！"

李发康支支吾吾地憋出："我也不知道。"

兰正义："你这也算情有可原，关键是这事情办出马脚了。不处理你是不行了，惊动唐书记了。这样，处理你的事过几天再说，先把猪找回来。"

李发康委屈巴巴："这猪贼得很，找过了，找不到。"

兰正义："猪找回来，是工作的失误。猪找不回来，就是工作的错误，你自己看着办。"

停在村口的最后一辆车也启动蹦跶着开走了，村子恢复如常。换个方式形容吧：刚刚打完一场必败之仗的溃兵收获更大的败果，进而使得自身陷入更加窘迫的局面。李发康和发顺坐在院子石头上，现在的李发康跟发顺一样了，一样的灰头土脸，一样的右手挠着头，左手掐着烟屁股。

猪还没死就意味着玉旺又有事可做了，在院角咔咔剁着芭蕉。

老岩和二黑适时摸了进来。绝大部分时候，发顺、老岩和二黑是一体的，都是热闹的一部分。

"猪回来，是失误。猪不回来，是错误。"这句话是两个极端的结合，朝着李发康重压而下。李发康深知失误和错误的最终定性，没有什么本质的差别。

"要不，明天我们再去山上找找那猪！"李发康说，语气略软，带着恳求。

"找什么找，猪不是在猪圈里吗？"丢了一头猪又重新得到一头猪，发顺自然没有什么损失，他盘算着，发硬地拒绝着。

尽管气大伤身不好，不过发顺总能屡次成功挑起李发康的火。不要试图去点燃任何人心中的火把，引火自焚的人不在少数。李发康迅速被激起怒气，朝着发顺咆哮："憨杂种，要不是你们造作，会有现在这么多事吗？"发顺被李发康揪着衣领提起来，再推倒在地。李发康继续咆哮："憨杂种，一群憨杂种！社会好，政策好，好好过日子还不好？"

遇硬则软，发顺被推倒在地后就索性不起来，这是他的自保方式。任由李发康燃着怒火咆哮发泄。而一旁附和的老岩和二黑显得更为明智，躲着，不敢上前沾染怒火。不料李发康放过赖在地上的发顺，转而捏着拳头走向二人。二人赔着笑脸："李书记别这样，别这样！"二人砢碜地后退："别这样，这样不好，不好。"李发康继续逼近，二人退到墙根再无退处的时候妥协："好好好，我们错了，错了！明天继续上山找猪，找猪！"

李发康得到想要的回答，随之软了下来："不好意思，不该跟你们动粗的！"

"没有，没有。"二人继续赔着笑脸，顺便拉起赖在地上的发顺。一对三的男人之间的对局以李发康完胜宣告结束，玉旺还在院角剁芭蕉，咔咔咔的。

七

入夜，发顺家的人各自散去。

一天之中逐级传递的怒气还没有消除，从县委书记唐松到乡长兰正义，从兰正义到驻村干部李发康，再从李发康到发顺。这种逐级传递的怒气在传递过程中不断得到积累和加重，发顺承受着这股巨大的怒气。不过发顺并不是开阔之人，他消受不了。

所以，玉旺成为这股怒气的最终承受者。

两个人的落魄家庭，发顺充当着暴君。暴君必有暴行，首先发顺得先喝点酒，酒劲上头就趁着酒兴挑玉旺的毛病，以便为想要实施的暴行寻找合理的依据。一曰批评教育和指正，二曰拳头之下长记性。而玉旺最大的毛病在于一贯的示弱和一贯的隐忍，所以整日咔咔剁芭蕉喂猪成了发顺挑出的毛病。

"憨婆娘，大事不做，整日只会剁芭蕉喂猪！"发顺挑起。

剁芭蕉的玉旺受骂，无言之杠，往下剁的力度加大，"嗒嗒嗒"。今夜，发顺家又不得安宁。

最先传出发顺的酒后没有条理污浊的叫骂声，叫骂声一直持续，越来越大声。其间伴随着锅碗瓢盆落地、玻璃器皿破碎的声音，玉旺隐忍不回应，发顺独角戏唱罢；紧接着就是拳头击打肉体的沉闷声，头颅撞击门板的砰砰声，且越来越大声，越来越凶狠。

邻里以及全村今夜又跟着不得安宁："发顺又发酒疯打婆娘了！""发顺疯了，打得这么厉害，会不会打死人？"暴行愈演愈烈，从未有过的激烈，因为清楚地能听到玉旺绝望的惨叫和求饶声："不要打了……啊……不要打了……"邻里乃至全村不由得为玉旺揪心："去看看吧！劝劝，不然发顺这畜生真把媳妇打死。"

也有异议："别人家的家事别去掺和，别去沾到发顺。"

坐等，观望，持续的惨叫和求饶。

"嘭！……啊！……砰！"驻村未离开的李发康闻声而来，暴行止于李发康破门而入。嘭！一脚踢开门。啊！一脚踢在发顺屁股上。砰！发顺在地上狗啃泥。发顺借着酒劲弹地而起欲反击，再次被李发康一脚蹬倒，在地上借酒耍起赖："管得真宽，管教自己婆娘也要掺和。""砰！"又成功获取李发康一脚。"你婆娘不是人啊！怎么经得住这么打！"李发康朝着地上的发顺咆哮，"老子是干部，但也是你哥！"

李发康屈蹲一把揪起发顺的头发，厉声斥责："你看看，你婆娘被你打成什么样子了，狗杂种！"

房间角落，玉旺倚着墙柱，脸肿着，眼青着，流着鼻血，用袖子揩着。哭失了声，瑟瑟发抖抽噎着。地上散落着实施暴行的衣架、扫把和柴火棒子。

李发康指着墙角的玉旺："打女人，一个大男人。滚过来！道歉。"

发顺赖在地上："怎么可能跟一个女人道歉！"不容置疑，发顺话还没说完又再次获得李发康以暴制暴的一击。李发康揪着发顺的头发在地上拖行，拖到玉旺跟前，厉令："道歉。"

发顺不得不屈服，嘴角流血，面目狰狞，朝着玉旺大声："对不起，以后我不打你了！"这不算道歉，抽噎中的玉旺再次被狰狞的发顺刺激，浑身战栗，双手无力地向前挥舞："啊……啊……

别过来，别打我……"

清官难断家务事，而现在李发康管了，最直接，以暴制暴的方式。平息好这场别人家的暴乱以后，李发康还要去村民小组长家，明天要组织全村的劳力上山找猪。

"发顺，你再打婆娘，我把你手脚卸下来。"李发康临走之前警告。发顺失了神，蔫在一边抽着烟不做回应，算是一种妥协。玉旺在另一边继续抽泣，李发康的眼睛扫过来，看到她干巴地咧嘴表示感谢。

"玉旺，这狗杂种以后还打你，你告诉我，过不下去就离婚！"听到李发康建议离婚，发顺瞪了李发康一眼。

绝不试图去赞美，只需要真实地描述。单纯地描述一个场景，从发顺家出来，李发康接着奔赴下一家，从一件事奔赴另一件与上一件毫无关联的事。着重于时间，深夜，狗都不吠的深夜。基层干部扮演着一个类似于父母的角色，喋喋不休，殚精竭虑，苦口婆心，以换来民众早就该具备的觉悟。基层干部的工作类似于在琐碎的河流中浮沉，这种琐碎的处理，要么细致入微，要么身败名裂。

次日，天还未亮，发顺的疯叫声又将整个村子喊得不得安宁。这种疯喊还不同以往，是沿着村道疯跑的疯喊。仔细一听发顺疯喊的内容：

"哇呀呀！李发康，我婆娘跑啦！不见啦！"

"哇呀呀，李发康，你个狗杂种，你促我婆娘跟我离婚！"

"李发康，你个憨杂种！"

发顺的疯喊一直持续到天亮，重复性的奔走叫喊以至于全村的人起来知道的第一件事情是这样的：驻村干部李发康建议玉旺和发顺离婚，从而导致了玉旺现在不知所终。

在宁拆十座庙，不毁一桩婚的传统真理面前，村民一致认为发顺打婆娘是自家的小事小恶，而李发康一举则是大恶。这是大多数人的认为，可暂且成为正确。

疯喊到天明的发顺终在喊累的时候静了下来，木讷，两眼无神。现在他终于是一个人了，他从未想过会一个人。不过还想推脱责任或者是博取更多的同情，有气无力地嘟囔着："狗日的李发康！"

老岩劝解："发顺，怎么了？"

发顺捏着烟屁股："狗日的李发康促玉旺和我离婚，玉旺就跑丢了。"

老岩："那你婆娘到底跑哪里了？"

发顺："昨晚那疯婆娘揩干净鼻血就往外跑，跑进了林子里，跑得太疯，我追不上她。"

二黑附和："嗯，真的狗日的李发康。"

再次将行动轨迹倒述到起初找猪的林子来，还是一样的场景描写：村北边是森林，最外围是退耕还林后村民种下的松林，往深处走，是人迹罕至的原始森林。为什么要旧景重提呢？因为据发顺的描述，昨晚玉旺就是趁着月色跑向这个方向的，并最终音讯全无。

外围的松林中，大规模的人群聚集。昨夜发顺家的叫喊，成为今早众人的谈资。议论纷纷的众人最终统一意见："玉旺失踪的原因可归结为，由于李发康这个外人擅自插手发顺家的家事。"

乡长兰正义一大早便闻讯赶来，贫困村特困户的婆娘丢了，这是天大的事。此时兰正义正训斥着奔忙一夜的李发康："猪的问题还没解决好，现在你又弄出个丢人！太丢人了！"

李发康："发顺都快把他婆娘打死了，所以我就……"

兰正义："自己的事情都还没处理好，还有心思管别人的家事。"

旁观李发康被训斥的发顺这会儿又有了力气，恨恨地："兰乡长，就是他要管我教育我自己的婆娘，我婆娘才丢的。他还促我婆娘跟我离婚……"

兰正义："发顺，你给老子闭嘴。"

太阳出来，林子中的浓雾散开。村庄里的能动劳力组成的搜索队伍进入森林，本来是要找猪，现在还要找人。因为要找人，惊动了兰正义，兰正义带来了乡派出所的全体警员和消防人员。当然，还有一只警犬，以及若干只村民家中品种不纯的撵山犬。

"找猪和找人两件事碰在一起，开干！"兰正义一声令下。

山大了，再多的人也自然就少了。本来计划的地毯式搜索不奏效，所有参与此次搜寻的人员在林中铺撒开来，往森林深处找。边走边喊，这边的人喊着玉旺，那边的人学着猪叫。

"玉旺这个小女子怎么这么能跑呢！这么多人找都还找不到。"

"都快找了一天了，怎么还找不到？"

发顺、老岩和二黑又聚在一起，跟在队伍的最后面，他们三人又一样了。漫不经心。

"发顺，婆娘跑丢了，你怎么一点都不心焦？"

发顺："死了最好，这疯婆娘！"

"发顺，我劝你还是好好找找，没了婆娘怎么过日子。"

发顺："那疯婆娘是李发康弄丢的，他要负责。"发顺将责任推脱得一干二净。此时李发康正带着人在林子深处找，听不到。

"发顺，你是个畜生。"李发康在心里说。

进山搜寻的队伍在山中一直搜寻到傍晚依旧是毫无头绪，唯一的收获便只是越往深处走，地上散落的猪粪越多。村民跟兰正义打趣："兰乡长，派出所该发枪了，不然这野猪又要下山祸害人了。"兰正义："莫要扯卵，找人要紧。""不过要说玉旺这小女子进山也应该走不了多远，怎么就找不到呢？"警犬在嗅了玉旺的衣服气味汪汪汪撒出数里后也在山中丧失了气味的方向，众人不禁为玉旺的安危担忧起来。

村民甲："林子里有豺狗和豹子！"

村民乙："林子里有吃人的狗熊！"

村民丙："林子里还有大黑野猪，也吃人！"

村民甲乙丙代表群众的声音、代表群众的猜测里，玉旺的死因。因为找了一天了，丝毫不见玉旺的踪迹。

兰正义中断众议论："干部留下连夜找，村民回家，今晚找不到，明天接着找。"

村民回村，山中入夜。兰正义、李发康等一众干部继续留守山中，人命关天。消防和民警打着大电筒在前，兰正义和李发康打着小手电跟在后面。山中的夜里幽冷，林中的每一丝响动都会被放大得诡异。

"嗷嗷嗷！"猪叫声在夜里响起。

"你们听，猪在嗷嗷叫！"

"果然有猪在嗷嗷叫！"

众人闻声，手电筒齐刷刷朝着嗷嗷叫声的地方照，众人朝着手电筒照到的地方奔跑。约估摸半小时后，离嗷嗷的叫声越来越近。手电筒所照的灌木丛中因为反射亮起数十双小灯泡："是野猪，很多的野猪！"有人惊喊。嗯，是的！灌木丛中亮起的小灯泡正是野猪群的眼睛反射着手电筒。与野猪在夜里不期而遇，众人愕然。野猪在夜里被强光所照，怔住三秒。待野猪回过神来嗷嗷往漆黑中逃的时候，众人还在愕然中。

"还愣着干吗？追上去。"李发康喊，众人打着手电筒追上去。

森林，尤其是夜里的森林，那绝对是属于野物的领地。野猪群往山顶上蹿，众人跟在后头追。野猪群至山顶，野猪群向下翻下了山梁子后不见了踪影。兰正义和李发康跟在最后，气喘吁吁跟上来。

兰正义："大半夜的跟着野猪瞎追什么？万一野猪转过头来咬人怎么整！"

李发康喘着粗气："你看见了没？野猪群里夹着一头白猪？"

兰正义："乱逼麻麻的！谁顾得上去看黑的白的？"

李发康喊住一个民警问："那你看见了没，有一头白猪？"

民警："没有，光看猪眼睛了！"

"你……唉……"李发康问不出个结果。

"野猪群里夹进了家猪，家猪还不得被咬死！"

李发康把手电夹在腋下，双手揉了揉眼睛："应该没看错啊！我就看见一头白猪夹在黑野猪中间。"李发康再揉揉眼睛，一拍脑门："我敢肯定有一头白猪夹在里面！"李发康自我拍板，确定看见一头白猪，此猪极有可能就是发顺家跑丢的那头建档立卡猪。

"那猪呢？"兰正义打断李发康。其实众人与野猪群只不过在慌乱中照过一面而已。

山中搜寻人员夜遇野猪群的消息成为第二天早上人们的谈资，议论纷纷的一致结论：发顺跑丢的媳妇玉旺有极大的可能已经死在了山上，根据玉旺踪迹全无以及野猪成群的事实可以正面得出悲惨的推测，玉旺死了，肉已经被野猪吃了，骨头也被嚼碎。同时也得出一致的同情和愤慨：把发顺这个畜生也丢到山上让野猪嚼碎，李发康这个多管闲事的间接杀人犯也丢到山里。

发顺在玉旺走丢次日，又伙同着老岩、二黑，呼呼大醉，仿佛丢了的不是他的媳妇。呼呼大醉时坚持的醉话："玉旺，是李发康弄丢的！必须由李发康负责。"

李发康领着人在山中继续找，他走在最前面，背后是千夫所指。

一天一夜的山中引吭，留守山中一天一夜的搜寻人员累得够呛。乡长兰正义糊弄个理由一大早就回了乡上，其余搜寻人员散在地上，横着，倚着，侧躺着。玉旺山中走失，谁都没法安宁。

随着玉旺走丢的时间拖长，这支搜寻队伍的规模不断扩大。第二天，相邻的几个村的劳力加入进来。第三天，县上派来一支专业的消防队员。地毯式的搜寻在玉旺走失后第三天正式形成，林中已撒出去千余人。可是在千余双眼睛之下，丝毫不见任何一丝有关玉旺的踪迹。县上每天的指示大同小异——设法减小这事的影响。但是这事没法不大，这种类似于人间蒸发的音讯全无让这场千余人找一人的事件无边扩大，一直寂静冷清的山林在大规模的人群介入之后变得热闹又沸腾。

不断加长的失踪时间消耗着李发康的耐性，在山中坚持三天三夜的李发康灰心丧气，心里打着突，脑子发着木。眼前一黑，累晕之前仍然不屈从："活要见人，死要见尸！"如果搜寻的第一天是人和猪一起找，第二天就是单纯地找人，第三天第四天就是活要见人死要见尸。而第五天，千余人期望着在林中张大鼻孔单纯地寻找一具发臭的遗体，以告结这件费时费力的搜寻。可是没有，什么都没有。

当玉旺的死讯满天飞的时候，发顺不得不接受玉旺已死的现实。酒越喝越发酸，接受死讯就意味着不得不悲伤，发顺不敢再扯着嗓子喊一个死人疯婆娘了。

所以发顺从村子一路哭喊着上山去："狗日的李发康，你还我玉旺。"

发顺的这种哭喊来得快，去得也快。就像是刻意地走走过场，在散落着千余人的林中哭号一气后，被老岩和二黑钳下山去。把悲伤哭喊出来不一定有缓释功能，不过能博取同情，这是发顺的目的。晕倒被抬走的李发康自然而然成为发顺这个可怜之人可怜的可恨制造者，这是一致认为，不可说服。

无所谓始，也无所谓终。发顺、老岩、二黑三人又继续成为一体，喝上了酒。

老岩："给玉旺立个牌位供一下吧？"

发顺又开始醉话："不弄，浪费香火。明天去告狗日的李发康。"发顺又开始盘算着。

二黑："嗯嗯，人命，赔死狗日的李发康。"

八

玉旺走丢的第十天。

县委书记唐松的办公室热闹非凡，名为接待失踪者家属，实则是发顺率领着老岩和二黑在这里赖作一团。发顺的小盘算，以一条人命为筹码，肯定能在这里吃到一些甜头。唐松冷着脸，寻找着解决之法。办公室的皮沙发上，二黑穿着污兮兮的袜子蹲在上面，老岩靠着，抽烟，吐痰。发顺跷着二郎腿，假装丧妻之痛。对，是假装。

发顺："唐书记，都是李发康弄的鬼，我要一个说法，我家媳妇死得不明不白。"

唐松冷着脸："你媳妇不是没死吗？"

发顺："那么多人找了十天都找不到，跟死了有什么区别。"

发顺继续一脸哭相："唐书记，建档立卡猪是李发康发到我家的，换猪迎检的猪也是李发康买的，我那可怜的媳妇也是因为李发康才弄丢的……"

二黑和老岩附和："是啊，是啊，我们可以作证，都是因为狗日的李发康。"

唐松好言细语："我们县里会仔细研究这个事情，尽快给你们一个满意的答复。"

发顺无赖："我们好不容易来一次县里，今天必须要一个说法，不然就不走了！"

唐松无奈，也只得继续见证三人的无耻："那说说吧！你们的意见。"

发顺愤愤："李发康促我媳妇和我离婚，我媳妇才跑丢的，一定要处理他。而且李发康买到我家迎接检查的猪，我希望政府可以帮我变成钱……以后……政府再有什么发猪崽发鸡儿的，直接帮我变成钱发给我……还有就是……我媳妇死了，政府方面多少给点赔偿……"

　　唐松一听发顺一口气说出一系列无理的要求，冷着的脸转黑。"啪！"一拍桌子："死了婆娘还狂了小鬼？李发康的事情我们县里会处理，你们的意见我们也会开会讨论。现在，请你们出去，我们要开会了！"唐松对三人下着逐客令，不过三人丝毫不见要走的意思。唐松无奈，打通乡长兰正义的电话愤愤地说："兰乡长，快来把发顺他们带回去。"转而对坐在沙发上的三人说道："你们喜欢待就待着吧！我要开会去了。"

　　"唐书记，唐书记！"三人看着唐松的背影。

　　还是唐松办公室内，二黑："发顺，你狗日的不会说话！"

　　发顺："要怎么说，我说的都是实话嘛！"

　　老岩："本来可以弄点补偿款的，现在完蛋了。"

　　三人又开始百无聊赖没有结果的内斗。

　　玉旺走丢后的搜寻工作在搜寻十二天无果后宣告结束，玉旺成为失踪人口。李发康是躺在病床上被当作问题处理的，扶贫的母猪丢了，是工作的错误。处理基层问题的时候用不当的手段造成严重的后果，这是严重的工作错误。数错加在一起，李发康成为特别严重的，可以作为其他干部引以为戒的反面典型。革去公职——当李发康听到县上给自己的处理意见的时候，李发康瞬间释然："唉！"长舒一气："就这样吧！"其间，发顺率领的老岩和二黑三人的无赖队伍从乡上到县上再到市上，闹遍了所有他们认为可以管到这件事情的部门。以至于从乡上到县上再到市上的各个部门都一致认为——此人无赖，避之不及。

卸去公职之后的李发康备感轻松，他要离开这个地方。插手别人的家事从而导致别人媳妇跑丢了，他已背负着千夫所指的罪名。解释不清，不可说服。当李发康身无一物坐上离开的客车的时候，那个消失数月音讯全无的玉旺从山里回来了。

嗯，没说错！那个跑进山林里失踪数月的玉旺，那个千余人搜寻而不见的玉旺回来了。一同和玉旺回来的还有那头所谓的建档立卡母猪种以及母猪身后跟着的一群小猪崽。母猪嗷嗷嗷，小猪呀呀呀，被玉旺赶着穿村而过。这一天，村里的人打开大门，玉旺和猪回来，像战士凯旋。

"玉旺不是死在山上了吗？怎么回来了？"

"怎么还赶着猪回来了？还有一群小猪崽子。"

"那群小猪崽是小野猪呢！"

"肯定是小野猪，大概是那母猪跑到山上跟野公猪配的种！"

"不是，玉旺不是死了吗？怎么又回来了？"问题又回到原点。

玉旺和猪继续在村中穿行，一路走，背后跟着的人越来越多，都想看一看这个失踪在林中数月的女人。

玉旺赶着猪回到家中的时候，发顺刚打包好行李，他准备到省里去上访。大门开，见玉旺进门，发顺一愣，接着一惊："啊！你他妈不是死了吗？"赶进院子里的猪嗷嗷，见玉旺不回话，发顺大声吼道："你他妈不是死了吗？怎么回来了，没死成？"玉旺的嘴嘟囔了几下，发声："李……李发康……在哪？"见玉旺回来的第一句话就是问李发康，发顺愤愤："李发康都他妈差点把你害死了，你还跟我提他？"发顺挥手欲打玉旺。

不过这次发顺失算了。"啪！"玉旺响亮的一耳光抽在发顺脸上。挨了一巴掌的发顺发着蒙捂着脸向后退却："这疯婆娘，真的疯了！"天旋地转，天旋地转，这里的天旋地转指的是发顺在捂着脸的瞬间看到门外奚笑的人群。这当然很让人没面，发顺在此时酸软，瘫在地上。世界仿佛倒置，然后变了个色。

"李……发康……"

从山中归来的玉旺变得强硬，但是依旧痴傻。不过人们改变了说法，玉旺这是淳朴的无害。玉旺吆喝着从山中带回来的猪群，沿着山路走，最终被林海淹没。

列车向东走，驶出南高原，革去职务的李发康在车上。换个环境也许是种逃离，而逃离偶尔是逃命。列车向东走，李发康的电话响，接通，乡长兰正义的声音："发康啊！误会啊！误会，发顺家媳妇回来了，建档立卡猪也回来了！"

李发康并不惊讶："回来就好，回来就好！"

兰正义："我们乡里和县上已经更正了对你的处理，你可以回来了！"

"……"电话那头李发康不作声。

兰正义接着说："发顺媳妇回来，带回来建档立卡猪，还领回来一窝野猪的杂交崽子。乡上准备在村里建立一个野猪杂交的示范基地。"

"……"李发康还是不作声。

兰正义接着说："回来吧！村里的工作需要你！"

"嘟……嘟……嘟……"电话忙音，李发康挂断电话，列车驶出高原。

"唉，累了！结束了！"李发康自言自语，倚着车窗，睡去。

九

现在，我经常在电话里喊李发康："嘿，倒霉蛋！"

他回："滚屎！说人话！"

我："爸！"

他现在在沿海的某个城市的建筑工地，有时候扎钢筋，多数时候扛水泥。

我："爸，村里的野猪养殖场弄起来了！村里的人都顺利脱贫了。"

我爸李发康："那就好，现在国家政策那么好，好好过日子比什么都强！"

我接着："玉旺养殖场的每一头猪，都是我爸！"

玉旺管养殖场的每一头猪，都叫作李发康。

没有语言的生活

/// 东西

王老炳和他的聋儿子王家宽在坡地上除草，玉米已高过人头，他们弯腰除草的时候谁也看不见谁。只有在王老炳停下来吸烟的瞬间，他才能听到王家宽刮草的声音。王家宽在玉米林里刮草的声音响亮而且富于节奏，王老炳以此判断出儿子很勤劳。

那些生机勃勃的杂草，被王老炳锋利的刮子斩首，老鼠和虫子窜出它们的巢四处流浪。王老炳看见一团黑色的东西向他头部扑来，当他意识到撞了蜂巢的时候，他的头部、脸蛋以及颈部全被马蜂包围。他在疼痛中倒下，叫喊，在玉米地里滚动。大约滚了二十米，他看见蜂团仍然盘旋在他的头顶，蜂团像一朵阴云紧追不舍。王老炳开始呼喊王家宽的名字。但是王老炳的儿子王家宽是个聋子，王家宽这个名字对于王家宽形同虚设。

王老炳抓起地上的泥土与蜂群做最后的抵抗，当泥土撒向天空时，蜂群散开了，当泥土落下来的时候，马蜂也落下来。它们落在王老炳的眼睛、鼻子和嘴巴上。王老炳感到眼睛快要被蜇瞎了。王老炳喊家宽，快来救我。家宽妈，我快完啦。

王老炳的叫喊像水上的波澜归于平静之后，王家宽刮草的声音显得愈来愈响亮。刮了好长一段时间，王家宽感到有点口渴，便丢下刮子朝他父亲王老炳那边走去。王家宽看见一大片肥壮的玉米被压断了，父亲王老炳仰天躺在被压断的玉米秆上，头部肿得像一个南瓜，瓜的表面光亮如镜照得见天上的太阳。

王家宽抱起王老炳的头，然后朝对面的山上喊狗子、山羊、老黑——快来救命啊。喊声在两山之间盘旋，久久不肯离去。有人听到王家宽尖厉的叫喊，以为他是在喊他身边的动物，所以并不理会。当王家宽的喊声和哭声一同响起来时，老黑感到事情不妙。老黑对着王家宽的玉米地喊道：家宽——出什么事了？老黑连连喊了三声，没有听到对方的回音，便继续他的劳动。老黑突然意识到家宽是个聋子，于是老黑静静地立在地里，听王家宽那边的动静。老黑听到王家宽的哭声掺和在风声里，我爹他快死了，我爹捅了马蜂窝快被蜇死了……

王家宽和老黑把王老炳背回家里，请中医刘顺昌为王老炳治疗。刘顺昌指使王家宽脱掉王老炳的衣裤，王老炳像一头褪了毛的肥猪躺在床上，许多人站在床边围观刘顺昌治疗。刘顺昌把药水涂在王老炳的头部、颈部、手臂、胸口、肚脐、大腿等处，人们的目光跟随刘顺昌的手游动。王家宽发现众人的目光落在他爹的大腿上，他们交头接耳像是说他爹的什么隐私。王家宽突然感到不适，觉得躺在床上的不是他爹而是他自己。王家宽从床头拉出一条毛巾，搭在他爹的大腿上。

刘顺昌被王家宽的这个动作蜇了一下，他把手停在病人的身上，对着围观的人们大笑。他说家宽是个聪明的孩子，他虽然是个聋子，但他已猜到我们在说他爹，他从你们的眼睛里脸蛋上猜出了你们说话的内容。

刘顺昌递给王家宽一把钳子，暗示他把王老炳的嘴巴撬开。王家宽用一根布条，在钳口处缠了几圈，然后才把钳口小心翼翼地伸进他爹的嘴巴，撬开他爹紧闭的牙关。刘顺昌一边灌药一边说家宽是个细心人，我没想到在钳口上缠布条，他却想到了，他是怕他爹痛呢。如果他不是个聋子，我真愿意收他做我的徒弟。

药汤灌毕，王家宽从他爹嘴里抽出钳子，大声叫了刘顺昌一声师傅。刘顺昌被叫声惊住，片刻之后才回过神来。刘顺昌说，家宽你的耳朵不聋了，刚才我说的你都听见了，你是真聋还是假聋？王家宽对刘顺昌的质问未作任何反应，依然一副聋子模样。尽管如此，围观者的身上还是起了一层鸡皮疙瘩，他们感到害怕，害怕刚才他们的嘲笑已被王家宽听到了。

十天之后，王老炳的身体才基本康复，但是他的眼睛什么也看不见了，他成了一个货真价实的瞎子。不知情的人问他，好端端的一双眼睛，怎么就瞎了？他总是不厌其烦地回答：是马蜂蜇瞎的。由于他不是天生的瞎子，他的听觉器官和嗅觉器官并不特别发达，他的行动受到了局限，没有儿子王家宽，他几乎寸步难行。

　　老黑养的鸡东一只西一只地死掉。起先老黑还有工夫把死掉的鸡捡回来拔毛，弄得鸡毛满天飞。但是一连吃了三天死鸡肉之后，老黑开始感到腻味。老黑把那些死鸡埋在地里，丢在坡地。王家宽看见老黑提着一只死鸡往草地走，王家宽知道鸡瘟从老黑家开始蔓延了。王家宽拦住老黑，说你真缺德，鸡瘟来了为什么不告诉大家。老黑嘴皮动了动，像是辩解。王家宽什么也没听到。

　　第二天，王家宽整理好担子，准备把家里的鸡挑到街上去卖。临行前王老炳拉住王家宽，说家宽，卖了鸡后给老子买一块肥皂回来。王家宽知道爹想买东西，但是不知道爹要买什么东西。王家宽说爹，你要买什么？王老炳用手在胸前画出一个方框。王家宽说那是要买香烟吗？王老炳摇头。王家宽说那是要买一把菜刀？王老炳仍然摇头。王老炳用手在头上、耳朵、脸上、衣服上搓来搓去，做进一步的提醒。王家宽愣了片刻，终于啊了一声。王家宽说爹，我知道了，你是要我给你买一条毛巾。王老炳拼命地摇头，大声说不是毛巾，是肥皂。

　　王家宽像是完全彻底地领会了他爹的意图，掉转身走了，空留下王老炳徒劳无益的叫喊。

　　王老炳摸出家门，坐在太阳光里，他嗅到太阳炙烤下衣服冒出的汗臭，青草和牛屎的气味弥漫在他的周围。他的身上出了一层细汗，皮肤似乎快被太阳烧熟了。他知道这是一个伸手就可以触摸到阳光的日子，这个日子特别漫长。赶街归来的喧闹声，从王老炳的耳边飘过，他想从那些声音里辨出王家宽的声音。但是他一次又一次地失望，他听到了一个孩童在大路上唱的一首歌谣，孩童边唱边跑，那声音很快就干干净净地消逝了。

热力渐渐从王老炳的身上减退，他知道这一天已接近尾声。他听到收音机里的声音向他走来，收音机的声音淹没了王家宽的脚步声。王老炳不知道王家宽已回到家门口。

王家宽把一条毛巾和一百元钱塞到王老炳手中。王家宽说爹，这是你要买的毛巾，这是剩下的一百元钱，你收好。王老炳说你还买了些什么？王家宽从脖子上取下收音机，凑到王老炳的耳边，说爹，我还买了一个小收音机给你解闷。王老炳说你又听不见，买收音机干什么？

收音机在王老炳手中咿咿呀呀地唱，王老炳感到一阵悲凉。他的手里捏着毛巾、钞票和收音机，唯独没有他想买的肥皂。他想肥皂不是非买不可，但是家宽怎么就把肥皂理解成毛巾了呢？家宽不领会我的意图，这日子怎么过下去？如果家宽妈还活着，事情就好办了。

几天之后，王家宽把收音机据为己有。他把收音机吊在脖子上，音量调到最大，然后走家串户。王家宽走到哪里，哪里的狗就对着他狂叫不息。即便是很深很深的夜晚，有人从梦中醒来，也能听到收音机里不知疲劳的声音。伴随着收音机号叫的，是王老炳的责骂。王老炳说你这个聋子，连半个字都听不清楚，为什么把收音机开得那么响，你这不是白费电池白费你老子的钱吗？

吃罢晚饭，王家宽最爱去谢西烛家看他们打麻将。谢西烛看见王家宽把收音机紧紧抱在胸前，像抱一个宝贝，双手不停地在收音机的壳套上摩挲。谢西烛指了指收音机，对王家宽说，你听得到里面的声音吗？王家宽说我听不到但我摸得到声音。谢西烛说这就奇怪了，你听不到里面的声音，为什么又能听到刚才我的声音？王家宽没有回答，只是嘿嘿地笑，笑过数声后，他说他们总是问我，听不听得到收音机里在说什么？嘿嘿。

慢慢地，王家宽成了一些人的中心，他们跨进谢西烛家的大门，围坐在王家宽的周围。一次收音机里正在说相声，王家宽看见人们前仰后合地咧嘴大笑，也跟着笑。谢西烛说你笑什么？王家宽摇头。谢西烛把嘴巴靠近王家宽的耳朵，炸雷似的喊：你笑什么？王家宽像被什么击昏了头，木然地望着谢西烛。好久了，王家宽才说，他们笑，我也笑。谢西烛说我要是你，才不在这里呆坐，在这里呆坐不如去这个。谢西烛用右手的食指和左手的拇指与食指，做了一个淫秽的动作。

谢西烛看见王家宽脸上红了一下，谢西烛想他也知道羞耻。王家宽悻悻地站起来，朝大门外的黑夜走去，从此他再也不踏进谢家的大门。

王家宽从谢家走出来时，心头像爬着个虫子不是滋味。他闷头闷脑在路上走了十几步，突然碰到了一个人。那个人身上带着浓香，只轻轻一碰就像一捆稻草倒在了地上。王家宽伸手去拉，拉起来的竟然是朱大爷的女儿朱灵。王家宽想绕过朱灵往前走，但是路被朱灵挡住了。

王家宽把手搭在朱灵的膀子上，朱灵没有反感。王家宽的手慢慢上移，他终于触摸到了朱灵温暖细嫩的脖子。王家宽说朱灵，你的脖子像一块绸布。说完，王家宽在朱灵的脖子上啃了一口。朱灵听到王家宽的嘴巴啧啧响个不停，像是吃上了什么可口的食物，余香还残留在嘴里。朱灵想我从来没有听到过这么贪婪动听的咂嘴声。她被这种声音迷惑，整个身躯似乎已飘离地面，她快要倒下去了。王家宽把她搂住，王家宽的脸碰到了她嘴里呼出的热气。

他们像两个落水的人，现在攀肩搭背朝夜的深处走去。黑夜显得公正平等，声音成为多余。朱灵伸手去关收音机，王家宽又把它打开。朱灵觉得收音机对于王家宽，仅仅是一个四四方方的匣子，吊在他的脖子上，他能感受到重量并不能感受到声音。朱灵再次把收音机夺过来，贴到耳边，然后把声音慢慢地推远，整个世界突然变得沉静安宁。王家宽显得很高兴，他用手不停地扭动朱灵胸前的扣子，说你开我的收音机，我开你的收音机。

村里的灯一盏一盏地熄灭，王家宽和朱灵在草堆里迷迷糊糊地睡去。朱灵像做了一场梦，在这个夜晚之前，她一直被父母严加看管。母亲安排她做那些做也做不完的针线活。母亲还努力营造一种温暖的气氛，比如说炒一盘热气腾腾的瓜子，放在灯下慢慢地剥，然后把瓜子丢进朱灵的嘴里。母亲还马不停蹄地说男人怎么怎么的坏，大了的姑娘到外面去野如何如何的不好。

朱灵在朱大爷的呼唤声中醒来。朱灵醒来时发觉有一双男人的手按在自己的胸前，便朝男人的脸上狠狠地扇了一巴掌。王家宽松开双手，感到脸上一阵阵辣。王家宽看见朱灵独自走了，王家宽说你这个没良心的。朱灵从骂声里觉出一丝痛快，她想今夜我造反了，我不仅造了父母的反，也造了王家宽的反，我这巴掌算是把王家宽占的便宜赚回来了。

次日清晨，王家宽还没起床便被朱大爷从床上拉起来。王家宽看见朱大爷唾沫横飞挽袖握拳，似乎是要大打出手才解心中之恨。在看到这一切的同时，王家宽还看到了朱灵，朱灵双手垂落胸前，肩膀一抽一抽地哭。她的头发像一团零乱的鸡窝，上面还沾着一丝茅草。

朱大爷说家宽，昨夜朱灵是不是和你在一起？如果是的，我就把她嫁给你做老婆算了。她既然喜欢你，喜欢一个聋子，我就不为她瞎操心了。朱灵抬起头，用一双哭红的眼睛望着王家宽，朱灵说你说，你要说实话。

王家宽以为朱大爷问他昨夜是不是睡了朱灵，他被这个问题吓怕了，两条腿像站在雪地里微微地颤抖起来。王家宽拼命地摇头，说没有没有……

朱灵垂立的右手像一根树干突然举过头顶，然后重重地落在王家宽的左脸上。朱灵听到鞭炮炸响的声音，她的手掌被震麻了。她看见王家宽身子一歪，几乎跌倒下去。王家宽捂住火辣的左脸，感到朱灵的这一掌比昨夜的那一掌重了十倍，看来我真的把朱灵得罪了，大祸就要临头了。但是我在哪里得罪了朱灵？我为什么平白无故地遭打？

朱灵捂着脸返身跑开，她的头发从头顶散落下来。王家宽进屋找他爹王老炳。他说她为什么打我？王家宽话音未落，又被王老炳扇了一记耳光。王老炳说谁叫你是聋子？谁叫你不会回答？好端端一个媳妇，你却没有福分享受。

王家宽开始哭，哭过一阵之后，他找出一把尖刀，跑出家门。他想杀人，但他跑过的地方没有任何人阻拦他。他就这样朝着村外跑去，鸡狗从他脚边逃命，树枝被他砍断。他想干脆自己把自己干掉算了，免得硌痛别人的手。想想家里还有个瞎子爹，他的脚步放慢下来。

凡是夜晚，王家宽闭门不出。他按王老炳的旨意，在灯下破篾准备为他爹编一床席子。王老炳认为男人编篾货就像女人织毛线或者纳鞋底，只要他们手上有活，他们就不会出去惹是生非。

破了三晚的篾条，又编了三天，王家宽手下的席子开始有了席子的模样。王老炳在席子上摸了一把，很失望地摇头。王家宽看见爹不停地摇手，爹好像是不要我编席子，而是要我编一个背篓，并且要我马上把席子拆掉。王家宽说我马上拆。爹的手立即安静下来，王家宽想我猜对爹的意思了。

就在王家宽专心拆席子的这个晚上，王老炳听到楼上有人走动。王老炳想是不是家宽在楼上翻东西。王老炳叫了一声家宽，是你在楼上吗？王老炳没有听到回音。楼上的翻动声愈来愈响，王老炳想这不像是家宽弄出来的声音，何况堂屋里还有人在抽动篾条，家宽只顾拆席子，他还不知道楼上有人。

王老炳从床上爬起来，估摸着朝堂屋走去。他先是被尿桶绊倒，那些陈年老尿洒满一地，他的裤子湿了，衣服湿了，屋子里飘荡腐臭的气味。他试图重新站起来，但是他的头撞到了木板，他想我已经爬到了床下。他试探着朝四个不同的方向爬去，四面似乎都有了木板，他的额头上撞起五个小包。

王家宽闻到一股浓烈的尿臭，以为是他爹起床小解。尿臭持续好长一段时间，并且愈来愈浓重，他于是提灯来看他爹。他看见他爹湿淋淋地趴在床底，嘴张着，手不停地往楼上指。

王家宽提灯上楼，看见楼门被人撬开，十多块腊肉不见了，剩下那根吊腊肉的竹竿在风中晃来晃去，像空荡荡的秋千架。王家宽对着楼下喊：腊肉被人偷走啦。

第五天傍晚，刘挺梁被他父亲刘顺昌绑住双手，押进王老炳家大门。刘挺梁的脖子上挂着两块被火烟熏黑的腊肉，那是他偷去的腊肉中剩下的最后两块。刘顺昌朝刘挺梁的小腿踹了一脚，刘挺梁双膝落地，跪在王老炳的面前。

刘顺昌说老炳，我医好过无数人的病，就是医不好我这个仔的手。一连几天我发现他都不回家吃饭，我觉得有些奇怪，我就跟踪他。原来他们在后山的林子里煮你的腊肉吃，他们一共四人，还配备了锅头和油盐酱醋。别的我管不着，刘挺梁我绑来了，任由你处置。

王老炳说挺梁，除了你还有哪些人？刘挺梁说狗子、光旺、陈平金。

王老炳的双手顺着刘挺梁的头发往下摸，他摸到了腊肉，然后摸到了刘挺梁反剪的双手。他把绳子松开，说今后你们别再偷我的了，你走吧。刘挺梁起身走了。刘顺昌说你怎么就这样轻轻松松地打发他？王老炳说顺昌，我是瞎子，家宽耳朵又聋，他们要偷我的东西就像拿自家的东西，易如反掌，我得罪不起他们。

刘顺昌长长地嘘了一口气，说你的这种状况非改变不可，你给家宽娶个老婆吧。也许，那样会好一点儿。王老炳说谁愿意嫁他呀。

刘顺昌在为人治病的同时，也在暗暗为王家宽物色对象。第一次，他为王家宽带来一个寡妇。寡妇手里牵着一个大约五岁的女孩，怀中还抱着一个不满周岁的婴儿。寡妇面带愁容，她的丈夫刚刚病死不久，她急需一个男劳力为她耙田犁地。

寡妇的女孩十分乖巧，她一看见王家宽便双膝落地，给王家宽磕头。她甚至还朝王家宽连连叫了三声爹。刘顺昌想可惜王家宽听不到女孩的叫声，否则这桩婚姻十拿九稳了。

　　王家宽摸摸女孩的头，把她从地上拉起来，为她拍净膝盖上的尘土。拍完尘土之后，王家宽的手无处可放。他犹豫了片刻，终于想起去抱寡妇怀中的婴儿。婴儿张嘴啼哭，王家宽伸手去掰婴儿的大腿，他看见婴儿腿间鼓胀的鸟仔。他一边用右中指在上面抖动，一边笑嘻嘻地望着寡妇。一线尿从婴儿的腿中间射出来，婴儿止住哭声，王家宽的手上沾满了热尿。

　　趁着寡妇和小女孩吃饭的空隙，王家宽用他破篾时剩余的细竹筒，做了一支简简单单的箫。王家宽把箫凑到嘴上狠劲地吹了几口，估计是有声音了，他才把它递给小女孩，他对小女孩说等吃完饭了，你就吹着这个回家，你们不用再来找我啦。

　　刘顺昌看着那个小女孩一路吹着箫，一路跳着朝他们的来路走去。箫声粗糙断断续续，虽然不成曲调，但听起来有一丝凄凉。刘顺昌摇着头，说王家宽真是没有福分。

　　后来刘顺昌又为王家宽介绍了几个单身女人，王家宽不是嫌她们老就是嫌她们丑。没有哪个女人能打动他的心，他似乎天生地仇恨那些试图与他一起生活的女人。刘顺昌找到王老炳，说老炳呀，他一个聋子挑来挑去的，什么时候才有个结果，干脆你做主算啦。王老炳说你再想想办法。

　　刘顺昌把第五个女人带进王家时，太阳已经西落。这个来自异乡的女人，名叫张桂兰。为了把她带进王家，刘顺昌整整走了一天的路程。刘顺昌在灯下不停地拍打他身上的尘土，也不停地痛饮王家宽端给他的米酒。随着一杯又一杯米酒的灌入，刘顺昌的脸变红脖子变粗。刘顺昌说老炳，这个女人什么都好，就是左手不太中用，其实也没什么，就是伸不直。今夜，她就住在你家啦。

自从那次腊肉被盗之后，王家宽和王老炳就开始合床而睡，这样做的目的，是再有小偷进入时，他们好联合行动。张桂兰到达的这个夜晚，王家宽仍然睡在王老炳的床上。王老炳用手不断地掐王家宽的大腿、手臂，示意他过去跟张桂兰。但是王家宽赖在床上死活不从。渐渐地，王家宽抵挡不住他爹的攻击，从床上爬了起来。

从床上爬起来的王家宽没有去找张桂兰，他在门外的晒楼上独坐，多日不用的收音机又挂到他脖子上。大约到了下半夜，王家宽在晒楼上睡去，收音机彻夜不眠。如此三个晚上，张桂兰逃出王家。

小学老师张复宝、姚育萍夫妇，还未起床便听到有人敲门。张复宝拉开门，看见王家宽挑着一担水站在门外。张复宝揉揉眼睛伸伸懒腰，说你敲门，有什么事？王家宽不管允不允许，径直把水挑进大门，倒入张复宝家的水缸。王家宽说今后，你们家的水我包了。

每天早晨，王家宽准时把水挑进张复宝家的大门。张复宝和姚育萍都猜不透王家宽的用意。挑完水后的王家宽站在教室的窗口，看学生们早读，有时他一直看到张复宝或者姚育萍上第一节课。张复宝想他是想跟我学识字吗？他的耳朵有问题，我怎么教他？

张复宝试图阻止王家宽的这种行动，但王家宽不听。挑了大约半个月，王家宽悄悄对姚育萍说，姚老师，我求你帮我写一封信给朱灵，你说我爱她。姚育萍当即用手比画起来，王家宽猜测姚老师的手势，姚老师大意是说信不用写，由她去找朱灵当面说说就可以了。王家宽说我给你挑了差不多五十挑水，你就给我写五十个字吧，要以我的口气写，不要给朱灵知道是谁写的，求你姚老师帮个忙。

姚育萍取出纸笔，帮王家宽写了满满一页纸的字。王家宽揣着那页纸，像揣一件宝贝，等待时机交给朱灵。

王家宽把纸条揣在怀里三天，仍然没有机会交给朱灵。独自一人的时候，王家宽偷偷掏出纸条来左看右看，似乎是能看得懂上面的内容。

第四天晚上，王家宽趁朱灵的父母外出串门的时机，把纸条从窗口递给朱灵。朱灵看过纸条后，在窗口朝王家宽笑，她还把手伸出窗外摇动。

朱灵刚要出门，被串门回来的母亲堵在门内。王家宽痴痴地站在窗外等候，他等到了朱大爷的两只破鞋子。那两只鞋子从窗口飞出来，正好砸在王家宽的头上。

姚育萍发觉自己写的情书未起作用，便把这件差事推给张复宝。王家宽把张复宝写的信交给朱灵后，不仅看不到朱灵的笑脸，连那只在窗口挥动的手也看不到了。

一开始朱灵就知道王家宽的信是别人代写的，她猜遍了村上能写字的人，仍然没有猜出那信的出处。当姚育萍的字换成张复宝的字之后，朱灵的心情变得复杂起来。她看见信后的落款，由王家宽变成了张复宝，她不知道这是有意的错误还是无意的。如果是有意的，王家宽被这封求爱信改变了身份，他由求爱者变成了邮递员。

在朱灵家窗外徘徊的人不止王家宽一个，他们包括狗子、刘挺梁、老黑以及杨光，当然还包括一些不便公开姓名的人（有的是已经结婚的，有的是国家干部）。狗子们和朱灵一起长大一起上小学读初中，他们百分之百地有意或无意地抚摸过朱灵那根粗黑的辫子，狗子说他抚摸那根辫子就像抚摸新学期的课本，就像抚摸他家那只小鸡的绒毛。现在朱灵已剪掉了那根辫子，狗子们面对的是一个待嫁的美丽的姑娘。狗子说我想摸她的脸蛋。

但是在王家宽向朱灵求爱的这年夏天，狗子们意识到他们的失败。他们开始朝朱家的窗口扔石子、泥巴，在朱家的大门上写淫秽的词句，画零乱的人体的某些器官。王家宽同样是一个失败者，只不过他没有意识到。

狗子看见王家宽站在朱家高高的屋顶上，顶着烈日为朱大爷盖瓦。狗子想朱大爷又在剥削那个聋子的劳动力。狗子用手把王家宽从屋顶上招下来，拉着他往老黑家走。王家宽惦记没有盖好的屋顶，一边走一边回头求狗子不要添乱。王家宽拼命挣扎，最终还是被狗子推进了老黑家的大门。

　　狗子问老黑准备好了没有？老黑说准备好了。狗子于是勒住王家宽的双手，杨光按下王家宽的头。王家宽的头被浸泡进一盆热水里，就像一只即将扒毛的鸡浸入热水里。王家宽说你们要干什么？

　　王家宽顶着湿漉漉的头发，被狗子和杨光强行按坐在一张木椅上。老黑拿着一把锋利的剃刀走向木椅，老黑说我们给你剃头，剃一个光亮光亮的头，像十五瓦的电灯泡，可以照亮朱家的堂屋和朱灵的房间。王家宽看见狗子和杨光哈哈大笑，他的头发一团一团地落下来。

　　老黑把王家宽的头剃了一半，示意狗子和杨光松手。王家宽伸手往头上一摸，摸到半边头发，王家宽说老黑，求你帮我剃完。老黑摇头。王家宽说狗子，你帮我剃。狗子拿着剃刀在王家宽的头上刮，刮出一声惊叫，王家宽说痛死我了。狗子把剃刀递给杨光，说你帮他剃。王家宽见杨光嬉皮笑脸地走过来，接过剃刀准备给他剃头。王家宽害怕他像狗子那样剃，便从椅子上闪开，夺过杨光手里的剃刀，冲进老黑家大门，找出一面镜子。王家宽照着镜子，自己给自己剃完半个脑袋上的头发。

　　做完这一切，太阳已经下山了。王家宽顶着锃亮的脑袋，再次爬上朱家的屋顶盖瓦。狗子和杨光从朱家门前经过，对着屋顶上的王家宽大声喊：电灯泡——天都快黑啦，还不收工。王家宽没有听到下面的叫喊，但是朱大爷听得一清二楚。朱大爷从屋顶丢下一块断瓦，断瓦擦着狗子的头发飞过，狗子仓皇而逃。

朱大爷在后半夜被雨淋醒，雨水从没有盖好的屋顶漏下来，像黑夜中的潜行者，钻入朱家那些阴暗的角落。朱大爷担心的事情终于发生了，他抬头望天，天上黑得像锅底。雨水如天上扑下来的蝗虫，在他抬头的一瞬间爬满他的脸。他听到屋顶传来一个声音：塑料布。声音在雨水中含混不清，仿佛来自天国。

朱大爷指使全家搜集能够遮雨挡风的塑料布，递给屋顶上那个说话的人，所有的手电光聚集在那个人身上。闻风而动的人们，送来各色塑料布，塑料布像衣服上的补丁，被那个人打在屋顶。

雨水被那个人堵住，那个被雨水淋透的人是聋子王家宽。他顺着楼梯退下来，被朱大爷拉到火堆边，很快他的全身冒出热气，热气如烟，仿佛从他的鼻孔里钻出来。

王家宽在送塑料布的人群中，发现了张复宝。老黑在王家宽头上很随便地摸一把，然后用手比画说张复宝跟朱灵好。王家宽摇摇头，说我不信。

人群从朱家一退出，只有王家宽还坐在火堆边，他想借那堆大火烤干他的衣裤。他看见朱灵的右眼发红，仿佛刚刚哭过。她的眼皮不停地眨，像是给人某种暗示。

朱灵眨了一会儿眼皮，起身走出家门。王家宽紧跟其后，他听不到朱灵在说什么，他以为朱灵在暗示他。朱灵说妈，我刚才递塑料布时，眼睛里落进了灰尘，我去找圆圆看看。我的床铺被雨水淋湿了，我今夜就跟圆圆睡。

王家宽看见有一个人站在屋角等朱灵，随着手电光的一闪，他看清那个人是张复宝。他们在雨水中走了一程，然后躲到牛棚里。张复宝一只手拿电筒，一只手翻开朱灵的右眼皮，并鼓着腮帮子往朱灵的眼皮上吹。王家宽看见张复宝的嘴唇几乎贴到了朱灵的眼睛上，只一瞬间那嘴唇真的贴到眼睛上。手电像一个老人突然断气，王家宽眼前一团黑。王家宽想朱灵眨眼皮叫我出来，她是存心让我看她的好戏。

雨过天晴，王家宽的光头像一只倒扣的瓢瓜，在暴烈的太阳下晃动。他开始憎恨自己，特别憎恨自己的耳朵。别人的耳朵是耳朵，我的耳朵不是耳朵，王家宽这么想着的时候，一把锋利的剃头刀已被他的左手高高举起，手起刀落，他割下了他的右耳。他想我的耳朵是一种摆设，现在我把它割下来喂狗。

到了秋天，那些巴掌大的树叶从树上飘落，它们像人的手掌拍向大地，乡村到处都是噼噼啪啪的拍打声。无数的手掌贴在地面，它们再也回不到原来的地方，要等到第二年春天，树枝上才长出新的手掌。王家宽想树叶落了明年还会长，我的耳朵割了却不会再长出来。

王家宽开始迷恋那些树叶，一大早他就蹲到村头的那棵枫树下。淡红色的落叶散布在他的周围，他的手像鸡的爪子，在树叶间扒来扒去，目光跟着双手游动。他在找什么呢？张复宝想。

从村外过来一个人，近了张复宝才看清楚是邻村的王桂林。王桂林走到枫树下，问王家宽在找什么。王家宽说耳朵。王桂林笑了一声，说你怎么在这里找你的耳朵，你的耳朵早被狗吃了，找不到了。

王桂林朝村里走来，张复宝躲进路边的树丛，避过他的目光。张复宝想干脆在这树林里方便方便，等方便完了王家宽也许会走开了。张复宝提着裤带从树林里走出来，王家宽仍然勾着头在寻找着什么，丝毫没有离去的意思。张复宝轻轻地骂道：一只可恶的母鸡。

张复宝回望村庄，他看到朱灵远去的背影。他想事情办糟了，一定是在我方便的时候，朱灵来过枫树边，她看见枫树下的那个人是王家宽而不是我，她就转身回去了。如果朱灵再耽误半个小时，就赶不上去县城的班车了。

大约过去五分钟，张复宝看见他的学生刘国芳从大路上狂奔而来。刘国芳在枫树下站了片刻，捡起三片枫叶后，又跑回村庄。刘国芳咚咚的跑步声，敲打在张复宝的心尖上，他紧张得有些支持不住了。

朱灵听刘国芳说树下只有王家宽时，她当即改变了主意。她跟张复宝约好早晨九点在枫树下见面，然后一同上县城的医院。但她刚刚出村，就看见王桂林从路上走过来。她想王桂林一定在树下看见了张复宝，我和张复宝的事已经被人传得够热闹了，我还是避他一避，否则他看见张复宝又看见我出村会怎么想。朱灵这么想着，又走回家中。

为了郑重其事，朱灵把路经家门口的刘国芳拉过来。她叫刘国芳跑出村去为她捡三张枫叶。刘国芳捡回三片淡红的枫叶，刘国芳说我看见聋子王家宽在树下找什么。朱灵说你还看见别人了吗？刘国芳摇摇头，说没有。

去不了县城，朱灵变得狂躁不安。细心的母亲杨凤池突然记起好久没有看见朱灵洗月经带了。杨凤池把手伸向女儿朱灵的腹部，她的手被一个声音刺得跳起来。朱灵怀孕的秘密，被她母亲的手最先摸到。

每一天人们都看见王家宽出村去寻找他的耳朵，但是每一天人们都看见他空手而归。如此半月，人们看见王家宽领着一个漂亮的姑娘走向村庄。

姑娘的右肩吊着一个黑色的皮包，皮包里装满大大小小的毛笔。快要进村时，王家宽把皮包从姑娘的肩上夺过来，挎在自己的肩上。姑娘会心一笑，双手不停地比画。王家宽猜想她是说感谢他。

村头站满参差不齐的人，他们像土里突然冒出的竹笋，一根一根又一根。有那么多人看着，王家宽多少有了一点得意。然而王家宽最得意的，是姑娘的表达方式。她怎么知道我是一个聋子？我给她背皮包时，她一边说话一边用手比画，不停地感谢。她刚刚碰到我就知道我是聋子，她是怎么知道的？

王老炳从外面的喧闹声中，判断有一个哑巴姑娘正跟着王家宽朝自家走来。他听到大门被推开的响声，在大门破烂的响声里还有王家宽的声音，王家宽说爹，我带来一个卖毛笔的姑娘，她长得很漂亮，比朱灵漂亮。王老炳双手摸索着想站起来，但他被王家宽按回到板凳上。王老炳说姑娘你从哪里来？王老炳没有听到回答。

姑娘从包里取出一张纸，抖开。王家宽看见那张纸的边角已经磨破，上面布满大小不一的黑字。王家宽说爹，你看，她打开了一张纸，上面写满了字，你快看看写的是什么。王家宽一抬头，看见他爹没有动静，才想起他爹的眼睛已经瞎了。王家宽说可惜你看不见，那些字像春天的树长满了树叶，很好看。

王家宽朝门外招手，竹笋一样立着的围观者，全都东倒西歪挤进大门。王老炳听到杂乱无章的声音，声音有高有低，有大人的也有小孩的。王老炳听他们念道：

我叫蔡玉珍，专门推销毛笔，大支的五元，小支的二元五角，中号的三元五角。现在城市里的人都不用毛笔写字，他们用电脑、钢笔写，所以我到农村来推销毛笔。我是哑巴，伯伯叔叔们行行好，买一两支给你的儿子练字，也算是帮我的忙。

有人问这字是你写的吗？姑娘摇头。姑娘把毛笔递给那些围着她的人，围观者面对毛笔仿佛面对凶器，他们慢慢地后退，姑娘一步一步地紧逼。王老炳听到人群稀里哗啦地散开。王老炳想他们像被拍打的苍蝇，哄的一声散了。

蔡玉珍以王家为据点，开始在附近的村庄推销她的毛笔，所到之处，人们望风而逃。只有色胆包天的男人和一些半大不小的孩童，对她和她的毛笔感兴趣。男人们一手捏毛笔，一手去摸蔡玉珍红扑扑的脸蛋，他们根本不把站在蔡玉珍旁边的王家宽放在眼里。他们一边摸一边说他算什么，他是一个聋子，是跟随蔡玉珍的一条狗。他们摸了蔡玉珍的脸蛋之后，就像吃饱喝足一样，从蔡玉珍的身边走开。他们不买毛笔。王家宽想如果我不跟着这个姑娘，他们不仅摸她的脸蛋，还会摸她的胸口，强行跟她睡觉。

王家宽陪着蔡玉珍走了七天，他们一共卖去十支毛笔。那些油腻的零碎的票子现在就揣在蔡玉珍的怀里。

秋天的太阳微微斜了，王家宽让蔡玉珍走在他的前面，他闻到女人身上散发出的汗香。阳光追着他们的屁股，他的影子叠到了她的影子上。他看见她的裤子上沾了几粒黄泥，黄泥随着身体摆动。那些摆动的地方迷乱了王家宽的眼睛，他发誓一定要在那上面捏一把，别人捏得为什么我不能捏？这样漫无边际地想着的时刻，王家宽突然听到几声紧锣密鼓的声响。他朝四周张望，原野上不见人影。他听到声音愈响愈急，快要撞破他的胸口。他终于明白那声响来自他的胸部，是他心跳的声音。

王家宽勇敢地伸出右手，姑娘跳起来，身体朝前冲去。王家宽说你像一条鱼滑掉了。姑娘的脚步就迈得更密更快。他们在路上小心地跑着，嘴里发出零零星星的笑声。

路边两只做爱的狗，打断了他们的笑容。他们放慢脚步生怕惊动那一对牲畜。蔡玉珍突然感到累，她的腿怎么也迈不动了，她坐在地上津津有味地看着狗。牲畜像他们的导师，从容不迫地教导他们。太阳的余光洒落在两只黄狗的皮毛上，草坡无边无际地安静。狗们睁着警觉的双眼，八只脚配合慢慢移动，树叶在狗的脚下发出轻微的沙沙声。蔡玉珍听到狗们呜呜地唱，她被这种特别的唱词感动。她在呜咽声中被王家宽抱进了树林。

枯枝败叶被蔡玉珍的身体压断，树叶腐烂的气味从她身下飘起来，王家宽觉得那气息如酒，可以醉人。王家宽看见蔡玉珍张开嘴，像是不断地说什么。蔡玉珍说你杀死我吧。蔡玉珍被她自己说出来的话吓了一跳，她不断地说我会说话了，我怎么会说话了呢？也许话根本就没有说出来，只是自己的想像。

那两只黄狗已经完事，此刻正蹒跚着步子朝王家宽和蔡玉珍走来。蔡玉珍看见两只狗用舌头舔着它们的嘴皮，目光冷漠。它们站在不远的地方，朝着他们张望。王家宽似乎是被狗的目光所鼓励，变得越来越英雄。王家宽看见蔡玉珍的眼不是眼，鼻子不是鼻子，它们全都扭曲了，有两串哭声从扭曲的眼眶里冒出来。

这个夜晚，王家宽没有回到他爹王老炳的床上，王老炳知道他和那个哑巴姑娘睡在一起了。

朱灵上厕所，她母亲杨凤池也会紧紧跟着。杨凤池的声音无孔不入，她问朱灵怀上了谁的孩子。这个声音像在朱灵头顶盘旋的蜜蜂，挥之不去避之不及，它仿佛一条细细的竹鞭，不断抽在朱灵的手上、背上和小腿上。朱灵感到全身紧绷绷的没有一处轻松自在。

朱灵害怕讲话，她想如果像蔡玉珍一样是个哑巴，母亲就不会反复地追问了。哑巴可以顺其自然，没有说话的负担。

杨凤池把一件小孩衣物举起来，问朱灵好不好看。朱灵不答。杨凤池说好端端一个孙子，你怎么忍心打掉？我用手一摸就摸到了他的鼻子、嘴巴和他的小腿，还摸到了他的鸟仔。你只要说出那个男人，我们就逼他成亲。杨凤池采取和朱灵截然相反的策略。

就连小孩都能看出朱灵怀孕，朱灵轻易不敢出门。放午学时有几个学生路经朱家，他们扒着朱家门板的缝隙处，窥视门里的朱灵。他们看见朱灵像一只被关在笼子里的笨熊，狂躁不安地走来走去。从门缝里窥视人的生活，他们感到新奇，他们忘记回家吃午饭。直到王家宽和蔡玉珍从朱家门前走过，他们才回过头来。

学生们有一丝兴奋，他们想做点什么事情。当他们看见王家宽时，他们一齐朝王家宽围过来，他们喊道：

王家宽大流氓，搞了女人不认账——

蔡玉珍看见那些学生一边喊一边跳，污浊的声音像石头、破鞋砸在王家宽的身上。王家宽对学生们露出笑容，他也和着学生们的节拍跳起来。因为他听不见，所以那些侮辱的话对他没有造成丝毫的伤害。学生们愈喊愈起劲，王家宽越跳越精神，他的脸上已渗出了粒粒汗珠。蔡玉珍忍无可忍，朝那些学生挥舞拳头。学生被她赶远了，王家宽跟着她往家里走。他们刚走几步，学生们又聚集起来，学生们喊道：蔡玉珍是哑巴，跟个聋子成一家，生个孩子聋又哑。

　　蔡玉珍回身去追那个领头的学生，追了几步她就被一块石头绊倒在地上。她的鼻子被石头碰伤，流出几滴浓稠的血。她趴在地上对着那些学生咿里哇啦地喊，但是没有发出声音。

　　王家宽伸手去拉她，王家宽笑她多管闲事。蔡玉珍想还是王家宽好，他听不见，什么也没伤着，我听见了不仅伤心还伤了鼻子。

　　在那几个学生的带领下，更多的学生加入了窥视朱灵的行列。学校离朱家只有三百多米，老师下课的哨声一响，学生们便朝朱家飞奔而来。张复宝站在路上拦截那些奔跑的学生，结果自己反被学生撞倒在路上。一气之下，张复宝把带头的四个学生开除了。张复宝对他们说，你们不准再踏进学校半步。

　　到了冬天，朱灵自己把自己从门里解放出来，她穿着鲜艳的冬装，比原先显得更为臃肿。她走东家串西家，逢人便说我要结婚了。人们问她跟谁结？她说跟王家宽。有人说王家宽不是跟蔡玉珍结了吗？朱灵说那是同居，不叫结婚。他们没有爱情基础，那不叫结婚。

　　许多人暗地里说朱灵不知道羞耻，幸好王家宽是聋子，任由她作践，换了别人她的戏就没法往下演了。

　　村庄的桃花在一夜之间开放。桃花红得像血，看到那种颜色，就似乎闻到血的气味。王老炳坐在家门口，说我闻到桃花的味道了，今年的桃花怎么开得这么早？还没有过年就开了。

　　那个长年在山区照相的赵开应走到王老炳面前，问他照不照相。王老炳说听你的口音，是赵师傅吧，你又来啦？你总是年前这几天来我们村，那么准时。你问我照不照相，现在我照相还有什么用。去年冬天我还看得见你，今年冬天我就看不见你了。照也白照。你去找那些年轻人照吧，老黑、狗子、朱灵他们每年都要照几张。赵师傅，你坐。我只顾说话，忘记喊你坐啦。赵师傅你走啦？你怎么不坐一坐？

王老炳还在不停地说话时，赵开应已走出去老远。他的身后跟着一群孩子和换了新衣准备照相的人们。

桃花似乎专为朱灵而开放。她带着赵开应在桃林里转来转去，那些红色的花瓣像雪一样撒落在她的头发上和棉衣上。她的脸因为兴奋变得红扑扑的，像是被桃花染红一般。赵开应说朱灵你站好，这相机能把你喘出来的热气都照进去。朱灵说赵师傅，你尽管照，我要照三十几张，把你的胶卷照完。

朱灵特别的笑声和红扑扑的脸蛋，就留在这一年的桃树上，以至后来人们看见桃树就想起朱灵。

朱灵是照完相之后走进王家宽的家的。从她家遭大雨袭击的那个晚上到现在，她是第一次踏进王家的大门。朱灵显得有些疲惫，她一进门之后就躺到王家宽的床上。她睡王家宽的床，像睡她自己的床那么随便。她只躺下片刻，蔡玉珍就听到了她的鼾声。

蔡玉珍不堪朱灵鼾声的折磨，她把朱灵摇醒了。她朝朱灵挥手。朱灵看见她的手从床边挥向门外，朱灵想她的意思是让我从这里滚出去。朱灵说这是我的床，你从哪里来就往哪里去。蔡玉珍没有被朱灵的话吓倒，她很用力地坐在床沿。床板在她坐下来时摇晃不止，并且发出吱吱呀呀的响声。她想用这种声音，把朱灵赶跑。

朱灵想要打败蔡玉珍必须不停地说话，因为她听得见说不出。朱灵说我怀了王家宽的小孩，两年以前我就跟王家宽睡过了。你从哪里来我们不知道，你不能在这里长期地住下去。

蔡玉珍从床边站起来，哭着跑开。朱灵看见蔡玉珍把王家宽推入房门。朱灵说你是个好人，家宽，你明知道我怀了谁的孩子，但是你没有出卖我。我今天是给你磕头来啦。

王家宽看见朱灵的头磕在床边上，以为她想住下来。朱灵想不到她美好的幻想会在这一刻灰飞烟灭。王家宽说你怀了张复宝的孩子，怎么来找我？你走吧，你不走我就向大家张扬啦。朱灵说求你，别说。千万别让我妈知道，我这就去死，让你们大家都轻松。

朱灵把她的双脚从被窝里伸到床下，她的脚在地上找了好久才找到她的鞋子。王家宽的话像一剂灵丹妙药，在朱灵的身上发生作用。朱灵试探着站起来，试了几次都未能把臃肿的身体挺直，王家宽顺手扶了她一把。朱灵说我是聋子，我什么也没听到，我谁也不害怕。

朱灵在王家宽面前轻描淡写说的那句话，被蔡玉珍认真地记住了。朱灵说我这就去死，让你们大家都轻松。

蔡玉珍看见朱灵提着一根绳索走进村后的桃林，暮色正从四面收拢，余霞的尾巴还留在山尖。蔡玉珍发觉朱灵手里的绳索泛着红光，绳索好像是下山的太阳染红的，也好像是桃花染红的。蔡玉珍想她白天还在这里照相，晚上却想在这里寻死。

朱灵突然回头，发现了跟踪她的蔡玉珍。朱灵从地上捡起一块石头，朝蔡玉珍砸过来。朱灵说你像一只狗，紧跟着我干什么？你想吃大便吗？蔡玉珍在辱骂声中退缩，她犹豫片刻之后，快步跑向朱家。

朱大爷正在扫地，灰尘从地上扬起来，把朱大爷罩在尘土的笼子里。蔡玉珍双手往颈脖处绕一圈，再把双手指向屋梁。朱大爷不理解她的意思，觉得她影响了他的工作，流露出明显的不耐烦。蔡玉珍的胸口像被爪子狠狠地抓了几把，她拉过墙壁上的绳索，套住自己的脖子，脚跟离地，身体在一瞬间拉长。朱大爷说你想吊颈吗？要吊颈回你家去吊。朱大爷的扫把拍打在蔡玉珍的屁股上，蔡玉珍被扫出朱家大门。

过了一袋烟的时间，杨凤池开始挨家挨户呼唤朱灵。蔡玉珍在杨凤池焦急的喊声里焦急，她的手朝村后的桃林指，还不断地画着圆圈。朱大爷把这些杂乱的动作和刚才的动作联系起来，感到情况不妙。

星星点点的火把游向后山，人们呼喊朱灵的名字。

第五天清晨，张复宝一如既往来到了学校旁的水井边打水。他的水桶碰到了一件浮动的物体，井口隐约传来腐烂的气味。他回家拿来手电，往井底照射，他看到了朱灵的尸体。张复宝当即呕吐不止。村里的人不辞劳苦，他们宁愿多走几步路，去挑小河里的水来吃。而这口学校旁的水井，只有张复宝一家人享用，朱灵死了五天，他家就喝了五天的脏水。

那天早上学校没有开课，在以后的几天里，张复宝仍然被尸体缠绕着，学生们看见他一边上课一边呕吐。而姚育萍差不多把胆汁都吐出来了，她已经虚弱得没法走上讲台。

到了春天，赵开应才把他年前照的那些相片，送到村子里来。他拿着朱灵的照片，去找杨凤池收钱。杨凤池说朱灵死了，你去找她要钱吧。赵开应碰了钉子，正准备把朱灵的照片丢进火炕。王家宽抢过照片，说给我，我出钱，我把这些照片全买下来。

一种特别的声音，在屋顶上滚来滚去，它像风的呼叫，又像是一群老鼠在瓦片上奔跑。声音总是在夜深人静的时候，准时地降落，蔡玉珍被这种声音包围了好些日子。她很想架一把梯子，爬到屋顶上去看个究竟，但是在睁着眼和闭着眼都一样黑的夜晚，她害怕那些折磨她的声音。

白天她爬到屋后的一棵桃树上，认真地观察她家的屋顶，她只看到灰色的歪歪斜斜的瓦片，瓦片上除了阳光什么也没有。看过之后，她想那声音今夜不会有了。但是那声音还是如期而来，总是在她即将入睡的时刻，把她唤醒。她于是不甘心，睁着眼睛等到天明，再次爬上桃树。一次又一次，她几乎数遍了屋顶上的瓦片，还是没有发现问题。她想是不是我的耳朵出了什么毛病。

王老炳同时被这种声音纠缠着，他对干扰他睡眠的声音，做出适应的反应。他坐在床沿整夜整夜地抽烟，不断地往尿桶里屙尿。他觉得那声音像一把锯子，现在正往他脑子里锯进去。他想如果我再不能入睡，我就要发疯啦。他一边想着一边平心静气地躺到床上。只躺了一小会儿，他又爬起来，他的手摸到床头的油灯，他把油灯砸到地上。油灯碎裂的声音，把那个奇怪的声音赶跑了，但是它游了一圈后马上又回到王老炳的耳边。

王老炳开始制造声音来驱赶声音。他把烟斗当作鼓槌，不停地磕他的床板。他像一只勤劳的啄木鸟，使同样无法入睡的蔡玉珍雪上加霜。

啄木鸟的声音停了，王老炳改变策略，他开始不停地说话，无话找话。蔡玉珍听到他在胡话里睡去，鼾声接替话声。听到鼾声，蔡玉珍像饥饿的人，突然闻到了饭香。

屋顶的声音没有消失，蔡玉珍拿着手电往上照，她看见那些支撑瓦片的柱头、木板，没有听到声音。她听到声音从屋顶转移到地下，仿佛躲在那些箱柜里。她把箱柜的门一一打开，里面什么也没有。她翻箱倒柜的声音，惊醒了刚刚入睡的王老炳。王老炳说你找死吗？我好不容易睡着又被你搞醒了。说完，屋子里变得出奇地静。蔡玉珍缩手缩脚，再也不敢弄出声响来。

蔡玉珍听到王老炳叫她。王老炳说你过来扶我出去，我们去找找那个声音，看它藏在哪里。蔡玉珍用手推王家宽，王家宽翻了个身又继续睡。蔡玉珍冒着胆走到王老炳床前，拉住王老炳走出大门，黑夜里风很大。

他们在门前仔细听，那个奇怪的声音像是来自屋后，他们朝屋后走去，走进后山那片桃林。蔡玉珍看见杨凤池跪在一株桃树下，用一根木棍敲打一只倒扣的瓷盆，瓷盆发出空阔的声音。手电光照到杨凤池的身上，她毫无知觉，她双目紧闭，口中念念有词。蔡玉珍和王老炳听到她在诅咒王家宽。她说是王家宽害死了朱灵。王家宽不得好死，王家宽全家死绝……

蔡玉珍朝瓷盆狠狠地踢，瓷盆飞出去好远。杨凤池睁眼看见光亮，吓得爬着滚着出了桃林。王老炳说她疯啦。现在死无对证，她把屎呀尿呀全往家宽身上泼。我们穷不死饿不死，但我们被脏水淹死。我们还是搬家吧，离他们远远的。

王家宽扶着王老炳过了小河，爬上对岸，蔡玉珍扛着锄头、铲子跟在他们的身后。村庄的对面，也就是小河的那一边是坟场，除了清明节，很少有人走到河的那边去。王老炳过河之后，几乎是凭着多年的记忆，走到了他祖父王文章的墓前。他走这段路走得平稳、准确无误，根本不像个瞎子。王家宽不知道王老炳带他来这里干什么。

王家宽说爹，你要做什么？王老炳说把你曾祖的坟挖了，我们在这里起新房。蔡玉珍向王家宽比了一个挖土的动作。王家宽想爹是想给曾祖修坟。

王家宽在王文章的坟墓旁挖沟除草，蔡玉珍的锄头却指向坟墓。王家宽抬头看见他曾祖的坟，在蔡玉珍的锄头下土崩瓦解，转眼就塌了半边，他感到惊奇。他神色庄重地夺过蔡玉珍手里的锄头，然后用铲子把泥巴一铲一铲地填到缺口里。

王老炳没有听到挖土的声音，他说蔡玉珍，你怎么不挖了？这是个好地盘，我们的新家就建在这里。我祖父死的时候，我已经懂事了。我看见我祖父是装着两件瓷器入土的，那是值钱的古董，你把它挖出来。你挖呀。是不是家宽不让你挖，你叫他看我。王老炳说着，比了一个挖土的动作。他的动作坚决果断，甚至是命令。

王家宽说爹，你是叫我挖坟吗？王老炳点点头。王家宽说为什么？王老炳说挖。蔡玉珍捡起横在地面的锄头，递给王家宽。王家宽不接，他蹲在河边看河对面的村庄，以及他家的瓦檐。他看见炊烟从各家各户的屋顶升起，早晨的天空被清澈的烟染成蓝色。有人赶着牛群出村。谁家的鸡飞上刘顺昌家的屋顶，昂首阔步，来来回回地走。

王家宽回头，看见坟墓又缺了一只角，新土覆盖旧土，蔡玉珍像一只蚂蚁正艰难地啃食一块大饼。王老炳摸到了地上的锄头，他慢慢地把锄头举起来，慢慢地放下去，锄头砸在石块上，偏离目标，差一点锄到王老炳的脚。王家宽想他们是下定决心要挖这座坟了。王家宽从他爹手上接过锄头，紧闭双眼把锄头锄向坟墓。他在干一件他不愿意干的事情，他渴望闭上双眼。他想爹的眼睛如果不瞎，他就不会向他烧香磕头的地方动锄头。

挖坟的工作持续了半天，他们总算整出了一块平地，他们没有看见棺材和尸骨。王家宽说这坟里什么也没有。王老炳听到王家宽这么说，感到十分惊诧。他摸到刚整好的平地上，抓起一把泥土，放到鼻尖前嗅了又嗅。他想我是亲眼看着祖父下葬的，棺材里装着两件精美的瓷器，现在怎么连一根尸骨都没有呢？

时间到了夏末，王家宽和蔡玉珍在对岸垒起两间不大不小的泥房。他们把原来的房屋一点一点地拆掉，屋顶上的瓦也全都挑到了河那边。他们原先的家，完全暴露在光天化日之下。

搬家的那天，王家宽甩掉许多旧东西。他砸烂那些油腻的坛子，劈开几个沉重的木箱。他对过去留下来的东西，带着一种天然的仇恨。他像一个即将远行的人，轻装上路，只带上他必须携带的物品。

整理他爹的床铺时，他在床下发现了两只精美的花瓶。他扬手准备把它扔掉，被蔡玉珍及时拦住。蔡玉珍用毛巾把花瓶擦亮，递给王老炳。王老炳用手一摸，脸色霎时变了。他说就是它，我找的就是它。我明明看见它埋到了祖父的棺材里，现在又从哪里跑出来了呢？帮忙搬家的人说是王家宽从你床铺下面翻出来的。王老炳说不可能。

王老炳端坐在阳光里，抱着花瓶不放。搬家的人像搬粮的蚂蚁，走了一趟又一趟。他们看见王老炳面对从他身边走过的脚步声笑，面对空荡荡的房子笑，笑得合不拢嘴。

王老炳一家完全彻底地离开老屋，是在这一天的傍晚。搬家的人们都散了，王家宽从老屋的火坑里，点燃火把，眼泪随即掉下来。他和火把在前，王老炳和蔡玉珍断后。王老炳怀抱两只花瓶，蔡玉珍小心地搀扶着他。

过了小木桥，王老炳叫蔡玉珍拉住前面的王家宽，他要大家都在河边把脚洗干净。他说你们都来洗一洗，把脏东西洗掉，把坏运气洗掉，把过去的那些全部洗掉。三个人六只脚板在火光照耀下，全都泡进水里。蔡玉珍看见王家宽用手搓他的脚板，搓得一丝不苟，像有老茧和鳞甲从他脚上一层层脱下来。

村庄里的人全都站在自家门口，目送王家宽一家人上岸。他们觉得王家宽手上的火把，像一簇鬼火，无声地孤单地游向对岸。那簇火只要把新屋的火引燃，整个搬迁的仪式也就结束了。一同生活了几十年的邻居们，就这样看着一个邻居从村庄消失。

一个秋天的中午，刘顺昌从山上采回满满一背篓草药。他把草药倒到河边，然后慢慢地清洗它们。河水像赶路的人，从他手指间快速流过，他看到浅黄的树叶和几丝衰草，在水上漂浮。他的目光越过河面，落到对岸王老炳家的泥墙上。

他看见王老炳一家人正在盖瓦。王老炳家搬过去的时候，房子只盖了三分之二。那时刘顺昌劝他等房子全盖好了，再搬走不迟。但王老炳像逃债似的，急急忙忙地赶过那边去住，现在他们利用他们的空余时间，补盖房子。

蔡玉珍站在屋檐下捡瓦，王老炳站在梯子上接，王家宽在房

子上盖。瓦片从一个人的手，传到另一个人的手里，最后堆在房
子上。他们配合默契，远远地看过去看不出他们的残疾。王家宽
不时从他爹递上去的瓦片中选出一些断瓦扔下来，有的瓦片还扔
到了河中。

刘顺昌只看到小河里的水花飞扬，听不到瓦片砸入河中的声
音。这是一个没有声音的中午，太阳在小河里静静地走动。王老
炳一家人不断地弯腰举手，没有发出丝毫的声响。刘顺昌看着他
们，像看无声的电影。他们似乎是阴间里的人，或者是画在纸上
的人。他们只在光线里动作，轻飘、单薄，虚幻得不像人似的。

刘顺昌看见房上的一块瓦片飞落，碰到蔡玉珍的头上，破成
四五块碎片。蔡玉珍双手捧头，弯腰蹲在地上。刘顺昌想蔡玉珍
的头一定被砸破了。刘顺昌朝那边喊话：老炳，蔡玉珍的头伤得
重不重？需不需要我过去看一看，给她敷点草药？那边没有回音，
他们好像没有听到刘顺昌喊话。

王家宽从房子上走下来，把蔡玉珍背到河边，用河水为她洗
脸上的血。刘顺昌喊蔡玉珍，你怎么啦？王家宽和蔡玉珍仍然没
有反应。刘顺昌捡起脚边的一颗石子，往河边砸过去。王家宽朝
飞起的水花匆匆一瞥，便走进草丛为蔡玉珍采药。他把他采到的
药放进嘴里嚼烂，再用右手抠出嚼烂的药，敷到蔡玉珍的伤口上。

蔡玉珍再次趴在王家宽的背上。王家宽背着她往回走。尽管
小路有一点坡度，王家宽还能在路上一边跳一边走，像从某处背
回新娘一样快乐惬意。蔡玉珍被王家宽从背上颠到地面，她在王

家宽的背膀上擂上几拳，想设法绕过王家宽往前跑。但是王家宽张开他的双手，把路拦住。蔡玉珍只得用双手搭在王家宽的双肩上，跟着他走跟着他跳。

跳了几步，王家宽突然返身抱住蔡玉珍。蔡玉珍像一张纸片，轻轻地离开地面，落入王家宽的怀中。王家宽把蔡玉珍抱进家门，王老炳摸索着也进入家门。刘顺昌看见王家的大门无声地合拢。刘顺昌想他们一天的生活结束了，他们很幸福。

秋风像夜行人的脚步，在河的两岸、在屋外沙沙地走着。王老炳和王家宽都已踏踏实实地睡去。蔡玉珍听到屋外响了一声，像是风把挂在墙壁上的什么东西吹落了。蔡玉珍本来不想理睬屋外的声音，她想瓦已盖好了，家已经像个家了，应该安安稳稳地睡个好觉。但她怕她晾在竹竿上的衣服被风吹落，于是她又从床上爬起来。

她拉开大门，一股风灌进她的脖子。她把手电摁亮，她看见手电光像一根无限伸长的棍子，一头在她的手上，另一头搁在黑夜里。她拿着这根白晃晃的棍子，走出家门，转到屋角看晾在竹竿上的衣服。衣服还晾在原先的位置，风甩动那些垂直的衣袖，像一个人的手臂被另一个人强行地扭来扭去。蔡玉珍想收那些衣服，她把手电筒叼在嘴里，双手伸向竹竿。她的手还没有够着竹竿，便被一双粗壮的手臂搂住了。那双手搂着她飞越一条沟，跨过两道坎，最后一起倒在河边的草堆里。蔡玉珍嘴里的手电筒在奔跑中跌落，玻璃电珠破碎，照明工具成了瞎子，河两岸乱糟糟地黑。

那人撕开她的衣服，像一只吃奶的狗崽用嘴在她胸口乱拱。蔡玉珍想喊，但她喊不出来。她的奶子被啃得火辣辣地痛。她记住这个人有胡须。那人想脱她的裤子，蔡玉珍双手攥紧裤头，在草堆里打滚。那人似乎是急了，他腾出一只手来摸他的口袋，他摸出一把冰凉的刀。他把刀贴在蔡玉珍的脸上，蔡玉珍安静下来。蔡玉珍听到裤子破裂的声音，她知道她的裤裆被小刀割破了。

蔡玉珍像一匹马，被那人强行骑了上去。挣扎中，她的裤裆完全彻底地撕开。她想现在攥着裤头已经没有用处。她张开双手，十个手指朝那人的脸上抓。她想明天，我就去找脸皮被抓破的人。

强迫和挣扎持续了好久，蔡玉珍的嘴里突然吐出几个字：我要杀死你。她把这几个字劈头盖脸吐向那人。那人从蔡玉珍的身上弹起来，转身便跑。蔡玉珍听到那人说我撞上鬼啦，哑巴怎么也能说话。声音含糊不清，蔡玉珍分辨不出那声音是谁的。

当她回到床前，点燃油灯时，王家宽看到了她受伤的胸口和裂开的裤裆。王家宽摇醒他爹，王家宽说爹，蔡玉珍刚才被人搞了，她的裤裆被刀子划破，衣服也被撕烂了。王老炳说你问问她，是谁干的好事？王老炳想：说也是白说，王家宽他听不到。王老炳叹了一口气，对着隔壁喊玉珍，你过来，我问问你。你不用怕，爹什么也看不见。

蔡玉珍走到王老炳床前，王老炳说你看清是谁了吗？蔡玉珍摇头。王家宽说爹，她摇头，她摇头做什么？王老炳说你没看清楚他是谁，那么你在他身上留下什么伤口了吗？蔡玉珍点头。王

家宽说爹，她又点头了。王老炳说伤口留在什么地方？蔡玉珍用
双手抓脸，然后又用手摸下巴。王家宽说爹，她用手抓脸还用手
摸下巴。王老炳说你用手抓了他的脸还有下巴？蔡玉珍点头又摇
头。王家宽说现在她点了一下头又摇了一下头。王老炳说你抓了
他脸？蔡玉珍点头。王家宽说她点头。王老炳说你抓了他下巴？
蔡玉珍摇头。王家宽说她摇头。蔡玉珍想说那人有胡须，她嘴巴
张了一下，但什么也没有说出来。她急得想哭。她看到王老炳的
嘴巴上下，长满了浓密粗壮的胡须，她伸手在上面摸了一把。王
家宽说她摸你的胡须。王老炳说玉珍，你是想说那人长有胡须吗？
蔡玉珍点头。王家宽说她点头。王老炳说家宽他听不到我说话，
即使我懂得那人的脸被抓破，嘴上长满胡须，这仇也没法报啊。
如果我的眼睛不瞎，那人哪怕跑到天边，我也会把他抓出来。孩子，
你委屈啦。

　　蔡玉珍哇的一声哭了，她的哭声十分响亮。她看见王老炳瞎
了的眼窝里冒出两行泪。泪水滚过他皱纹纵横的脸，挂在胡须上。

　　无论是白天或者黑夜，王家宽始终留意过往的行人。他手里
捏着一根木棒，对着那些窥视他家的人晃动。他怀疑所有的男人，
甚至怀疑那个天天到河边洗草药的刘顺昌。谁要是在河那边朝他
家多看几眼，他也会不高兴也会怀疑。

　　王老炳叫蔡玉珍把小河上的木板桥拆掉，王家宽不允。他朝
准备拆桥的蔡玉珍晃动他手里的木棒，他坚信那只饿嘴的猫，一

定还会过桥来。王家宽对蔡玉珍说我等着。

王家宽耐心地等了将近半个月，他终于等到了报仇的时机。他看见一个人跑过独木桥，朝他家摸来。王家宽还暂时看不清那个人的面孔，但月亮已把来人身上白色的衬衣照得闪闪发光。王家宽用木棒在窗口敲了三下，这是通知蔡玉珍的暗号。

那个穿白衬衣的人，来到王家门前，他四下望一眼后，便从门缝往里望。大约是什么也没看见，他慢慢地靠近王家宽卧室的窗口，踮起脚尖伸长脖子，窥视窗里。王家宽从暗处冲出来，木棒横扫那人的小腿。那人像秋天的蚂蚱，从窗口跳开，还没有站稳就跪到了地下。那人试图逃跑，他刚跑到屋角，王家宽就喊了一声：爹，快打。屋角伸出一根木棒，正好砸在那人的头上。那人抱头在地下滚了几滚，又重新站起来。他的手里已经抓住了一块石头，他举起石头正要砸向王家宽时，蔡玉珍从柴堆里冲出，举起一根木棍朝那只拿石头的手扫过去。那人的手迅速缩回，石头掉在地上。

那个人被他们打趴在地上，再也不能动弹了，他们才拿手电照那个人的脸。王家宽说原来是你，谢西烛。你不打麻将啦？你跑到这里来干什么？谢西烛的嘴巴动了动，说出一句含糊不清的话。王老炳和蔡玉珍谁也没听清楚。

蔡玉珍看见谢西烛的下巴留着几根胡须，但那胡须很稀很软，他的脸上似乎也没有被抓破的印痕。蔡玉珍想，是不是他的伤口已经全部愈合了？王家宽问蔡玉珍，是不是他？蔡玉珍摇头，意思是说我也搞不清楚。王家宽的眼睛突然睁大，蔡玉珍看见他的眼球快要蹦出来似的。蔡玉珍又点了点头。

蔡玉珍和王家宽把谢西烛抬过河，丢弃在河滩。他们面对谢西烛往后退，他们一边退一边拆木板桥，那些木头和板子被他们丢进水里。蔡玉珍听到木板咕咚咕咚地沉入水中，木板像溺水的人。

自从蔡玉珍被强奸的那个夜晚之后，王老炳觉得他和家宽、玉珍仿佛变成了一个人。特别是那晚上床前对话给他留下怎么也抹不去的记忆。他想，我发问，玉珍点头或摇头，家宽再把他看见的说出来，三个人就这么交流和沟通了。昨夜，我们又一同对付谢西烛，尽管家宽听不到、我看不见、玉珍说不出，我们还是把谢西烛打败了。我们就像一个健康的人。如果我们是一个人，那么我打王家宽就是打我自己，我摸蔡玉珍就是摸我自己。现在，木板已经被家宽他们拆除，我们再也不跟那边的人来往。

在一些无聊的日子里，王老炳坐在自家门口无边无际地狂想。他有许多想法，但他无法去实现。他恐怕要这么想着坐着终其一生。他对蔡玉珍说如果再没有人来干扰我们，我能这么平平安安地坐在自家的门口，我就知足了。

村上没有人跟他们往来，王家宽和蔡玉珍也不愿到那河边去。蔡玉珍觉得他们虽然跟那边只隔一条河，但是心却隔得很远。她想我们算是彻底地摆脱他们了。

只有王家宽不时有思凡之心，夏天到来时，他会挽起裤脚涉过河水，去摘桃子吃。一般他都是晚上出动，没有人看见他。他最爱吃的桃子，是朱灵照相时，曾经靠过的那棵桃树结出来的桃子。他说那棵桃树结的特别甜。

大约一年之后，蔡玉珍生下了一个活蹦乱跳的男孩。孩童嘹亮的啼哭，使王老炳坐立不安。王老炳问蔡玉珍，是男的还是女的？蔡玉珍抬起王老炳布满老茧的右手，小心地放到孩童的鸟仔上。王老炳捏着那团稚嫩的软乎乎肉体，像捏着他爱不释手的烟杆嘴。他说我要为他取一个天底下最响亮的名字。

王老炳为孙子的名字，整整想了三天。三天里他茶饭不思，像变了个人似的。最先他想把孙子叫作王振国或者王国庆，后来又想到王天下、王泽东什么的，他甚至连王八蛋都想到了。左想右想，前想后想，王老炳想还是叫王胜利好。家宽、玉珍和我终于有了一个健康的后代，他耳聪目明、口齿伶俐，将来他长大了，再也不会有什么难处，能战胜一切，能打败这个世界。

在早晨、中午或者黄昏，在天气好的日子里。人们会看见王老炳把孙子王胜利举过头顶，对着河那边喊王胜利。有时候小孩把尿撒在他的头顶他也不顾，他只管逗孙儿喊着孙儿。王家开始有了零零星星的自给自足的笑声。

不过王家宽仍然不知道他爹已给他的儿子取了一个响亮的名字。他基本上是靠他的眼睛来跟儿子交流。对于他来说，笑声是一种永远也无法企及的奢侈品。当他看到儿子咧开嘴角，露出幸福的神情时，他就想那嘴巴里一定吐出了一些声音。如果听到那声音，就像口袋里兜着大把钱一样的愉快和美妙。于是，王家宽自个儿给儿子取了个名字，叫王有钱。王老炳多次阻止王家宽这样叫，但王家宽不知道怎么个叫法，他听不到王胜利这三个字的发音，他仍然叫儿子王有钱。

王胜利渐渐长大了，每天他要接受两种不同的呼喊。王老炳叫他王胜利，他干脆利索地答应了。王家宽叫他王有钱，他也得答应。有一天，王胜利问王老炳说，爷爷你干吗叫我王胜利，而我爹却叫我王有钱，好像我是两个人似的。王老炳说你有两个名字，王胜利和王有钱都是你。王胜利说我不要两个名字，你叫爹他不要再叫我王有钱，我不喜欢有钱这个名字。王胜利说完，朝他爹王家宽挥挥拳头，说你不要叫我王有钱了，我不喜欢你这样叫我。王家宽神色茫然，不知发生了什么事。王家宽说有钱，你朝我挥拳头做什么？你是想打你爹吗？

王胜利扑到王家宽的身上，开始用嘴咬他爹的手臂。王胜利一边咬一边说，叫你不要叫我有钱了，你还要叫，我咬死你。

王老炳听到叭的一声响，他知道是王家宽打王胜利发出的声音。王老炳说胜利，你爹他是聋子。王胜利说什么叫聋子？王老炳说聋子就是听不到你说的话。王胜利说那我妈呢？她为什么总不叫我名字。王老炳说你妈她是哑巴。王胜利说什么是哑巴？王老炳说哑巴就是说不出话，想说也说不出。你妈很想跟你说话，但是她说不出。

这时，王胜利看见他妈用手在爹的面前比画了几下，他爹点了点头，对爷爷说，爹，有钱他快到入学的年龄了。爷爷闭着嘴巴叹了一口气说，玉珍你给胜利缝一个书包吧。到了夏天，就送他入学。王胜利看着围住他的爷爷、爹和妈，像一只受惊的小鸟，头一次被他们古怪的动作和声音吓怕了。他的身子开始发抖，随之呜呜地哭起来。

到了夏天，蔡玉珍高高兴兴地带着王胜利进了学堂。第一天放学归来，王老炳和蔡玉珍就听到王胜利吊着嗓子唱：蔡玉珍是哑巴，跟个聋子成一家，生个孩子聋又哑。蔡玉珍的胸口像被钢针猛猛地扎了几百下，她失望地背过脸去，像一匹伤心的老马，大声地嘶鸣。她想不到她的儿子，最先学到的竟是这首破烂的歌谣，这种学校不如不上了。她一个劲地想，我以为我们已经逃脱了他们，但是我们还没有。

王老炳举起手里的烟杆，朝王胜利扫过去。他一连扫了五下，才扫着王胜利。王胜利说爷爷，你干吗打我？王老炳说我们白养你了，你还不如瞎了、聋了、哑了的好，你不应该叫王胜利，你应该叫王八蛋。王胜利说你才是王八蛋。王老炳说你知道蔡玉珍是谁吗？王胜利说不知道。她是你妈。王老炳说，还有王家宽是你的爹。王胜利说那这歌是在骂我，骂我们一家，爷爷，我怎么办？王老炳把烟杆一收，说你看着办吧。

从此后，王胜利变得沉默寡言了，他跟瞎子、聋子和哑巴，没有什么两样。

陪夜的女人

/// 朱山坡

女人搭乘乌篷船来到凤庄。

这是一条很特别的船。除了特别扁小外，尖细而稍向上翘的船头，古色古香的船板和涂抹了桐油的竹篾船篷，还有断断续续引人发笑的马达声都引起了围观者的好奇。凤庄早就没有这种船了，由于航道淤塞，又由于无鱼可打，不说轮船，连渔船都已经很少见到。乌篷船从下游逆流而上，力气快用完了，速度越来越慢，宛若一个苟延残喘的人。

在人们的担心中，船总算在废弃了的码头靠了岸。船头摆满了炊具和其他日常生活用的物品，乱得像开杂货店。女人从船上跳下来，笨拙地拴好船，掸掸身上的暮气，然后神色镇静地往村子里张望。船里还钻出一个又矮又瘦的男人，病恹恹的，吃力地扛着一件东西。他是女人的丈夫，那东西是一张弹簧折叠床。男人把东西放在码头的石块上，跟女人嘀咕几句，转身便开船离开。他的脚下，便是慧江，宽阔浩瀚，水流平缓，黄昏的江面像大海一样孤寂。那条船，很快便看不见，似乎已经沉入深不可测的江底。

迎接女人的是一群叽叽喳喳的孩子。女人异常高大，皮肤黝黑，浑身胖乎乎的，头发很短，但手臂很长，而且粗壮，本来需要肩扛的折叠床她只是用手夹在胁中，另一只手还抓着一张薄薄的棉被。

"我要去方正德家，"女人说，"你们前面带路。"

孩子们迅速分成两半，一半在前面热情地引路，一半在女人的身后暗中取笑她的大屁股。通往村庄的石板路还残留着夏天洪水浸泡过的痕迹，萧瑟的田野像江面一样空荡。女人的到来给村子增添了新的气氛，像来了一位远客，引起了一些骚动。踩着几声狗吠，从屋里走出一些老人和一个腆着肚皮的妇女。

"来啦？"他们笑脸相问。

女人回答得很干脆，来了。

他们如释重负地松了口气。他们也许觉得女人话不会多，女人的话却意外地多了起来："早上接到了两个电话，一个是金湾镇的，也是个女人，说：我烦死了，你一定得过来。但我还是答应来凤庄，方厚生跟我家的侄子在广州是工友，熟人嘛，总得优先照顾。"

腆着肚皮的女人是厚生的老婆，快生了吧，不是万不得已连石阶也不愿爬了，一来累，二来怕摔。厚生家有两处房子，一处在石阶下面，是三年前建的新房子，一层的平顶楼房；另一处在石阶的顶头，是祖屋，破旧得看看就忍不住要动手拆掉。厚生要父亲搬，但老人住那里已经上百年，惯了，不愿挪，他说房子倒塌就倒塌顺便把他埋了最好。这座陡峭的石阶也是他家祖辈砌的，别人很少去爬。爬上高高的石阶，孩子们把女人引到老人的房间门外便一哄而散。为表明比其他孩子更勇敢一点，厚生九岁的儿子至善把女人带到了老人的窗前。窗是老式活动窗，能关上，关上后外面就看不到里面。至善踮起脚，颤巍巍地拉开窗棂，女人把脸贴着窗户往屋子里探望，里面只有一团难以打破的黑暗，但女人还是看到了一张有深蓝色蚊帐的床并闻到了迎面撞来的臭气。

"我阿公就在床上。"至善率真地说，"他就习惯这样，白天睡觉，晚上扰人。"

估计正德老人快睡醒了，睡醒就要吃饭。平常，饭是厚生家的给他送到床边，手一摸，就能碰到不锈钢饭碗，饭菜都在里面。老人像一个壮劳动力一样，每顿总得吃满满的一大碗饭，他每喊叫一声都有很足的底气，谁也听不出他是一个行将死去的人。

"我还没有死，你们进来吧，陪我一会儿。"老人在里面说。他醒了，也就是说，凤庄漫长而烦人的夜晚开始了。

女人轻轻推开门进去，点亮了煤油灯。灯光首先照亮了自己，看上去女人有一张还算端庄的脸，样子很热情、虔诚、豁达，她四处张望空荡荡的房子，像出了趟远门的主人回到家里看看是否少了什么东西。

老人说，来啦？

女人说，来了。

老人说话的时候省气力，声若游丝，有些沙哑。屋子很宽阔，没有什么摆设，地面黑得发蓝，凹陷不平。女人先是瞧了瞧老人的床，是一张清朝老式木床，差不多有她家那条船大。老人盖着被子，枕着一只高高的光滑的木枕头，只露出被拧干水了的瘦瘪的脸，胡子比台风后的荒草还乱。女人说，被子该洗了，臭味熏得蚊子也不愿来了。老人断然拒绝说，不洗，洗什么，人死后统统都要烧了，连床都要烧掉的。女人还是坚持要洗，明早，我帮你洗了再走。但老人死活不肯，紧紧地揪住被子，生怕一放松女人便要抢走。

"被子又不是你的卵，你揪那么紧干什么！"女人笑着说。至善觉得女人挺幽默、乐观的，也嘿嘿地跟着笑。

厚生家的腆着高高的肚皮送饭进来。她住在台阶下面的新房子，老人住的是祖屋，厚生家的对女人说，饭你不用管，他自己还能吃，屎尿平时就拉在床上，他也不让清理，像牛栏，我习惯了，都闻不到臭味。

女人说，你丈夫跟我说了，我什么都不用管，我只是来陪夜的，你知道陪夜吧，大多数病人都是在半夜里断气的，陪夜就是让他们断气的时候身边总算有个伴，不至于太寂寞。陪夜不是陪护，陪护得干很多脏活，我做不了陪护，看到别人的屎尿我也恶心，如果不是这样，我早到广州医院做陪护去了，干一天能赚七八十块，遇上大方一点的雇主能赚上百块，比在这陪夜强多了。

厚生家的把饭碗放在老人的床边，老人也不侧身，伸手抓起就吃，狼吞虎咽的样子让人觉得他是一条从煎锅跳到水里的鱼。女人说，你慢点，不要白白撑死，我还没赚够你们一天的钱呢。

老人说，我早想死了，就是死不了——到了我这个年纪，活着就是等死。

女人嗔怪道，胡说。

厚生家的对女人说，老家伙一过世，我就要去广州，连孩子我也要在广州生……烦死了。

老人边吃边嘟囔，快了，说不定今晚就死。这句话厚生家的听多了，并不以为然，也不想跟老人说话，转身走了。

女人告诉老人，从此以后，每天晚上我都坐船过来陪你。

老人沉吟说，其实我不怕黑夜，连死都不怕，我还怕黑吗！

女人把自己的床打开，摆在窗口下，离老人的床有三四米远。她试坐自己的床，铁支架床发出尖锐的吱吱声。

老人说，我没有病，我跟我的祖辈一样，都是老死，自然死亡，像一棵老树，朽木，风不吹，自己也要倒——我的大限到了，我自己知道，厚生也知道的。

女人说，你的儿子还算孝顺，虽然没有回来服侍你，但舍得花钱。

老人突然来气，呸！我快死了，他还在广州干什么？

女人说，厚生他忙，你躺在这里不知道打工的难处，要拼命干活，还要看老板的眼色——现在城里到处都是人，找一份工作不容易……

老人被饭呛了一下，不断地咳嗽，突然一把将饭碗摔在地上。女人站起来捡碗，你不要动怒气，很多老人就是动怒死的，到了这年纪，你还跟谁怄气！

老人咳停，猛喘粗气。女人责备说，我给不少老头陪过夜，从没见过火气像你这么大的。老人的眼睛瞪得贼亮，突然张嘴大喊一声：李文娟……

女人想不到这个连说话的力气都凑不足的老头呼喊起来竟像船的汽笛那么洪亮、尖锐，底气十足，爆发力强，有振聋发聩之功。有两三个月了吧，老人每天晚上就是这样不知疲倦地呼喊着李文娟，差不多每隔一分钟便叫一次，把凤庄喊得鸡犬不宁，没有人能睡上一个好觉。厚生家的胆小，夜里不敢进老人的房间，甚至听到老人的呼喊心里也一颤一颤的。厚生回来过两三次，问老人，你嚷什么呀？我在广州都听到你嚷嚷，把人嚷烦了。老人说，我喊你妈——我快死了，身边没有一个人陪。厚生陪了他两个晚上，他便不叫，厚生一走，他又嚷了，嚷得理直气壮，像一个委屈的孩子呼喊他的母亲。女人觉得这个声音刺痛了她的耳，使她浑身不舒服。

"你嚷什么呀，厚生不是雇我来陪你了吗？"

老人又是呸一声，接着是更激烈的咳嗽，咳嗽的间隙大声嚷着："李文娟……"

　　厚生告诉过女人，李文娟是他母亲的名字。厚生也不知道到底是不是她的真名，反正有悬疑的问题还有很多，比如老人的年龄，有的说一百零一，有的说才九十九，厚生也说不准，父亲六十岁才结婚，母亲四十六岁那年生下他后便去向不明。厚生的母亲是跟随一艘运干鱼的货轮来到凤庄，嫁给老人的，第二年便生下了厚生。那年四川客商从南海贩运一船干鱼到重庆，途经凤庄时做了短暂的停留，停留的结果是，给凤庄留下了一个女人。那个女人是到凤庄里去找生姜治晕船，当找到生姜赶到码头的时候，船已经开走了。这个四十五岁的女人刚刚死了丈夫，要到重庆投靠亲戚，如果船上载的不是干鱼，太腥臊，她是不会晕船的，不晕船的话她就不会跑进凤庄要生姜，就不会留在这个人生地不熟的地方。也有人说她是被船家故意甩掉的，因为他们担心一个刚刚死了丈夫的女人会给船带来晦气。那天，她就在码头上哭，凤庄的人知道她刚刚死了丈夫，不愿收留她，甚至不愿给她一口饭。是方正德，不仅把家里最好的一块生姜慷慨地送给了她，后来还乘着夜色把她带回了家里，再后来她就成了厚生的母亲。那时的人劝他说，正德，现在兵匪猖狂，你怎么能带一个来路不明的女人回家？凤庄的人担心她给凤庄带来不祥和危险，处处防着她，甚至有人悄悄报了官。其实，厚生的母亲是一个很好的女人，人长得好看，皮肤细嫩，唇红齿白，不像四十多岁的人。一听口音便知道是外地人，她说老家在陕西，凤庄从没有人到过陕西，因此不知道陕西离凤庄到底有多远。没几天，人们便发现厚生的母亲不是简单的女人，处事老练，说话得体，对谁都笑脸相迎，大家明白她是见过世面历过风雨的人。而且，她还比凤庄所有的女人都勤恳，家里家外收拾得整整齐齐，把一个死气沉沉的家盘活了，对厚生的父亲也好，连重活都不让他做。在凤庄，只有厚生的父亲不用干重活，都让厚生母亲抢着干了。厚生母亲说，她没给前夫生下孩子，要给正德生一窝。第二年春，果然生下了厚生。四十六岁了，还能生孩子，简直吓坏了凤庄的女人。但厚生父亲高兴呀，他逢人便说，他要生十个儿子，要成为凤庄生儿育女最多的人。厚生的母亲跟凤庄的女人不一样，她有长远打算，能谋划。她跟厚生的父亲说，明年春天她要在地里种上一大片生姜，到了秋天把生姜贩卖到重庆去，然后从重庆贩回药材，卖给城里的药铺……厚生父亲为娶到一个精明、贤惠的女人而对上天感恩戴德。那是上天赏赐给他的女人，他这一辈子呀，除了对自己的女人好，就是要对上天好，不能骂天。厚生父亲一辈子都没骂过厚生的母亲，也没骂过天。厚生母亲曾对厚生父亲说，正德呀，你六十岁才娶妻，你得活到一百岁，否则你对不起我。厚生的父亲说一定要活到一百岁，跟厚生母亲过一辈子，对她好一辈子。但厚生还没满月，差两天吧，他母亲竟突然跑了，从此销声匿迹，杳无音讯。四十多年了吧，厚生的脑子里早已经没有母亲的概念了，老人也很少提起她，甚至在他呼喊"李文娟"的时候，人们好久才想起，厚生的母亲就叫这个名字。

老人说，我眼睛一闭上，她就出现在面前，说明呀，她要带我走了。

女人说，那是幻觉，是人都会产生幻觉，有时候我也会。

"我活了上百岁了，也对得起她啦。"老人说。

女人说，她不该离开你，女人哪能随随便便离开自己的男人？

"你知道当年她为什么要离开凤庄？"老人自问自答，"她生厚生得了重病，她不想连累我——你想想，四十六岁了才第一次生孩子……"

女人说，危险，不容易。

老人一个人感慨万端。女人解开裤头，坐在屋角的尿缸上要撒尿的时候才发现窗户没有关上，揪着裤子尴尬地跑过来关窗。至善懂得害臊了，走下第五级台阶，还能听到哗啦啦的水声和女人埋怨尿臭的谩骂。

至善厌恶地捏住鼻子，夸张地对他母亲说，这女人，撒尿的声音比牛还响！

无论如何，这一夜，是凤庄多少天以来最宁静的一个夜晚，静得能听到远处江水流淌的声音。这天晚上，凤庄所有的人都听不到老人令人心烦的呼喊声，睡了一个安稳的好觉。第二天，有人小心翼翼地问，老人是不是驾鹤西去了？厚生家的满怀歉意地说，还得等，还得多等几天——一盏残灯即使油料耗尽也不会马上熄灭。人们才知道，老人能还给凤庄宁静的夜晚，全是女人的功劳。

凤庄早起的人们看到女人天一亮就走了，头发也不梳理，脸还来不及洗呢。她说她男人和船在码头边等她，她得回去干活。女人家在江浦，离凤庄有二三十公里的路程吧，那边是齐姓人家，女人的男人也应该姓齐。女人说她家种了十几亩芭蕉，要除草、施肥，还得防台风，用柱子撑着芭蕉树，但台风来了一千根柱子也不顶用。女人埋怨，去年要不是一场台风把好端端的一地芭蕉毁了，我也不用给一个快要死的老人陪夜，陪自己男人不更好？

女人的男人果然已经在码头等待。他站在船头抽烟，高高瘦瘦的，腰有点弯，很孱弱的样子，对女人很殷勤。女人跳上船，男人递给她一条毛巾，女人浇浇江水洗脸，脸才洗好，船便开了。晨曦中船开得特别快，像是换了一条船似的，一会儿便到了江中，眨眼间消失在宽阔而沉静的江面上。

女人是个守时的人。黄昏，最迟也用不着到中央电视台《新闻联播》结束，她便会如期出现在台阶前，朝厚生家的房间里说一声，我来啦，便拾级而上，推开房门，高声地跟老人说话，把孤寂和恐惧驱散。每次进了老人的房间，女人都要往尿缸里撒尿，白天干活累了，撒完尿便要睡觉。老人睡不着，要跟她说话。女人干活累，要早休息。老人说，厚生是请你来陪我说话的，不是请你陪我睡觉的，你得说话。女人说，你说呗，我听就是了。老人说，你真要听。女人说，我用心听着呢。老人便说话。他成了凤庄唯一在深夜里说话的人。女人开始是真的用心听，偶尔还回上一两句，后来注意力不集中了，估计是想着家里鸡零狗碎的事情吧，最后干脆不知不觉睡着了。老人也不知道女人是不是真听他说话，也不知道她是不是睡着了，反正每天夜里都要说很多的话，像是要把所有的话一口气说完，仿佛不说明天就没机会说了。

女人刚来的时候，老人对她说，我呀，死过很多次了。女人说，大难不死，有后福呗。老人说不是这个意思，他是怕，年轻时对死很怕。厚生十岁的时候，老人轰轰烈烈地死过一次。那时候在凤凰岭上修水渠，老人负责放炮炸石头。他都干了一天一夜了，几个放炮的人都累趴下了，等他撤下来，他就是不撤。别人问他累不累，他说不累。其实他累得快不成了，他还要炸一口，再炸一口水渠就跟另一头接上来了，他硬是要多炸一口。结果炮响了，水渠两头连了起来，他却跑不及被泥石掩埋，大伙好不容易才把他扒出来，还没送到村卫生所便断了气。大队里紧急开会讨论，追认他为修水渠功臣，奖励他三十分工分。家里都为他准备后事啦，响器班把唢呐、牛角、箫笛吹得凄怆而热闹，抬棺材的人都要将他入殓啦，厚生的姑姑们哭得天昏地暗，厚生没有哭，厚生这小子不会哭，别人看不过眼，对厚生说，父亲死了，你装模作样也得哭几声呀。厚生就是不哭，仿佛他知道父亲还没有真死。"就这个时候，我活过来了，把所有人都吓了一跳。"老人自豪地说，那时候，这是一个天大的新闻，因为好多年没看到过有人死而复生了。小时候，我就曾看到方必富的祖父捕鱼失足跌落江底，被渔网缠住，从早上一直到中午才被人捞起来，身体冰冷，脸色死灰，大家以为肯定死了，便用破棉被一盖，准备第二天扛到山上埋了。但想不到半夜里他自己竟醒过来，到自家的厨房里找吃的，把他的老婆吓得魂飞魄散。这叫作假死，过去有人被埋葬了才活过来，但复活得太迟啦，自己爬不出来，活活闷死在棺材里。那时候，我就做了一个长长的梦，梦见各种各样的人，梦见很多陌生的地方，梦见自己走了很远很远的路，后来听到文娟骂我，她说，正德，厚生还小，你死什么呀，还轮不到你呢，你答应过我要活到一百岁的，你快回去……我就回来。

女人说，你怎么老是想着这些……

老人说，那时候年轻，怕死，连广州都没去过就死，心有不甘。现在不怕了，还怕什么，都活了上百岁了，阎王不请自己也得去，再不去就成贼了。

女人说，长寿是福呗，现在活上百岁也不是什么新闻，宋庄的冯启蒙一百一十二岁了，还能撑船哩。

老人的身体原来是没有什么问题的，三年前，老人跟一只叼走了他的鸡腿的狗怄气，追打它，结果被几根稻草绊着摔了一个大跟头，从台阶上滚下来，从此便一直躺在床上。医生来了很多次，也没说什么，也不给开药，即使开了药他也不吃。老人说，没有病，吃什么药！油尽灯灭，水涸鱼亡，就等死呗。

老人以为女人瞧不起他，反复向她证明，死，我真的不怕，就当睡着了觉，就当出一趟远门……

女人笑了笑。女人知道，老人口口声声地说自己不惧怕死亡，事实上，不怕死的人是不存在的。黑夜来临，会使老人战栗，他在夜里呼喊"李文娟"就是对死神召唤的害怕。她的到来，像一盆冷水熄灭了他内心的恐惧。

老人说，他们已经五次把我背到堂屋，但每次我都没有断气，他们又得把我背回来——他们都烦透我了。

习俗是，人之将死，最后要躺的地方必是堂屋，死在堂屋，死在列祖列宗牌位面前，才死得安心，才死得不寂寞，死后才容易找到早逝的亲人。老人三番五次地濒危，三番五次地躺在堂屋的左侧（女人躺的是右侧），平静地等待生命最后一秒的来临，亲人和背他到那里的人也屏气凝神地在等待老人咽下最后一口气。然而，不再需要奇迹的时候，奇迹却三番五次地降临，老人的气艰难地又缓回来了，死人般的脸色由苍白、僵硬变成暗淡、温润，最后竟然恢复成肉色，像熬过了寒冬腊月的枯树又有了生命复苏的痕迹，顽强而故意地嘲讽着大地的一切。他们的脸上没有惊喜，全是一番徒劳后无奈的苦笑。厚生一次又一次从广州连夜赶回，想一劳永逸地送别老人，但一次又一次地紧急召回派去向亲戚报丧的人，一次又一次歉疚地跟已经准备就绪的响器班和抬棺佬悔约，成了别人茶余饭后的笑柄。厚生终于失去了耐心，叮嘱自己的女人，真死了，你才给我电话！这些日子来，他的女人好几次拿起了电话又放下来，她害怕说错了又要厚生白白跑一趟。

凤庄的妇孺最厌烦的不是老人从堂屋的地上一次又一次复苏过来，而是在夜里老人声嘶力竭的呼喊。声音不是野兽，困不住。凤庄人不多，但怨声载道起来却到处都能听见。开始的时候，小孩听不惯老人的呼喊，被惊吓得浑身发抖。后来不怕了，还没到深夜，还不睡觉的时候，他们有时在老人的窗口外往里尖叫或吹口哨，像挑逗一个失去法力的妖怪；老人被背到堂屋，他们还敢在门外探头往屋里张望、聆听，向大人报告老人是否一息尚存。苟延残喘的老人也知道自己已经被凤庄所抛弃，招人嫌了，但他偏偏不愿嘴软，把好心好意来劝慰他的人都看作了恶意：你们把我活埋算了——你们，你们也有死的一天。后面那句话多歹毒呀。谁也不想被将死的人骂，那是不吉利的，所以没有人愿意跟老人说话，甚至对他产生了厌恶。他就在深夜里独自呼喊，让所有的人都听到像从坟墓里传出来的声音，都体会到深夜的寂静和黑暗的漫长。有几个老汉实在忍不住惊扰，站在老人的窗外责怪道，你嚷什么呀，没有人像你，存心要整个村庄的人都睡不了觉！面对指责，老人既不生气，也不答辩，仍然用冰冷的呼喊回应一切。老头们只能用三个字发泄对正德老人的无奈和不满：老不死。老人如此，厚生的女人便有压力，她不堪重负，便把压力转嫁到远在广州的厚生身上。厚生也想不明白老人为什么会这样，媳妇说，他要陪呗。厚生陪不了，他在那家韩国人开的电子厂里干得正有起色，照此下去年底便能加薪升职了，但韩国人管得严，稍不小心便要被炒掉。厚生是一个兢兢业业的人，到底是珍惜来之不易的饭碗。留在村里的男人越来越少，能出去的人都出去赚钱了，出去的女人也越来越多。老人濒危快不成了，只有一次是厚生背到堂屋，另外四次是不同的男人背的，他们都是因为家里有事正好从外面回来，就帮背一把。外出捞世界的人怕惹晦气，本来是不愿意背的，但没办法，村里只有你一个大男人，碰上这事，谁也逃不过，哪家没有老人，谁没有老死的一天？你总不会坐视不管吧。老人给人们带来那么多的烦恼，厚生觉得欠着凤庄人的人情，老人多活一天，欠的人情便越多。一次，厚生上医院，见识了一种叫"陪护"的职业，他才豁然开朗：只要舍得花钱，陪别人去地府的活也有人干。厚生便试着雇了女人。

女人的到来使凤庄大大地松了一口气。他们恢复了往日的从容和惬意，女人从妇人们面前经过的时候，她们会拉住女人的手说，你真的不害怕？万一老人半夜升天了……

女人说，害怕什么呀？不就是死人吗？除了不会睁眼说话外，跟活人没有什么区别。

女人的勇敢征服了凤庄的妇人，她们想不明白，一个女人怎么会不害怕死人呢？

"你是不是从家里拿来擦台布堵住了老人的嘴巴？"她们说。

女人说，怎么会呢？

她们说，那你肯定是把自己的乳房让他吮——老人像小孩，有奶就安静了。

没等女人回答，她们便笑得令各自的乳房剧烈地颤跳起来，凤庄洋溢着欢快的气氛。

厚生家的也尴尬地笑。女人说，我睡自己的床——一个快死的人怎么还会想到乳房呢？可她们笑得更放肆了，女人觉得被别人开了玩笑，又拿不出好的回击办法，只好说，反正，我有办法让他安静，即使用乳房，那也是我的本事。

女人知道自己之所以能让老人在夜里安静下来，是因为老人把她当成了李文娟。凤庄的女人是这么说的。厚生家的也这么说，你就充当一回厚生的母亲呗，反正吃不了什么亏。女人说，那也算不了什么，一个行将就木的老头难道还能强奸我不成？妇人们觉得是，突然没话可说了。

老人又不是她的父亲，凤庄的妇人们不相信女人一点也不害怕，没有男人的陪同，夜里连厚生家的都不敢踏进老人的屋子，因为谁都知道那是离死亡最近的地方。但女人一点不害怕也不可能，有一次，厚生家的就听到女人在半夜里发出了一声惊叫，虽然不是很尖锐，但那声音肯定是受惊吓才发出来的。厚生家的以为出了什么事，翻身下床，在台阶下面大声地问女人，老家伙去了吗？女人良久才回答，还没有。老人适时地打了一个重重的呻吟，像刚刚缓过气来。厚生家的又说，要不要叫男人？凤庄没有男人了，我得到黄庄去叫。女人说，不用了，睡吧。黑夜又恢复了沉寂。没有人知道，那天夜里女人为什么会突然发出惊叫。凤庄的妇人们都听到了她的惊叫，知道她也会害怕，经此一吓，以为她可能不来了，但当天黄昏，女人还是来到了凤庄，只是比平时晚了一点点。

其实，那天夜里的那声惊叫确实是因为害怕而发出的。女人竟然不像她自己所说的那么勇敢、坚强。在她们意料之中的是，她果然也会害怕。

那晚，老人突然精神焕发，跟女人滔滔不绝地说起厚生的母亲。我这一辈子，故事多，遗憾也多，够说得上十辈子的，就一个李文娟，说到死我也说不完。老人说，在死掉之前，我就只说文娟。

"她是一个好女人，我从来没见过那么好的女人。"老人为了证实自己的话，举了很多例子，还用准确的数字说明问题，短短的一年时间里，文娟干了一万三千一百三十二件活，给我洗了八十二次脚，捶了两百一十五次背，她生孩子的那几天里，还给我修过两次脚趾甲。她不让我干重活，她说那些重活呀你留着等厚生出了满月我再做。那时我还有力气，为什么不能干些重活？文娟说了，她的前夫就是干重活累坏了，丧失了生育能力，她不能再让自己的第二个丈夫累坏了……

老人说，她不让我干重活，连轻活也让我少干。捕鱼期村里的男人日夜不停地都在江里捕鱼，她呀，就不让我去，让我养好身体，我的身体除了胃肠不好喜欢拉肚子外没什么毛病。一个季节下来，男人们累得趴在地上起不来，我呀，养得胖乎乎的，皮肤又白又嫩，人们说我像衙门的人，对我妒忌得要死。结果，我变得越来越懒惰，很快成了远近闻名的懒汉。外面的人都想到凤庄来看看，陕西的女人是长得什么样的，竟然不用男人干活，一个女人也能把家撑起来！

"结果是她累坏了自己。坐月子还挑粪去地里培庄稼，还给渔场涮鱼，她涮的鱼比谁都多，都好，别的女人嫉妒她，说文娟，你不怕鱼腥啦？文娟说不怕了。那你还晕船吗？文娟不作声。正是她们刺激了她，使她想起了船，结果几天后便跳上乌篷船跑了。那是一条废弃了的船，不知道是谁丢下的，搁浅在沙滩上，在江边风吹雨打好多年了，没有谁愿意修补它，好几次洪水也没把它带走，如果知道它会带走文娟，我早就一把火将它烧了。那天临近黄昏，我正给厚生洗澡，有人从江边回来对我喊，方正德，你家文娟没洗完菜就跑了。我扔下厚生，从村子里追出来，沿着岸边拼命地跑，江面上灰蒙蒙一片，但我还是看见了那条乌篷船，船篷千疮百孔，船上只有她一个人，她就站在船尾摇船。我不知道她从哪里弄来的船撑，她把船划到了江中间，多宽阔的江面呀，像海一样。我大声喊，李文娟……但我这一喊，那条乌篷船一眨眼间便在江面上消失得无影无踪，像鬼船一样。她肯定看到了我，她不愿回头，连厚生也不要了。凤庄的人以为我欺负她，把她气走了——那时候只有我知道，她有病，旧病复发了，生厚生才复发的，那是一种治不好的病，她知道我家穷，不愿连累我……"

女人问，什么病呀？

老人不肯说。他宁愿以漫长的静默回应女人的好奇。

女人改口赞叹说，多好的女人！

"我到处找过她，要给她治病，即使把我自己卖掉也要攒钱给她治病——她一个人孤零零的，她要去哪里啊？她不是在外面等死吗？但我找了大半年也找不着，有人说那条乌篷船渗水，她走不远，也许还不到陆家庄就沉了……但我不相信那条船会沉，跑得那么快、那么稳，她绝对是一把撑船的好手，一条破船到了她手上也跟好船一样……后来她肯定在哪里上了岸，在哪里躲着我，最后，病死在哪里了……你看，她来了，她就在窗外，要带我走了！"

女人突然感到害怕。她不是轻易害怕的人，这时却压制不住自己内心的惊惧，"哎哟"惊叫了一声，像闪电划过寂静的凤庄。

"她跟你一样身材高大，会说话，见过世面。"老人低声地说。这是老人把女人和厚生母亲做的唯一的一次对比。

那天早晨，女人的男人早早就开船在码头等她，但她硬是要把老人的被子先清洗了。女人说，你不知道我费了多少口舌老人才肯松开抓住被子的手。这张被子真脏，黑乎乎的像一张牛皮，把一江的水都洗黑了，如果江里有鱼，也会被毒死。女人就把被子摊在江边的芦苇上面晒，黑麻做成的被子像船帆一样远远就能看见。黄昏，女人下船，把被子收起来，走进凤庄。

厚生家的正在屋檐下等她，称赞她说，只有你才能说服老家伙把被子洗了，连厚生也说不服他，死倔。

女人说，我真想把他背到江边，彻底把身子涮干净……我说了，身体脏兮兮地去了那边，厚生的母亲会骂你邋遢，还要骂厚生不孝顺。

厚生家的神情骤然紧张，那无论如何得帮他洗一次澡。

老人洗了一生中最后一次澡。庞大的澡盆就放在床前，水汽一下子弥漫满屋子，水里掺了一些草药，散发着淡雅的香气。女人对老人说，过去呀，只有皇帝才能洗这样的澡水。但老人死活不愿洗。"人都快死了，还洗什么！"老人气呼呼地说。女人又劝了一会儿，老人仍断然拒绝洗澡。厚生家的觉得没有办法，要撤走澡盆。女人说声不要撤，一把将老人抱起，旋即像婴儿一样塞进了澡盆。老人试图反抗，但没有力气，只好死死抓住自己的衣服，但衣服很快被女人强行剥落，赤条条一丝不挂。厚生家的害羞，转身走了。女人熟练而敏捷地把水浇到老人的身上，用毛巾使劲地擦拭，水很快变成了墨黑。老人反抗不成，便张开嘴巴呼喊"李文娟"，开始时声音很大，后来被水声压住了，最后竟温顺得像个孩子，静静躺在澡盆里并装出死人的样子，一动不动，让女人帮他洗完了这次澡。

　　凤庄的妇人们打听到了女人的很多情况。有些情况是从江南传过来的，有些情况是从厚生家的那里来的。厚生打过几次电话回来，厚生家的向男人表达了对女人的满意，同时也流露了一些猜疑。厚生也许知道得也不多，但还是隐隐约约地说了一些女人的情况。几天后，凤庄的女人对女人便另眼相看了。女人感觉得到她们异样的眼神，连孩子们也远远地躲开她。女人终于忍不住问至善，你们为什么躲着我？至善说，我没有。女人说，我是说她们。至善直率地告诉她，她们说你年轻的时候是个浪荡女，在广州做过"三陪"，现在是第四陪，陪夜。

　　女人的脸突然暗下来，抓着手提袋的手不断地颤抖。至善后悔说错了话。"她们是胡说八道。"至善想挽回，"她们之前还说过，我的阿婆是旧社会的妓女，在船上做皮肉生意，得了脏病才被船家甩掉的……"

女人手里的袋子终于脱落，几只番石榴、枇杷子从石阶上滚下来。女人并没有回头捡散落的果子，呆站在石阶的中间，抬头往正德老人的房间张望。她犹豫了很久，至善以为她会掉头跑掉，因为她沿着河岸，还能追上她丈夫的乌篷船。但她还是从容地登上台阶，走进屋子，点亮了灯。但这一次，至善没有听到女人撒尿的声音。

从此，女人变得郁郁寡欢，甚至变得有些羞怯。第二天一早看见别人也不怎么打招呼，匆匆忙忙地就走。厚生家的似乎意识到自己说错了什么，向凤庄的女人解释，厚生说了，女人过去也不专门做那种事，如果不是家里穷，她也不会……她的男人，几年前从脚手架上摔下来，听说已经是个废人，除了开开船，做点赚不了几个钱的小生意，干不了什么活。凤庄的女人一阵唏嘘，都后悔自己说了一些不该说的话。凤庄的女人们舌头是长了点，但实际上她们是很感激女人的，为表达她们的谢意，那天晚上，她们不约而同地准备了好些东西，糖果呀，瓜子呀，葡萄干呀，甚至还有奶粉，都是她们的男人从城市里带回来或寄回来的，看到女人来了，便热情地塞满了女人的双手和口袋，这东西，你夜里吃着解闷。汉光家的最大方，把压在箱底舍不得戴的祖传手镯借给了女人，这个血纹路清晰的手镯在汉光曾祖母的坟墓里待过，能避邪，汉光家的说，连鬼都怕它三分。女人说，那么贵重的东西我怎么敢借你的呢，万一弄坏了怎么办？汉光家的说，不要紧，人平安无事最重要，一个手镯算得了什么！汉光家的把手镯大大方方地戴在女人的手上，女人羞涩地笑笑，其实，我什么也不怕，不过，现在心里更踏实了。凤庄的妇人们看到女人都收下了她们的小礼物，心里也甚是踏实，好像女人已经原谅了她们。但过后的第三天，女人对厚生家的说，她男人的病又犯了，是旧伤复发，她不会开船，村里又找不到会开船的人，她只好在家护理男人两三天，这两三天，就不算钱。

厚生家的有点始料不及，但不好不同意。女人环顾一下散落在四处的妇孺，抹了一下头发，往江边匆匆走去。一会儿，有小孩回来报，开船的还是女人的男人。女人们的脸上布满了愧疚，断定女人是找借口开溜了。这天晚上，她们又听到了老人声嘶力竭的呼喊。李文娟，这个女人的名字又像鬼魂一样笼罩在凤庄的头上，缠绕在她们的耳边。宏发家的终于忍不住了，起来骂人，听起来是骂女人，实际上是骂老人。她一开骂，凤庄的人都睡不着，穿着睡衫聚在厚生家的院子里，你一句我一句的，开始是埋怨，后来是想办法。但想什么办法，夜狗不知疲倦地吠，老人依旧一声一声地呼喊着李文娟，只是那声音渐渐弱下去，像从很遥远的地方传来的，轻轻地抓着你的耳，然而正是这种听起来像垂死挣扎的声音，让人更毛骨悚然和难以忍受。她们束手无策，那只有等女人快点回来。三天后的黄昏，女人终于又来到了凤庄，大家才松了一大口气。

三天不见的女人明显消瘦了许多，脸上结实的肉不见了，多了两块猪肺一样的雀斑。

"你家男人的病好了？"

女人说，好不了，卧床了，医生说再做一次手术看看，不成的话到广州的大医院试试……小儿子也凑热闹，发高烧，拉肚子，真会烦人。

妇人们关切的程度更深了："你先把儿子的病治好，发高烧等不得……"

女人说，没大碍了，由邻居帮看着。

"你不在，夜里老人又叫开了。"

女人淡然道，这老家伙……其实我在的时候他也叫——他每时每刻都在呼喊李文娟，只是你们听不见。

妇人们觉得女人的话有些深意，像是一个读过些书的人。

平日里节俭得可怜的妇人们自觉地从深不可测的口袋里掏出一些面额不等的钱来，塞到女人的裤兜里。女人百般推却，妇人们要生气了，她才收下，说是借，将来一定还，然后爬上高高的石阶，走进老人没有房门的房间。看到老人房间的灯亮了，大家的心也亮了。但几乎与此同时，妇人们听到了老人一声严厉的叱喝：

"谁要说文娟得的是脏病，我做鬼也不放过她！"

这句话说得比平时重一百倍，像是积蓄了很久的力量才说出来的，甚至把女人也唬住了。很明显，这句话是说给石阶下的妇人们听的，是一个将死之人对活人的最后警告。妇人们的脸色刹那间全变了样，慌里慌张，随即争相向厚生家的否认自己说过李文娟的不是，我们都没见过她，已经是多少年前的事了啊！厚生家的连连澄清事实，谁说啊，谁都没说过。听厚生家的这么一说，妇人们才放下心来。一安静，便听到了女人不断抚慰老人的说话声。老人的气估计憋了很久，就等女人来了才发泄。女人语重心长地说，她们都说文娟是一个好女人，没有人说过她的坏话——她们也没有说我的坏话，我听到的全是好话。

老人的气一下子还缓不过来，不断地咳嗽。此后很长的时间里，妇人们再也听不到女人的说话声，听到的只是老人无休止的咳嗽。她们惊疑，到了这时候老人还能说出那么严厉的话，甚至声音还那么雄壮、凶悍。她们有点失望，心怀疙瘩各自散去。

这个夜里她们又听不到老人的呼喊了，宁静得好像要发生什么事似的，她们忽然不习惯这种宁静，心里痒痒的，想听到老人的声音，甚至希望老人突然用一声熟悉的、锐利的呼喊打破黑夜的沉闷，驱散她们心头的不安，让她们能安然睡去。这种等待一样也很漫长，她们辗转反侧，又凝神定气，耳朵都向着老人的方向伸。老人是在下半夜去世的。第一次鸡啼后，厚生家的迷糊里听到女人叫她，她惊醒了，侧耳一听，果然是女人在石阶上头大声地喊：老家伙不成了。整个凤庄都听到了女人的呼喊，凤庄提前醒了，到处传来长舒一口气的声音。厚生家的惊慌地爬起来，双手抱着肚皮走到石阶下面，对是否爬上去正犹豫不决。女人说，你不用上来了，老人不能说话了……厚生家的慌乱地说，那我马上去黄庄，叫谁家的男人背他到堂屋去。女人说，也不用了，我自己能背。在厚生家的惊疑之际，女人已经把老人从屋里背出来。老人耷拉着头，喉咙里发出咽、咽、咽的声音，像被骨头卡住了。厚生家的小心翼翼地问，老家伙留下什么话吗？女人说，没有，整晚他就只说过一句话，大家都听到了，就一句……

女人从石阶上一步一步探脚走下来，厚生家的既为女人担心，又感到恐惧，本能地往下退却，把路让给女人，甚至忘记用电筒为女人照路。当无路可退，女人从她身边走过的时候，厚生家的怯生生地问老人：大，你没事吧？

老人没有回答，紧紧地伏在女人的背上，双手松松垮垮地搭在女人的胸前，像一堆不可靠的烂泥。"人一死，就变重！"女人喘着粗气说，她的头发凌乱，没有穿鞋。"快叫至善，给老家伙送终。"女人说。至善已经躲在屋角的拐弯处，伸出半颗头。厚生家的说，至善，到堂屋跟阿公叩头。至善害怕，转身倏地消失在黑暗里。厚生家的远远地跟在女人的背后，一直来到堂屋。女人摸黑进去了，好像踢到了什么，她骂了一声。厚生家的说灯在中间的台上，有火柴。女人又踢到了什么，又骂了一声，这才把灯点亮。堂屋里的灯光像濒危的生命一样孱弱，厚生家的看不到女人的脸，也不敢靠近，只是站在堂屋的门外，等待女人从屋里传出话来。过了十几分钟，女人才从堂屋里走出来，轻描淡写地告诉厚生家的："天一亮，你就可以给厚生打电话了。"

天一亮，女人就收拾东西走了。但凤庄都忙于为老人办理后事，开始没有谁留意她的离去，直到有人突然说起，方学明的父亲癌症到了晚期，挨不了多久，开始哭苦喊痛，喋喋不休地叨唠先他而去的老婆，看样子也需要陪夜的女人，她们才想到女人。听说女人要走了，连手镯都还给了汉光家的。她们匆匆跑回家里，胡乱抓了一些东西，面条、粉丝、腌菜、腊肉什么的，有的看看家里没有什么送得出手的，焦急得四处去借，借不到东西干脆从米桶里飞快地装了满满的一袋米……那是要送给女人带走的，她毕竟给凤庄带来了好多个安静的夜晚。她们争先恐后地追到江边的时候，女人的乌篷船已经离开码头。令人难以置信的是，是女人自己开的船。她男人没有来。她原来不会开船呀，她却开船了。可以断定的是，昨晚她也是自己开船来的！

至善突然说了一声，她的船要翻了！妇人们狠狠地瞪了至善一眼，他的母亲甚至抡起巴掌要抽他的嘴巴。"我看她的船真的要翻了！"至善依然坚持自己的判断，也许是要亲眼证实自己并非信口开河，他沿江边追着乌篷船奔跑。

女人站在船头，手抓着方向盘，动作异常生硬、拙笨，不像是在驾船，而是在试图制服一条鲨鱼。船不听使唤，负隅顽抗，船体左右摇晃，最后向左侧明显倾斜，看上去就要翻了，把妇人们的心吊到了空中。妇人们屏气凝神，紧张得浑身是汗，直到船稍稍平稳，才小心谨慎地向女人晃动手中的东西，但依然不敢喊话，生怕一喊话便分散她的注意力，铸成悲剧。当她们觉得可以松一口气了，船已经到了江心，在晨曦中越去越远。方学明家的突然觉醒，想对着船呼喊，却连女人的名字也不知道，窘迫得满脸通红。转眼间，船消失得无踪无影，只剩下浩瀚的江水和四向逃逸的雾气。

"跑得真快，像鬼船一样！"

方学明家的悻悻地说。

长篇存目

何 士 光 《某城纪事》

夏 天 敏 《极地边城》《两个女人的古镇》

阿 　 来 《尘埃落定》《空山》《云中记》

蔡 测 海 《家园万岁》

次仁罗布 《祭风雨中》

孙 健 忠 《醉乡》

东 　 西 《篡改的命》

盛 可 以 《北妹》

后 记

　　《百年乡愁：中国乡土小说经典大系》是张丽军教授作为首席专家的 2021 年度国家社科基金重大项目"百年中国乡土文学与农村建设运动关系研究"的资料选编成果。项目团队核心成员田振华、李君君等参与了全过程选编工作，张娟、沈萍、彭嘉凝、陈嘉慧、姚若凡、胡跃、林雪柔、徐晓文、宣庭祯等参与了编校工作，在此对他们的辛勤劳动表示感谢！

　　在具体编撰过程中，本套"大系"还得到了张炜、韩少功、周燕芬、王春林、何平、孔会侠、苏北、育邦、刘玉栋、刘青、乔叶、朱山坡、项静等作家与学者的大力支持与帮助，在此深深致谢！

　　需要特别说明的是，因为选入本套"大系"的作品跨越百年之久，在文字、标点等方面，我们在充分尊重作家初版本的基础上，依据现代语言文字规范统一做了修订。

编　者

2023 年 7 月 4 日